Geschenk von Sabine
an Reiner zum 24.12.2001

Schmeichelnde Blicke und berechnende Lügen, Spiel der Leidenschaft und kaltblütige Intrige: Die Kunst der Verführung, mit der Verführerinnen und Verführer an das Ziel ihrer Wünsche zu gelangen hoffen, ist ebenso vielfältig wie die Epochen, aus denen sie entstammen. Die Texte aus der klassischen Antike bis in unsere Tage belegen dies.

So reicht die Kette der Verführergestalten von den adligen Libertins des 18. Jahrhunderts, die die Verführung zu ihrer einzigen Passion gemacht haben, über Kierkegaards reflektierten Verführer bis zum mal melancholischen, mal ironischen Abgesang auf den Mythos der Verführung im 20. Jahrhundert. Der schöne Schein weiblicher Verführung entpuppt sich als ebenso trügerisch wie das Theater der Leidenschaft, das die romantischen Verführungskünstler in Szene setzen.

Kriegslisten und Herzensbedürfnisse verwickeln nicht nur die Beteiligten in ein spannendes Spiel, sondern auch die Leser. Oft genug erweisen sie sich als die eigentlichen Adressaten einer Kunst der Verführung, die gerade ihnen Lust und Genuß verspricht.

insel taschenbuch 1837
Die Kunst der Verführung

Die Kunst der Verführung

Herausgegeben von
Birgit Haustedt
Mit farbigen Abbildungen
Insel Verlag

insel taschenbuch 1837
Erste Auflage 1997
Originalausgabe

Text- und Bildnachweise am Schluß des Bandes
Vertrieb durch den Suhrkamp Taschenbuch Verlag
Umschlag nach Entwürfen von Willy Fleckhaus
Satz: Hümmer GmbH, Waldbüttelbrunn
Druck: Nomos Verlagsgesellschaft, Baden-Baden
Printed in Germany

1 2 3 4 5 6 – 02 01 00 99 98 97

Inhalt

Birgit Haustedt
Die Kunst der Verführung

Ein Mann verliebt sich. Doch scheint ihm nicht daran gelegen, möglichst schnell ans Ziel seiner Wünsche zu gelangen. Im Gegenteil. Wochenlang liegt er auf der Lauer, beobachtet das Mädchen, entwirft ausgeklügelte Pläne. Warum? Schüchternheit und Unerfahrenheit können nicht der Grund sein – zu kalt und präzis das Kalkül, zu selbstbewußt sein Kommentar: »Die meisten genießen ein junges Mädchen, wie sie ein Glas Champagner in einem schäumenden Augenblick genießen, (...), aber hier ist mehr.« Um dieses »mehr«, von dem Kierkegaard im *Tagebuch des Verführers* spricht, geht es in der hier vorgelegten Sammlung von Texten. »Was uns hier beschäftigen wird, ist die Schlauheit, die Hinterlist, mit der er sich in das Herz eines Mädchens einzuschleichen weiß, die Herrschaft, die er sich darüber zu verschaffen weiß, die betörende, planmäßige, sukzessive Verführung. Dabei ist es dann gleichgültig, wie viele er verführt hat, was uns beschäftigt, ist die Kunst, die Gründlichkeit, die tiefsinnige Hinterlist, mit der er verführt.« Diese Sätze Kierkegaards können als Motto dieses Bandes dienen. Im Mittelpunkt der Anthologie steht die *Kunst* der Verführung: Intrigen und Tricks, betrügerische Versprechungen und Schmeichelei, kaltblütiger Genuß und gespielte Leidenschaft. Die Verführungskünste sind so verschieden wie die Menschen und die Epochen, denen sie entstammen. Der Band versammelt Texte von der Antike bis zur Gegenwart, die von betörenden und frivolen, bösen und amüsanten, raffiniert-unschuldsvollen oder hinterlistigen Verführungen erzählen. Bei aller Verschiedenheit gibt es eine Gemeinsamkeit: Man vertraut nicht auf den »natürlichen« Lauf der Dinge, sondern hilft der Natur nach. Das reicht von Ratschlägen für die Schönheit in Ovids *Liebeskunst* bis zu komplizierten Verführungsstrategien in Romanen und Dramen des 18. Jahrhunderts, des klassischen Zeitalters der Verführung. Populär wird das Thema durch Samuel Richardsons *Clarissa* (1748), wo auf über dreitausend Seiten geschildert wird, wie ein verderbter Aristokrat versucht, die tugendhafte und kluge Clarissa zu verführen. Der in Fortsetzungen erschienene Briefroman begeisterte nicht nur das zeitgenössische Publikum, sondern inspirierte auch zahlreiche andere Werke: in Frankreich Choderlos de Laclos' *Schlimme Liebschaften*, in Deutschland Sophie von La Roches Roman *Das Fräulein von Sternheim*. Wie allgegenwärtig das Verführungsmotiv in der Literatur des 18. Jahrhunderts ist, zeigt ein Blick auf das berühmteste deutsche Theaterstück, Goethes *Faust*, dessen erste Fassungen auf das Jahr 1775 datieren. Wie Mephisto dort dem Gelehrten Faust, der sich in Gretchen verliebt hat, eine Lektion in Sachen kunstvoller Verführung erteilt – auch das findet sich in dieser Auswahl.

Neben teuflischen Verführern begegnen uns liebenswert-harmlose wie der kleine Gauner in Walter Serners Geschichte von *Mizzis Verführung*. Ihren großen Auftritt haben glänzende Strategen wie Kierkegaards »reflektierter« Verführer Johannes, aber auch ungeschickte Anfänger wie Julien Sorel, Hauptperson in Stendhals Roman *Rot und Schwarz*. Auch weibliche Verführungskünste kommen nicht zu kurz: Ihr Spektrum reicht von raffinierten Enthüllungen eines Mädchens, das bei M. G. Lewis einen Mönch in Versuchung führt, bis zu den kosmetischen Hilfsmitteln einer Fabrikarbeiterin, die Elfriede Jelinek bitterböse karikiert.

Die Erzählungen handeln von abenteuerlichen Plänen, abgefeimten Intrigen, von Triumph und Niederlagen, von Mühen und Verzicht, die Verführer und Verführerinnen auf sich nehmen, aber auch von Lust und Genuß. Verführung ist freilich nicht nur *Thema* der hier versammelten Texte, sondern oft genug auch deren *literarisches Verfahren*. Verführte sind demzufolge auch die Leser, und es steht zu hoffen, daß an dieser Verführung auch sie Lust und Genuß finden können.

Kriegslisten und Herzensbedürfnisse

Vorbild der klassischen Verführung im 17. und 18. Jahrhundert ist die Kriegskunst. »Erobern ist unser Geschick, und es heißt ihm folgen«, verkündet der Vicomte de Valmont in den *Schlimmen Liebschaften*. Sein Vokabular scheint einem Handbuch für Kriegsführung entnommen. Da ist die Rede von Angriff und Verteidigung, man stürmt über Hindernisse hinweg oder täuscht einen Rückzug vor. Die Waffen: Blicke, schmachtend und doch voller Zweideutigkeit; Worte, scharf wie Messer und von verlogenem Schmelz. Die Methode: psychologisches Einfühlungsvermögen; jede Schwäche der Frau wird analysiert und ausgenutzt. Oberste Spielregel: nie den Verstand verlieren, nie den Regungen des eigenen Herzens folgen. Der Feind: Nur die Unnahbarste ist eines Angriffs würdig, denn erst eine schwierige Eroberung eröffnet das Feld für Kriegslisten und Schachzüge, für die der Verführer schwärmt. Gegner bzw. Opfer der aristokratischen Verführer des 18. Jahrhunderts sind bevorzugt bürgerliche Mädchen und Frauen, weil deren Tugend und Sittenstrenge die Schwierigkeiten und damit den Reiz erhöhen. Clarissa oder das Fräulein von Sternheim wehren die Verführungsversuche mit aller Kraft ab. Wie aber steht es um ihr Herz? Macht es sie nicht doch verführbar? Und auch umgekehrt könnte der Schein trügen: Sind die siegesgewissen Männer wirklich so unanfechtbar eiskalt, wie sie sich geben? Oder verwickeln sie sich nicht doch mehr in das Spiel, als es ihren strategischen Absichten entspricht?

Schöner Schein

Den aktiven Part im Konzert der Verführung spielen in der Regel Männer. Wenn die Frau verführt, hat sie meist nur einen Einsatz aufzubieten: ihre Schönheit. Weibliche Verführung bleibt in den Bereich der Schminke und des Schmucks verbannt. Ob naiv-berechnend wie Meta Moller, der es gelingt, den berühmten Dichter Klopstock ausgerechnet in einem Regenmantel zu bezaubern, ob dunkel-verlockend wie Judith, die in Gottfried Kellers *Grünem Heinrich* den Helden in Verwirrung stürzt – nie kann man bei einer Frau sicher sagen, was ihre wahren Absichten sind, was sich hinter der schönen Fassade verbirgt. Das schöne Sein der Frau entpuppt sich oft genug als reiner Schein. So gibt sie sich dem männlichen Blick und entzieht sich ihm zugleich. Welche komisch-grotesken Effekte diese Verwechslung von Sein und Schein haben kann, zeigt der Ausschnitt aus E. T. A. Hoffmanns *Prinzessin Brambilla.*

Natürlich gibt es auch Verführerinnen, die nicht auf bloße Schönheit setzen, sondern raffinierte Intrigen spinnen. Die bekannteste unter ihnen ist die Marquise de Merteuil in Laclos' *Schlimmen Liebschaften.* An intellektuellem Scharfsinn ist sie ihrem Briefpartner Valmont haushoch überlegen. Seit ihrer Jugend hat sie sich jedes Gefühl ausgetrieben und spielt die Rolle der anständigen Frau von untadeligem Ruf, unter dessen Schutz sie ihren Lastern frönt. Ihr Aktionsspielraum ist klein, die Auswahl möglicher Rollen auf die eine der tugendhaften Frau beschränkt. Immer nur dieses Register zu ziehen, wird – folgt man der Comtesse Blainville, die in Ludwig Tiecks *William Lovell* den Titelhelden verführt – bald langweilig. Oder liegt die Raffinesse vielleicht gerade darin, dem Mann zum Schein den aktiven Part zu überlassen und ihn schließlich doch an der Nase herumzuführen?

Das Theater der Leidenschaft

Weit abwechslungsreicher ist das Repertoire der männlichen Verführer. Vom bekehrten Libertin (Valmont) bis zum Wohltäter (Graf Derby in Sophie von La Roches Roman), vom feurigen, aber schlecht gemimten Liebhaber (Julien Sorel) bis zum trockenen Hagestolz (Kierkegaards Johannes): Sie haben die Wahl unter verschiedensten Rollen, wechseln Masken und Identitäten, erfinden immer neue Verkleidungen. Zu den hervorragendsten Eigenschaften des Verführers zählen seine Fähigkeit und Lust zur theatralischen Inszenierung. Nicht die Empfindung selbst, sondern ihre vollendete Darstellung begeistert den Verführer. Gerade darin besteht die Kunst der Verführung, die erst den eigentlichen Genuß verschafft.

Besonders die Romantik hat sich für diesen Wesenszug der Verführung interessiert. War den bürgerlichen Autoren des 18. Jahrhunderts die Gestalt des Verführers Anlaß zur moralischen Verurteilung einer dekadenten Aristokratie, zeigt sich die Romantik gerade von der Amoralität der Verführer fasziniert. Im Verführer entdeckt sie eine andere, existentielle Dimension: die des Künstlers, dem es nicht mehr gelingt, zwischen Sein und Schein, Leben und Bühne zu unterscheiden. Roquairol, die dunkelste und faszinierendste Gestalt in Jean Pauls *Titan*, muß verführen, *weil* er Künstler ist. Jede Liebesgeschichte gestaltet er zum Roman. Selbst die Frau, die er liebt, verführt er in der

Maske seines besten Freundes und zerstört damit sie und sich selbst. In der Figur des Künstlers als Verführer scheinen die Abgründe einer autonomen, aus allen Bindungen befreiten Kunst auf. Viele zeitgenössische Künstler haben sich in Roquairol wiedererkannt, unter ihnen auch Clemens Brentano. In seinem *Brief an Karoline von Günderrode* ist die bizarre Künstlichkeit auf eine kaum sonst erreichte Spitze getrieben.

Schluß- und Höhepunkt in der Linie des romantischen Verführers bildet Kierkegaards Johannes im *Tagebuch des Verführers*. Mit allergrößter Distanz und Kälte scheint er die anderen Personen wie Marionetten an unsichtbaren Fäden zu bewegen. Er agiert zugleich als Regisseur, Schauspieler und Zuschauer in einem Kammertheaterstück, das er selbst erdacht hat. Sein Genuß liegt in der Herrschaft, die er heimlich über andere Menschen ausübt, weil diese seine Inszenierung nicht durchschauen. Die Frage bleibt, ob nicht auch dieser Verführer sich einer Macht unterordnet, wenn ihm das wirkliche Leben zu einem Kunstwerk wird.

Am Ziel

Die Kunst der Verführung zielt nicht auf Befriedigung sexueller Lust. So betonen die meisten Verführer auch, ihnen sei mehr am geistigen Genuß und am Einfluß auf ihre Opfer gelegen. Texte wie Crebillons *Sofa*, in dem das Gespräch über eine Verführung selbst zu einer erotischen Situation führt, bilden eine Ausnahme. Dennoch spielt das Sexuelle oft auch in den Geschichten, in denen es darum nicht zu gehen scheint, eine entscheidende Rolle. Denn erst der sexuelle Besitz der Frau vollendet die Verführung und beendet sie zugleich, stellt Bedingung und Grenze dar. In Texten des 18. Jahrhunderts ähnelt die sexuelle Verführung oft einer rohen Vergewaltigung, bei der es nicht um die Lust der Frau geht. Offensichtlich auch nicht um die Lust des Erzählers; denn im Unterschied zum erzählerischen Aufwand vor der Verführung wird der eigentliche Akt oft in kaum mehr als zwei Sätzen abgehandelt. Ausgespart wird die erotische Verführung auch in den meisten Texten des 19. Jahrhunderts. Hier allerdings auf andere Weise, wie die Kutschenfahrt in Flauberts *Madame Bovary* beispielhaft zeigt. Sie stellt nicht nur eine Umschreibung des sexuellen Geschehens dar, sondern auch der dunklen sinnlichen Wünsche der Heldin. Die zunehmende Sexualisierung der Frau, die von der Mitte des 19. Jahrhunderts an in der Literatur zu beobachten ist, führt schließlich zu einer völligen Umkehrung der sexuellen Situation: Bei Nabokov ist es die Kindfrau *Lolita*, die den Erzähler zum Beischlaf verführt.

Für die Leser bildet die aussparend-andeutende Darstellung des »Eigentlichen« einen besonderen Reiz, wird doch ihre Neugier angestachelt, aber nie gänzlich befriedigt. Mit unserem Interesse, wissen zu wollen, was wirklich geschah, treibt Heinrich Heine in einer Episode der *Memoiren des Herrn von Schnabelewopski* ein solch ironisches Spiel, daß am Ende wir Leser es sind, die den Verführungskünsten des Autors zum Opfer fallen.

Fehlschläge

Verführer sind sich ihres Erfolges zwar meist sicher, spannend aber ist ihr Spiel nur angesichts des Risikos einer Niederlage. Zeitweilige Mißerfolge und Hindernisse erhöhen den Reiz, erfordern sie doch immer neue Taktiken und Schachzüge. Während die Verführer des 18. Jahrhunderts jedoch fast immer an ihr Ziel gelangen, wendet sich das Blatt im späten 19. und endgültig im 20. Jahrhundert.

In den Texten des fünften Kapitels ist von Fehlschlägen unterschiedlichster Art die Rede: ob ein altgewordener Casanova in Schnitzlers Erzählung *Casanovas Heimfahrt* oder ob betrogener Betrüger wie bei Bioy Casares *(Die untreue Gattin)*: Die Verführer haben ihren teuflischen Glanz verloren. In Schnitzlers Geschichte erinnert sich der berühmteste Liebeskünstler des 18. Jahrhunderts noch einmal seiner vielen Abenteuer. Vor dem Hintergrund seiner unzähligen Triumphe wirkt das Scheitern seines letzten Verführungsversuches doppelt erbärmlich. In der Moderne ist der Verführer alter Schule eine deplazierte Figur.

Kunst als Verführung

Verführer müssen von ihren Erfolgen erzählen. Ohne gewissenhafte Buchführung, ohne genaue Berichte über Plan und Ausführung, Intrige und Wirkung bleibt Verführung nur ein halber Genuß. Ihr Mitteilungsbedürfnis läßt Verführer und Verführerinnen vor allem Briefe oder Tagebücher schreiben. Damit werden die Leser zu Mitwissern oder heimlichen Komplizen, häufig gegen die moralisierende Intention des Autors. So haben die Leser und Leserinnen von Richardsons *Clarissa* dem Verführer Lovelace weit mehr Sympathie entgegengebracht, als es dem sittenstrengen Verfasser lieb war. Ein literarisches Verfahren, das unmittelbare Teilnahme und Einfühlung ermöglicht, gerät so unter der Hand selbst zu einer Art Verführung: der Verführung des Lesers.

Solche und andere verführerischen Wirkungen von Kunst bilden das Thema des letzten Kapitels. In Dantes *Göttlicher Komödie* ist es eine Liebesgeschichte, deren Lektüre Paolo und Francesca zum Ehebruch verführt. Auch in Italo Calvinos *Abenteuer eines Lesers* steht ein Buch im

Mittelpunkt. Hier verführt das Lesen jedoch nicht mehr zum erotischen Verhalten, sondern steht ihm im Wege: Calvinos Held vermag nicht zu entscheiden, ob er lieber den Flirt mit einer Frau oder die bereits begonnene Romanlektüre fortsetzen soll.

Der letzte Text der Sammlung, Franz Kafkas *Schweigen der Sirenen*, wirft schließlich die Frage auf, ob die Kunst den modernen Menschen überhaupt noch verführen kann. In Kafkas Umdeutung der Geschichte Homers läßt nämlich auch Odysseus sich die Ohren mit Wachs verstopfen, um nicht vom herrlichen Gesang der Sirenen in den Abgrund gelockt zu werden. Diese Maßnahme aber führt eine überraschende Wendung herbei. Odysseus' Begeisterung über die eigene List ist so groß, daß die Sirenen ihn gar nicht mehr verführen wollen: Sie schweigen. Hat der griechische Seefahrer nun die schönen Sängerinnen verführt? Kafkas Text verweigert jede endgültige Antwort. Eingestreute Zweifel entziehen dem Leser immer wieder den Boden einer definitiven Deutung. Was als Abgesang auf die Kunst der Verführung erscheint, erweist sich so selbst als kleines Meisterstück literarischer Verführung, bei der es freilich nicht mehr um Verführung *zu etwas* geht, sondern um eine Art *reiner* Verführung: weg von jedem eindeutigen Verständnis des Textes in die Unabschließbarkeit der Lektüren.

Kriegslisten und Herzensbedürfnisse

Samuel Richardson
Kriegslisten und Herzensbedürfnisse

Miss Howe an Miss Clarissa Harlowe

27. Februar

Aber verlaß Dich drauf, meine Freundin, ob Du es weißt oder nicht, Du bist in Gefahr.

Alle Deine Verwandten, die mit so unkluger Heftigkeit gegen ihn kämpfen, streiten für ihn! Und Lovelace – da wette ich meinen Kopf – hat trotz aller Verehrung und Beharrlichkeit längst weitergesehen, als ihn eben diese Verehrung und Beharrlichkeit eingestehen lassen, hat gesehen, daß man wirkungsvoller für ihn arbeitet, als er es selbst je vermöchte.

Schon hat er es durchgesetzt, daß Du heimlich mit ihm korrespondierst, damit er sich nicht empört gegen die schändliche Behandlung, die ihm täglich widerfährt. Ich möchte Dir raten, eine eingehende Prüfung der wahren Beweggründe Deiner »Großmut« gegenüber diesem Glücklichen nicht zu scheuen. Meine bescheidene Meinung ist – offen gesagt –, daß dabei schlicht *Liebe* herauskommen wird. Erschrick nicht! Hat Dein Anbeter nicht selbst diese Erkenntnis gehabt, als er zu Deiner Tante Hervey sagte, die Liebe dringe am tiefsten in beständige Gemüter? Der Teufel hole seinen Scharfsinn, denn das war doch schon vor sechs oder sieben Wochen! Lovelace ist unbedingt ein anziehender Mann, und wäre er nur – aber ich will nicht, daß Du rot wirst beim Lesen, ganz gewiß nicht. Aber, meine Liebe, merkst Du nicht, wie Dein Herz ungestüm klopft, während Du das liest? Und wenn dem so ist, geniere Dich nicht, es zuzugeben. Es ist

Deine »Großmut«, meine Liebe, nichts sonst. Aber hüte Dich vor den Iden des März – so hat schon der römische Augur zu Caesar gesagt! Deine Dich immer liebende

Anna Howe

Miss Clarissa Harlowe an Miss Howe

Mittwoch, 1. März

Der Schluß Deines Briefes hat mich beunruhigt und betroffen gemacht. Ich kann weder Erröten noch Herzklopfen eingestehen. Auf mein Wort nicht. Wirklich, meine Liebe, dieser Mann ist nicht *der* Mann für mich. Ich habe große Vorbehalte gegen ihn. Seinetwegen klopft mein Herz nicht. Ich glühe nicht außer vor Ärger über mich selbst, solcher Deutung Raum gegeben zu haben. Aber, meine Freundin, Du darfst nicht Dankbarkeit in Liebe umbiegen.

Miss Howe an Miss Clarissa Harlowe

Donnerstag morgen, 2. März

Du wärst also für nichts in der Welt in ihn verliebt! – Deine Dienerin! Auch ich wollte nicht, daß Du es wärest. Denn bei allen Vorzügen der Person, des Vermögens und Standes ist er Deiner keinesfalls würdig. Darin wurde ich noch bestärkt durch das, was ich von Mrs. Fortescue, einer Freundin von Lady Betty Lawrance, gehört habe. Doch laß mich Dir gratulieren, daß Du als erste unseres Geschlechts die Löwin Liebe in ein Schoßhündchen verwandelt hast!

Mrs. Fortescue sagt, Lovelace sei ein begeisterter Briefschreiber; ob bei Lord M. oder Lady Betty oder Lady Sarah, immer nehme er eine Feder zur Hand, wenn er sich zurückziehe. Daß Du, meine Liebe, und ich gern korrespondieren, ist kein Wunder; daß aber ein so lebhafter junger Mann wie er, der reitet, jagt, reist, Gesellschaften besucht und die Mittel hat, seinen Neigungen nachzugehen, sich häufig hinsetzt, um stundenlang Briefe zu schreiben, das finde ich doch bemerkenswert.

Du und ich haben ihn immer für zu lebenslustig, zu rücksichtslos, zu voreilig, zu scheinheilig gehalten, um tief veranlagt zu sein. Und wäre er noch so tief, so hättest Du ihn bald ergründet, wenn man Dich Dir selbst überlassen würde. Seine Eitelkeit wäre Dein Schlüssel. Nie war jemand eitler, »aber nie hat Eitelkeit einen Mann so gut gekleidet«, bemerkte Mrs. Fortescue. Schon mit der Hälfte dessen, was er sich zu sagen leistet, wäre jeder andere Mann unerträglich.

Als Wolf in der Fabel hat mir der flotte Herr einen Besuch abgestattet und ist soeben gegangen. Er ist voller Unwillen und Entrüstung darüber, daß man so abscheulich mit Dir umgeht, und voller Angst, Du könntest Dich am Ende doch fügen. Ich sagte ihm, ich glaubte nicht, daß man Dich je dahin bringen könnte, an einen Mann wie Solmes zu denken; doch würde das Ganze wohl darauf hinauslaufen, daß Du keinen von beiden nehmen würdest.

»Kein Mann mit so beträchtlichem Vermögen und Beziehungen«, sagte er, »hat je so wenig Gunst von einer Frau erlangt, um die er so gelitten hat wie ich.« Er beklagte sich, daß Dein Bruder und Dein Onkel ihn mit Spionen umgäben, die sein Privatleben ausspähen sollten, worauf ich sagte, das sei gewiß hart für ihn, zumal seine Lebensführung und moralische Gesinnung einer objektiven Erkundung nicht unbedingt standhalten würden. Er lächelte, nannte sich meinen Diener und sagte, er habe gewußt, daß die Gelegenheit, solches zu behaupten, für mich zu verlockend gewesen sei, um sie vorübergehen zu lassen. Dann lenkte er ab und landete bei den höchsten

Ergebenheitserklärungen sowie dem Bekenntnis größter Verehrung für Dich. Und weil Du es bist, wer vermöchte da die Ehrlichkeit solcher Geständnisse zu bezweifeln? Adieu, meine liebste, beste Freundin!

Ganz Deine Anna Howe

Miss Clarissa Harlowe an Miss Howe

Donnerstag morgen, 9. März

[...] Vorläufig beschäftigt er mich aus Neugier und aus keinem andern Grund, und ich hoffe doch, daß nie ein schwerwiegenderer hinzukommt – trotz dem von Dir angedeuteten Herzklopfen. Auf jeden Fall will ich ihm mitteilen, daß sein nächster Brief, den er in der Wand am grünen Gang hinterlegt, der allerletzte ist, den ich von ihm annehme – zumindest, bis glücklichere Zeiten kommen. (Das letztere mußte ich hinzusetzen, damit er nicht ganz verzweifelt ist.)

Sollte er es darauf angelegt haben, durch sein Beklagen meiner Zurückhaltung und sein Bejubeln meiner angeblichen Avancen mich dahin zu bringen, daß ich mir seine Artigkeiten gefallen lasse, dann müßte ich ihn für den durchtriebensten aller Burschen halten, und wäre ich dessen sicher, müßte ich ihn noch mehr hassen als Solmes.

Trotzdem muß ich sagen, wenn er einen Charakter wie Dein Freier Mr. Hickman hätte, oder wenn man hoffen könnte, ihn zu bessern, würde man ihn vielleicht ganz gern mögen; ja, ich halte es für möglich, daß man mich durch Drängen zu, sagen wir, einer Art bedingter Zuneigung treiben könnte. Aber das Wort Liebe, so angebracht und verklärend es in manchem Bereich sein mag, hat in diesem eng umschriebenen, selbstsüchtigen, besonderen Bezirk keinen echten Klang. Man kann doch Lovelaces moralische Gesinnung nicht gutheißen, falls das Gerede über ihn wahr ist.[...] Cl. H.

Mr. Lovelace an John Belford, Esq.

Montag, 13. März

Vergebens drängst Du mich, lieber John, in die Stadt zu kommen, solange ich meiner stolzen Schönen so wenig sicher bin. Allen Boden, den ich ihr bisher abgewonnen habe, verdanke ich nur ihrer Angst um die Sicherheit ihrer Familie. Ihretwegen besuchte ich gestern die Kirche; der richtige Ort, so dachte ich, eine Versöhnung einzuleiten, in der Annahme, die Familienoberhäupter seien Christen, die sich etwas bei ihren Gebeten denken. Ich hoffte, wenn nicht auf eine Einladung, so doch auf einen Vorwand, den alten Griesgram heimzugeleiten, um dabei meine Göttin zu erblicken – glaubte ich doch, sie würden es nicht wagen, mir anders als höflich zu begegnen. Sobald ich aber eintrat, waren sie schreckgelähmt. Ich sah es ihren Mienen an, daß sie alle auf etwas Ungewöhnliches gefaßt waren, und das hätte sich auch ereignet, wäre ich nur der Liebe ihrer Tochter sicher gewesen; doch nicht ein Haar ihrer törichten Häupter beabsichtige ich zu krümmen.

Es ist reichlich verwirrend, in die Tochter, Schwester, Nichte einer verhaßten Familie verliebt zu sein. Aber weiß der Teufel, meine Liebe wächst mit ihrer, wie soll ich es nennen? – Verachtung nicht, nicht Stolz der Angebeteten – Unnahbarkeit! Gegenüber echter Tugend hatte ich nun immer Schwierigkeiten.

Jetzt büße ich dafür, daß ich nie geheuchelt habe, meinen guten Ruf mißachtete und ruhig die Klatschbasen ihre Mäuler aufreißen ließ. Aber nun muß ich zum Heuchler werden, ich, der alles im Sturm eroberte und selbst die Bedingungen stellte! »Wer tugendsam erscheint, spielt eine Rolle nur, er zeigt nur Kunst und nicht Natur!« sagt der Dichter, und ich werde diese Rolle jetzt spielen müssen, wenn ich bei dem wundersamen Geschöpf Erfolg haben will.

Doch weshalb nur spielen? Kann ich mich nicht wirklich bessern? Habe ich doch nur einen Fehler, nicht wahr, John, Du kennst ihn so gut wie ich selbst: mein Herz. Aber ist es nicht ein großer Verführer? Wie oft hat es schon seinen Herrn verleitet! Seinen Herrn? Ich bin es nicht mehr, seitdem ich diesen Engel gesehen habe.

Nur ein Irrtum des Onkels ließ mich damals zuerst Arabella, der Schwester, den Hof machen. Er sollte mich bei einer Göttin einführen und brachte mich zu einer Sterblichen. Ich hatte es nicht leicht, die liebevolle und willfährige Dame loszuwerden, ohne es mit der Familie gänzlich zu verderben.

Früher rühmte ich mich, schon einmal geliebt zu haben. Ich glaubte es wirklich. Ich war noch sehr jung, als mich jene vornehme Kokette betrog und ich mir schwor, deren Untreue an ihrem ganzen Geschlecht zu rächen. Aber wenn ich vergleiche, was ich damals fühlte und was heute, so weiß ich genau, ich habe noch nie geliebt. Was war es dann, wirst Du fragen, was mich fast wahnsinnig machte, als ich mich betrogen fand? Soweit ich mich erinnern kann, denn es ist schon lange her, war es – zum Henker, John, ich weiß es kaum mehr – vielleicht eine starke Lust am Ungewöhnlichen. Die verwünschten Poeten mit ihren erd- und himmelstürmenden Gedichten erhitzten meine Phantasie, ließen mich wünschen, selbst eine Göttin zu erschaffen. Ich wollte meine Schwingen regen in Sonetten, Elegien und Madrigalen. Ich wollte auch meine Cynthia, Stella, Sacharissa haben. Mit Feuer und Schwert und der Teufel weiß, womit sonst noch, mußte ich meinen Cupido ausrüsten. Oft geriet ich wegen des Stoffes in Verlegenheit, wenn meine neu geschaffene Göttin liebevoller zu mir war, als sich mit dem Klageton meines Sonetts vereinbaren ließ.

Noch eine zweite Eitelkeit lag in meiner Leidenschaft.

Im allgemeinen fanden die Frauen Gefallen an mir, und da setzte ich mir in den Kopf, eine besonders auszuzeichnen und dadurch sechs andere eifersüchtig zu machen. Das wirkte, kann ich Dir sagen: manches Auge blitzte zornig, manche Wange glühte, und mancher Fächer wurde entrüstet zusammengeklappt. Kurz, John, es war mehr gekränkte Eitelkeit als Liebe, was mich damals so aus der Bahn warf, als ich jene Kokette verlor. Alle singenden, tanzenden, musizierenden Damen waren vernarrt in mich, denn wer – ich bin nun einmal am Prahlen – tanzte, sang und spielte, gleich welches Instrument, besser als Dein Freund?

Ich bin nicht Heuchler genug, um mich blind zu stellen gegenüber Vorzügen, die jeder sieht und anerkennt. Doch soll sich meine Eitelkeit nur auf äußere Vorzüge erstrekken wie meine geschmackvolle Kleidung, meine gesellschaftliche Wirkung, mein sicheres Auftreten? Auf meine Talente bilde ich mir nichts ein, »wozu Du auch keinen Grund hast«, wirst Du sagen. Ja, Talente sind angeboren. Ich würde mich mit fremden Federn schmücken, wie die Krähe im Pfauenkleid einherstolzieren, wäre ich auf Vorzüge stolz, die nicht mein Verdienst sind.

Zurück zu meiner schönen Koketten. Ich konnte es nicht verwinden, daß die Frau, die mich die Liebe zuerst gelehrt hat, mir einen gräflichen Fanten vorzog. Kaum war mein Vogel ausgeflogen, schätzte ich ihn noch mehr als vorher im sicheren Käfig, wo ich ihn je nach Laune besuchen konnte.

Aber jetzt liebe ich wirklich. Mein einziger Gedanke ist Clarissa Harlowe. »Ach, Clarissa, welche Melodie in deinem Namen, der mich zu Kindeszärtlichkeit beruhigt!« Aber Harlowe! Wie ich an diesem Wort würgen muß! Doch will ich ihr meinen eigenen Namen geben: »Love –«. Kannst Du es glauben, daß ich daran denke, für dieses bezaubernde Geschöpf das freie Leben mit den Fesseln der Ehe einzutauschen?

Auf keinen Fall würde ich die herausfordernden Kränkungen der Familie ertragen und die Drohungen dieses groben Bruders dulden, dem ich das Leben geschenkt habe, wenn es meinem Stolz nicht schmeichelte, ihn durch seinen eigenen Spion in der Hand zu haben, so daß er als Marionette an meinen Drähten tanzen muß. Durch seinen doppelzüngigen Diener halte ich sie alle zum besten. Den klatschselig-geschäftigen Onkel mache ich zu meinem Gesandten bei Königin Annabella Howe, um sie in die allgemeine Verschwörung der elterlichen Autorität hineinzuziehen. Und das nur, damit meine Geliebte keine Zuflucht außer dem Hause findet. Denn eines Tages muß sie fliehen oder den verhaßten Solmes heiraten. So treffe ich meine Maßnahmen, um sie für mich zu sichern, ihnen allen und ihrem eigenen, unbeugsamen Herzen zum Trotz. Mein soll sie werden, ohne Bedingung, ohne daß ich Besserung versprechen oder sie jahrelang umwerben muß. Dann wird diese elende Familie vor mir kriechen, ihr niederträchtig-anmaßender Bruder zu Füßen meines Thrones knien, und ich werde ihr Herr sein.

Meine einzige Sorge ist der geringe Eindruck, den ich bis jetzt auf meine reizende Eiskönigin gemacht habe. Ich sehe sie vor mir: strahlendes Leben in ihren Zügen, ihre funkelnden Augen, ihre vollendete Gestalt, ihre blühende Jugend, und dennoch so unnahbar, obwohl ich, der sieggewohnte Lovelace, sie umwerbe. Wie ist es möglich? Ich habe doch mit ihrer Amme Norton gesprochen, die sich deutlich erinnert, daß sie geboren wurde. So weiß ich sicher, daß sie nicht von den Engeln stammt! Wie kann sie da so unzugänglich sein? – Du wirst begreifen, daß Ihr mich nicht so bald in der Stadt erwarten könnt. Erst muß ich die Gewißheit haben, daß meine Geliebte nicht so einem Tropf wie Solmes aufgeopfert wird. Wehe ihr, wenn sie in meine Gewalt kommt, ohne daß ich diese Sicherheit hätte! »Nimm dich in acht, Schönste, nimm dich in acht, erhabenstes Geschöpf, daß du bei solchem Wettbewerb, den deine boshafte Familie meinetwegen in Szene gesetzt hat, dich nicht erniedrigst!« Ich bin rasend, wirst Du sagen. Verdammt sei meine Seele, wenn ich sie nicht erringe!

Ich muß doch bejammernswert verliebt sein, daß ich alles ertrage, soviel Verachtung erdulde, daß ich mich fast vor mir selbst schäme. Aber warum sich schämen? Ist es nicht Seligkeit, die zu lieben, die jeder, der sie ansieht, entweder lieben oder anbeten muß, oder beides zugleich?

Würde ich sonst ihres Vaters Ställe oder Gartenmauern umkriechen, ohne Hoffnung, auch nur einen Blick von ihr zu erhaschen? Würde ich mich sonst nach nächtelangem Umherstreifen auf einsamen Pfaden und durch dornige Hecken für reich belohnt halten, wenn ich ein paar *erwartete* kühle Zeilen von ihrer Hand finde, in denen sie mir mitteilt, daß sie mir nur schreibt, damit ich Beleidigungen ertrage, die kein Mann dulden dürfte? Darum kampiere ich in dem auf halbem Weg gelegenen elenden Wirtshaus. Und Du fragst, ob ich ein neues Spiel begonnen hätte! Du fragst, ob ich noch immer das gleiche Wild jage. Ach, Du weißt nichts von diesem herrlichen Wesen, Du könntest sonst nicht so fragen.

Ich sage Dir, bevor sie mir nicht durch die Ehe oder durch eine ihr gleichkommende Vertrautheit weniger als ein Engel geworden ist, kann ich unmöglich an irgendeine andere Frau denken.

Dann gibt es auch für einen Mann wie mich in dieser Sache so manchen Kitzel außer der Liebe. Welch ein Feld für Kriegslisten und Schachzüge, die mir, wie Du weißt,

Herzensbedürfnis sind! Und bei alledem das lohnende Ziel: Ein Mädchen wie dieses trotz ihrer wachsamen und unversöhnlichen Familie, trotz ihrer eigenen Klugheit und Vorsicht zu entführen! Welcher Triumph! Ich werde meine Rache auskosten; wie kann ich da einen einzigen Gedanken haben, der nicht ihr gehört?

Nun habe ich Dir, wie Du es wünschtest, geschrieben: über alles, über nichts, über Rache, die ich liebe, über die Liebe, die ich hasse, weil sie mich beherrscht.

Lebe wohl!

Matthew Gregory Lewis
Verführerische Beichte

Der Abt schrak von der Bank empor bei solch ungeheuerlichem Bekenntnis. Zu seinen Füßen langhin ausgestreckt, lag der vermeintliche Rosario und harrte schweigend nun des Urteilsspruchs. Des einen Staunen wie des andern Furcht, sie machten Mönch wie Mädchen für geraume Zeit in ihrer Haltung erstarren. Es war, als hätt' ein Magier die beiden mit einem Zauberstabe angerührt. Doch schließlich überwand der Mönch seine Verwirrung, trat aus der Grotte und eilte überstürzten Schrittes auf das Kloster zu. Dies kaum gesehen, raffte die Bittstellerin sich vom Boden auf, stürzte dem Enteilenden nach, überholte ihn, warf sich ihm in den Weg und umschlang Ambrosios Knie. Der trachtete vergebens, sich solchem Zugriff zu entwinden.

»Oh, flieht mich nicht!« so rief sie flehentlich. »Laßt mich in meinem Elend nicht allein! Nein, hört mich an, weshalb ich so gehandelt! Ach, nicht von meiner Schwester hab' ich Euch erzählt – es war mein eignes Los! *Ich* bin Matilda – *Ihr* seid's, den sie liebt!«

War Ambrosios Bestürzung bei des Mädchens erstem Eingeständnis schon groß genug gewesen, so überstieg sie in Anhörung dieses zweiten Bekenntnisses jedes Maß! Überrascht, verwirrt und unentschlossen wie er war, sah der Mönch sich außerstande, auch nur eine Silbe hervorzubringen. So starrte er nur wortlos auf Matilda nieder. Dies gab ihr Gelegenheit, in ihren Erklärungen fortzufahren:

»Denkt nicht, Ambrosio, ich sei gekommen, Euch Eurer süßen Himmelsbraut zu rauben! Vielmehr mögt Ihr mir glauben, daß Euch nur die Frömmigkeit geziemt, nur sie allein! Ach, fern ist's Matilden, Euch vom Pfad der Reinheit und der Tugend abzubringen! Was ich für Euch empfinde ist nur Liebe – nur reine Liebe, nicht Begehrlichkeit. Mein Sehnen ist auf Euer Herz gerichtet, und nicht auf Sinnlichkeit und Fleischeslust. Geruht nur, mich ein wenig anzuhören, so sollt Ihr binnen kurzem überzeugt sein, daß meine Gegenwart dies heilige Asyl nicht schändet – daß Euch Euer Mitgefühl nicht in Konflikt mit den Gelübden bringt!« Sie gab seine Knie frei und setzte sich. Ambrosio, kaum wissend, was er tat, folgte ihrem Beispiel. Sie aber fuhr in ihrer Rede fort:

»Ich stamme aus einer vornehmen Familie. Mein Vater war das Oberhaupt des Adelshauses der Villanegas. Er starb, da ich noch im Wickelbette lag, und ließ mich als Alleinerbin seiner ungeheuern Güter zurück. Jung und reich wie ich war, hielten späterhin die edelsten Jünglinge Madrids um meine Hand an, doch vermochte keiner von ihnen sich bei mir in die gehörige Gunst zu setzen. Ich wuchs ja unter der Obhut eines Oheims heran, der für sein sicheres Urteil und seine überragende Gelehrsamkeit bekannt war. Zu seiner Kurzweil hatte er mir einiges von seinem Wissen beigebracht, und so ward mir größere Verstandesschärfe und Urteilskraft zu eigen, als dies bei meinem Geschlechte gemeiniglich der Fall zu sein pflegt. Und da die mir angeborene Wißbegier meinen Lehrmeister in seinem Vorhaben noch unterstützte, machte ich nicht nur beträchtliche Fortschritte in den allgemeinen Wissenschaften, sondern auch in denjenigen, welche den Beschränkungen des Aberglaubens unterliegen und deshalb nur einer geringen Zahl von Menschen vorbehalten sind. Indes, wie sehr mein Beschützer sich auch mühte, die Grenzen meines Wissens zu erweitern, so vergaß er darüber doch nie des moralischen Parts: er befreite mich von den Fesseln niedriger Vorurteile, wies mir die Schön-

1. Liebeskrieg oder Liebesspiel? »Der Riegel« von Jean-Honoré Fragonard, um 1777

heiten der Religion; lehrte mich, mit Bewunderung auf die Reinen und Tugendhaften zu blicken und, weh mir! – ich habe seine Lehren nur zu gut befolgt!

Urteilt selbst, ob ich unter solchen Voraussetzungen anders als voll Ekel auf die Lasterhaftigkeit, Ausschweifung und Dummheit hätte blicken können, durch welche unsre spanischen Jünglinge so sehr verunziert sind. So wies ich denn jede Bewerbung voll Abscheu von mir, und mein Herz fand keinen Gebieter bis zu dem Tage, da mich der Zufall in die Kapuzinerkirche führte. Ach! Gewißlich hat mein Schutzengel an jenem Tage in Vernachlässigung seiner Pflichten geschlafen! Denn damals war's, daß ich Euch zum erstenmal erblickte: Ihr waret für den Pater Superior eingesprungen, welcher krank darniederlag. – Ihr könnt Euch unmöglich vorstellen, welch stürmische Begeisterung Eure Predigt in mir hervorgerufen! Ach! Wie eine Verdurstende nahm ich Eure Worte in mich auf! Eure Beredsamkeit, sie ließ mich noch der eigenen Person vergessen! Ich wagte kaum zu atmen, aus Furcht, darüber einer Silbe aus Eurem Munde verlustig zu gehen. Und da Ihr auf der Kanzel standet, wollte mich's bedünken, als umstrahlte eine Glorie Euer Haupt, als leuchtete dies Antlitz in göttergleicher Majestät. Erglühend in Bewunderung, verließ ich das Gotteshaus. Von da an waret Ihr der Abgott meines Herzens, unwandelbarer Gegenstand all meines Denkens, Fühlens, Trachtens. Ich stellte Nachforschungen über Euch an. Was mir berichtet wurde über Euren Lebenswandel, Euer Wissen, Eure Frömmigkeit und Selbstverleugnung, es konnte die Bande, darein Eure Beredsamkeit mich geschlagen, nur verfestigen. Nun war's in meinem Herzen nicht länger leer: ich hatte ja den Mann gefunden, nach dem ich mich so lange Zeit vergebens umgetan. Nun sah mich jeder neue Tag in Eurer Kirche – ich hoffte ja, aufs neue Euch zu hören. Ihr aber lebtet in der Abgeschlossenheit der Klostermauern – und ich zog jedes Mal gebrochen und enttäuscht nach Haus. Doch war die Nacht mir gnädiger gesinnt, dieweil ich Euch im Traum erblicken durfte. Im Traume auch gelobtet Ihr mir Freundschaft für alle Zeit. Ihr führtet mich auf tugendhaften Pfaden, Ihr halft mir, den Bedrängnissen des Lebens die Stirn zu bieten. Allein, der Morgen kam und machte meinem holden Wahn ein Ende: erwachend fand ich mich getrennt von Euch durch Mauern, die nicht zu überwinden schienen! Und auch die Zeit: anstatt mein Leid zu lindern, hat sie es nur vertieft! Mich überkamen Schwermut und Verzweiflung. So floh ich die Geselligkeit und fühlte mich mit jedem Tage kränker. Dann kam der Tag, da solche Qual ich länger nicht mehr tragen konnte, und so verfiel ich darauf, die Kleidung anzulegen, darin Ihr mich nun seht. Die List war von Erfolg gekrönt: man nahm mich in dies Kloster auf, wo's mir alsbald gelang, mir Eure Achtung zu erwerben.

Nun hätt' ich mich vollkommen glücklich fühlen können, wär' da nicht immerdar die Furcht gewesen, entdeckt zu werden. Das Glücksgefühl, das ich in Eurer Nähe stets empfand, ward mir vergällt, sobald ich daran dachte, wie rasch man mich von hier vertreiben könnte. Bei jedem Eurer kleinen Gunstbeweise schlug mir das Herz so leidenschaftlich, daß ich alsbald erkannte, ich würde ohne solche Gunst nicht leben können. So schien's mir besser, die Entdeckung meiner weiblichen Natur dem Zufall zu entziehn und Euch aus freien Stücken die Wahrheit zu bekennen, um dergestalt mich ganz an Eure Gnade und Eure Nachsicht auszuliefern. Ambrosio, ach, hab' ich mich nun getäuscht? Ist Eure Großmut kleiner, als ich dachte? Ich mag es nimmer glauben! Ihr werdet eine Elende nicht zur Verzweiflung treiben! So wird's mir weiterhin verstattet sein, Euch sehen, mit Euch sprechen, vor

Euch knien zu dürfen! Und Eure Tugendhaftigkeit soll sicher mich geleiten, bis wir dereinst im selben Grabe ruhn!«

Sie verstummte. – Dieweil sie gesprochen hatte, war Ambrosios Herz ein Kampfplatz der widerstreitendsten Empfindungen gewesen. Nur ihrer wenige vermochte er mit Namen zu nennen: Da war zunächst die Überraschung ob der Einzigartigkeit solcher Begebnisse; dann die Verwirrung ob des Abrupten dieser Beichte; auch der Ärger ob der Kühnheit solchen Eindringens ins Kloster mischte sich darein; und schließlich war da noch das Wissen um die Härte einer Antwort, wie die besondre Lage sie erheischte. Doch größer noch war die Zahl der Empfindungen, die Ambrosio nicht zu nennen wußte: Nicht wurde er gewahr, wie sehr seiner Eitelkeit das Preislied auf seine Eloquenz und Tugend schmeichelte; nicht ward er inne, welch geheimes Entzücken ihm der Gedanke verursachte, daß ein so junges und augenscheinlich schönes Weib um seinetwillen der Welt entsagt, ja jede andre Leidenschaft der einen aufgeopfert hatte, die er, Ambrosio, hervorgerufen; und schon gar nicht kam's ihm zu Bewußtsein, daß es Begier war, die sein Herz so schlagen machte ob des sanften Druckes, mit dem Matildes zarte, weiße Finger ihm die Hand umspannten, als wäre solche Klammer von Elfenbein!

Nur nach und nach vermocht' Ambrosio seiner Sinne Herr zu werden: die Gedanken entwirrten sich ihm – und gleich darauf erkannte er, welch grenzenlose Unkeuschheit es wäre, Matilden verstatten zu wollen, jetzt, nachdem sie ihm ihr Weibtum aufgedeckt, noch länger in dem Kloster zu verweilen. So gab er sich den Anschein größter Strenge, ja bracht' es über sich, die Hand ihr zu entziehen!

»Wie, Weib!« so rief er. »So kannst du denn im Ernste

hoffen, ich würde dir gestatten, noch länger unter uns dich aufzuhalten? Und wollt' ich deinem Wunsche gleich willfahren – was hülfe es dir schon? Glaubst du, ich könnte eine Neigung je erwidern, die –«

»Mitnichten, Vater, nein! Fern sei's von mir, von Euch *die* Liebe zu erwarten, die ich im eignen Herzen brennen fühle! Mir geht's ja einzig um die Freiheit, Euch nahe sein zu dürfen: Nur ein paar Stunden jedes Tags in Eurem Beisein zu verbringen, mich Eures Mitleids, Eurer Freundschaft, Eurer Achtung zu erfreun. Ist solcher Wunsch denn gar so tadelnswert?«

»Bedenke, Weib, nur einen Atem lang die Ungehörigkeit, die darin liegt, daß ich ein Weib in diesen Mauern dulde, ein Weib, das seine Liebe mir erklärt hat! Es kann, es *darf* nicht sein! Zu groß wär' die Gefahr, entdeckt zu werden! Auch bin ich nicht geneigt, mich den Gefahren der Versuchung in so gewaltigem Maße auszusetzen.«

»Versuchung, sagt Ihr? So vergeßt mein Weibtum, und die Versuchung wird nicht länger sein! Seht mich als einen Freund an und sonst nichts. Als ein unselig Wesen, das sein Leben und sein Glück in Euren Schutz gegeben. Fürchtet nicht, daß ich Euch je daran erinnern werde, wie nur die Macht der Liebe es gewesen, die mich dazu gebracht hat, vor Euch mein Weibtum zu enthüllen. Auch braucht Ihr nicht zu bangen, daß mich Begierden leiten, die Euren Mönchsgelübden und meiner Frauenehre schaden könnten. Nicht werde ich versuchen, Euch vom rechten Wege abzubringen – niemals, Ambrosio! Ihr sollt mich besser kennen: ich lieb' Euch ja um Eurer Tugend willen! Verlört Ihr sie, was sollt' mir meine Liebe! Ich blick' auf Euch, wie man auf Heilige blickt. Sobald Ihr Euch als schwacher Mensch erweist, kann ich mich nur voll Abscheu von Euch wenden. Was also hättet Ihr von mir zu fürchten? Von mir, in der die gleisnerischen Übel dieser Welt nichts denn Verachtung ausgelöst? Von mir, die Euch geneigt ist ob Eurer innern Festigkeit? Ach – weist so schändlichen Verdacht von Euch! Seht mich für edler an – denkt edler von Euch selbst! Unmöglich, Euch zur Sünde zu verführen: gewißlich ist ja Eure Tugend allzu fest, als daß Begierden sie erschüttern könnten. Ambrosio! Geliebter meiner Seele! Vertreibt mich nicht von Eurer Schwelle! Seid Eures Wortes eingedenk – erlaubt mir, daß ich bleibe!«

»Dies kann nicht sein, Matilda! Um *Euret*willen muß ich's Euch verweigern, dieweil um *Euch* ich zittre, nicht um mich. Ich hab' der Jugend Leidenschaft gezügelt in drei Jahrzehnten härtester Kasteiung und muß nicht fürchten, daß mir Euer Bleiben ein wärmeres Gefühl denn Mitleid weckte. Und doch kann Eures Hierseins nicht länger sein, dieweil's für *Euch* die schlimmsten Folgen hätte! Das kleinste Wort aus meinem Munde, ja die geringste Geste meiner Hand, Ihr würdet sie mißdeuten, und jeder Umstand wär' Euch gut genug, auf Gegenlieb' zu hoffen. Unmerklich müßte die Vernunft zum Opfer Eurer Leidenschaften werden, und meine Gegenwart, statt Euch zu zügeln, würd' Euch zu immer neuer Glut entflammen. Glaub' mir, beklagenswertes Weib, du dauerst mich von Herzen! Ich zweifle nicht, daß bis zu dieser Stunde die lautersten Gefühle dich geleitet. Allein, wie sehr du auch die Augen schließest vor aller Unbedachtheit deines Tuns, so wär's für mich doch unentschuldbar, sie dir nicht zu öffnen! Also geziemt's mir, dir mit Härte zu begegnen und jeden Funken Hoffnung zu zertreten, auf daß er nicht ein Feuer dir entfache, das dich vernichten muß! Matilda – morgen schon mußt du von hinnen!«

»Wie – morgen schon, Ambrosio? Schon morgen? O nein, dies kann unmöglich Euer Ernst sein! Ihr *könnt* mich nicht in die Verzweiflung treiben, *könnt* nicht so grausam sein, mich einfach zu –«

»Du kennst meinen Entschluß – gehorche denn! Die Regeln unsrer Bruderschaft verbieten dir, zu bleiben, meineidig würd' ich, wollte ich verhehlen, daß sich ein Weib in diesen Mauern aufhält! Mein Mönchsgelübde macht es mir zur Pflicht, dein Los den andern Brüdern zu entdecken. Nein, du mußt fort, wie sehr du mich auch dauerst – mehr ist nicht zu sagen.«

Er sprach diese Worte mit schwacher, bebender Stimme. Dann, sich erhebend, schickte er sich an, in aller Hast das Kloster aufzusuchen. Aufschreiend stürzte Matilda ihm nach und hielt ihn zurück.

»So bleibt noch einen Augenblick, Ambrosio! Nur auf ein letztes Wort!«

»Ich wag' es nicht! Laß ab von mir! Du kennst meine Entscheidung!«

»Ein letztes Wort – ein einziges, letztes Wort, und damit sei's genug!«

»Nein, laß mich! All dein Flehen ist vergebens: morgen schon mußt du von hinnen!«

»So geh' denn hin, du Mann des harten Herzens! Mir bleibt noch immer dieser letzte Ausweg.«

Dies gesagt, zog sie einen Dolch aus dem Gewande, riß sich die Kutte auf und zückte den Stahl gegen die eigene Brust.

»So hört, mein Vater: nur als eine Tote verlass' ich diese Mauern!«

»Halt ein! Halt ein, Matilda! Was tust du da?«

»Seid *Ihr* entschlossen – bin *ich* es nicht minder: der Augenblick, da Ihr Euch von mir wendet, wird diesen Stahl in meinem Herzen sehn!«

»Oh, heiliger Franziskus! Matilda, Weib, bist du denn ganz von Sinnen? Erkennst du nicht die Folgen deines

Tuns? Nichts Ärgres gibt's, als Hand an sich zu legen! Willst du dein Seelenheil mit Füßen treten, der Hoffnung auf Erlösung dich begeben? Gedenkst du nicht der ewigen Höllenpein?«

»Was kümmert's mich?« so rief sie leidenschaftlich. »Führt Eure Hand mich nicht zum Paradiese, so mag die meine mich zur Hölle senden! – So redet doch, Ambrosio, sagt, daß Ihr schweigen werdet und mich auch künftig als Gefährtin dulden wollt! Wo nicht, so fährt mir dieser Stahl ins Herz!«

Bei diesen letzten Worten hob sie den Arm und zückte die mörderische Klinge gegen sich, als wollt' sie sich im nächsten Augenblick erdolchen. Des Mönches Auge folgte voll Entsetzen ihrer Geste: Matilda hatte sich die Kutte aufgerissen – ihr Busen lag entblößt vor seinem Blick! Schon grub der Stahl sich in die linke Brust – und ach! wann hätt' Ambrosio je solche Brust erblickt! Das volle Licht des Monds enthüllte sie dem Mönch in ihrer reinsten Weiße! Voll unstillbarer Gier verweilte sich sein Auge auf solcher Frucht vom Baume der Versuchung; ein niegekanntes Sehnen durchzog mit bebendem Verlangen ihm das Herz; von einem Feuerschwalle ward ihm ein jedes Glied durchsüßt; in seinen Adern wallte ihm das Blut, und tausend zügellose Wünsche bemächtigten sich seiner.

»Halt ein!« rief er gehetzt, mit halberstickter Stimme. »Halt ein, o Weib, du hast gesiegt! So magst du also bleiben, Zauberin – und durch dein Hiersein meinen Untergang besiegeln!«

Dies kaum gesprochen, war er schon auf dem Weg zum Kloster. Dort stürzte er in seine Zelle und warf sich auf das Lager, verstört, verwirrt und innerlich zerrissen.

Geraume Zeit sah er sich außerstande, einen klaren Gedanken zu fassen. Die Szene, welche er soeben erleben gemußt, hatte eine Fülle so unterschiedlicher Empfindungen in seinem Busen heraufgerufen, daß er unmöglich entscheiden konnte, welcher davon er den Vorzug geben sollte. Er gewann keine Klarheit darüber, wie er's in Hinkunft mit dem Störenfriede seiner Seelenruhe zu halten hätte. Wohl war er sich bewußt, daß Klugheit, Frömmigkeit und lautere Gesinnung ihn nötigten, Matilda dieser Mauern zu verweisen. Allein, bei andrem Licht besehen, sprach so vieles für ihr Bleiben, daß er nur allzusehr geneigt war, ihr's zu gestatten. Wie hätt' er sich nicht geschmeichelt fühlen sollen durch Matildens Herzensergießung – gar, wenn er bedachte, daß er unwillentlich ein Herz erobert hatte, welches dem Ansturm von Spaniens edelsten Kavalieren getrotzt! Auch behagte die Art und Weise, wie er Matildens Zuneigung gewonnen, seiner Eitelkeit über die Maßen. Er gedachte der vielen schönen Stunden, die er in der Gesellschaft Rosarios verbracht, und er schrak vor der Leere zurück, die solcher Abschied in seinem Herzen hinterlassen mußte. Überdies, so überlegte er, war Matilda begütert, so daß ihre Herzensneigung dem Kloster zu beträchtlichem Vorteile gereichen konnte.

»Und was verschlägt's«, so sprach er insgeheim, »wenn ich stillschweigend leide, daß sie bleibt? Darf ich denn ihren Worten nicht vertrau'n? Und ist's mir nicht ein leichtes, ihres Weibtums zu vergessen, ja sie auch weiterhin als Freund und Schüler anzusehn? Gewiß ist ihre Liebe ja so keusch wie jedes ihrer Worte. Wär' solches Fühlen bloß der Lüsternheit entsprungen, Matilda hätt' es nimmermehr so lang verbergen können! Vielmehr hätt' sie mit List danach getrachtet, ans Ziel so arger Wünsche zu gelangen! Doch nichts von alledem – im Gegenteil: sie ließ ihr Weibtum mich auf keine Weise merken, und nur die Furcht vorm Zufall der Entdeckung ist's gewesen, die im

Verein mit meinem Fragen Matilden übermocht hat, ihr Geheimnis preiszugeben. Die Regeln unsrer heiligen Religion hat sie nicht minder streng befolgt denn ich; mit keinem Wort hat sie es unternommen, die Leidenschaft zu wecken, die in mir schlummert, noch auch hat sie vor dieser heutigen Nacht von ihrer Lieb' gesprochen. Wär' sie auf meine Neigung ausgewesen und nicht auf meine Achtung, so hätt' sie ihre Reize nicht so in acht genommen! Bislang hab' ich ja nicht einmal ihr Angesicht erblickt – und doch, wie lieblich muß es sein, wie schön ihre Gestalt, wenn ich an die – nun, wenn ich daran denke, was mir zu sehn verhängt war.«

Dieser letzte Gedanke trieb Ambrosio das Blut in die Wangen. Entsetzt ob der Empfindungen, denen sich hinzugeben er im Begriffe stand, suchte er sogleich Zuflucht im Gebet: er sprang vom Lager auf, kniete vor dem schönen Bildnis der Madonna nieder und flehte sie an, sie möge ihm helfen, so sündhafte Anwandlungen im Keime zu ersticken. Sodann begab er sich aufs neue zu Bett und überließ sich dem Schlummer.

Als er erwachte, fand er sich in Schweiß gebadet. Der Schlaf, anstatt Erquickung zu bringen, hatte ihm die wollüstigsten Bilder vors innere Auge gezaubert. Im Traume war Matilda vor ihm gestanden, und aufs neue hatte Ambrosio den Blick auf ihre nackten Brüste geheftet. Sie aber wiederholte ihre Beteuerungen ewiger Liebe, schlang ihm die Arme um den Nacken und bedeckte sein Gesicht mit heißen Küssen – mit Küssen, die er erwiderte! Jawohl, schon preßte er Matilden voll Leidenschaft an seinen Busen, um – doch da war das Traumbild zu nichts zerronnen! Dann wieder gaukelten seine Träume ihm das Lieblingsbild der Gottesmutter vor, und er wähnte sich auf den Knien liegen. Als er aber sein Gelübde vor der Madonna erneuerte, schienen des Bildes Augen plötzlich in unaussprechlicher Süße auf ihm zu ruhen, so daß er nicht anders konnte, als seine Lippen auf diejenigen des Bildes zu pressen! Allein, das gemalte Lippenpaar erwies sich als warm und blutvoll: die zum Leben erwachte Gestalt löste sich von der Leinwand und umarmte den Beter mit solcher Leidenschaft, daß ihm die Sinne schier vergehen wollten in letzter Entzückung! Ja, dergestalt waren die Bilder beschaffen, mit welchen der Schlaf einen Träumer heimsuchte, durch dessen ungestillte Begierden die wollüstigsten und verführerischsten Szenen heraufbeschworen wurden, so daß unser Schläfer in Wonnen schwelgte, die seinem Denken bislang unbekannt gewesen!

Er sprang von seinem Lager auf, schamvoll verwirrt ob solcher Träume! Und nicht geringer wurde diese Scham, wenn er an all die Gründe dachte, von denen er sich gestern abend verleiten hatte lassen, Matildens Bleiben zuzustimmen. Nun aber war die Wolke fort, die ihm die Urteilskraft getrübt, und schaudernd sah er jetzt all seine Argumente in ihren wahren Farben: zum Sklaven hatte er sich machen lassen von Habgier, Schmeichelei und Eigenliebe! Und war's Matilden gelungen, solchen Wandel in einer einzigen Stunde in ihm zu bewirken – was stand da nicht erst zu befürchten, im Falle sie in der Abtei verblieb? Und indem Ambrosio diese Gefahr in aller Klarheit erkannte und aus seiner Vertrauensseligkeit erwachte, beschloß er, darauf zu bestehen, daß Matilda das Kloster unverweilt verlasse! Nicht länger sah er sich gefeit gegen die Versuchung, und es war ihm klar, daß er, unerachtet aller Zurückhaltung Matildens, nicht fähig wäre, sich gegen jene Leidenschaften zu behaupten, denen er sich längst entrückt gewähnt.

Johann Wolfgang Goethe
Teuflische Einflüsterungen

Mephistopheles tritt auf.

Faust

Hör, du mußt mir die Dirne schaffen!

Mephistopheles

Nun, welche?

Faust

Sie ging just vorbey.

Mephistopheles

Da die? Sie kam von ihrem Pfaffen,
Der sprach sie aller Sünden frey;
Ich schlich mich hart am Stuhl vorbey,
Es ist ein gar unschuldig Ding,
Das eben für nichts zur Beichte ging;
Ueber die hab' ich keine Gewalt!

Faust

Ist über vierzehn Jahr doch alt.

Mephistopheles

Du sprichst ja wie Hans Liederlich,
Der begehrt jede liebe Blum' für sich,
Und dünkelt ihm, es wär' kein' Ehr'
Und Gunst, die nicht zu pflücken wär';
Geht aber doch nicht immer an.

Faust

Mein Herr Magister Lobesan,
Laß er mich mit dem Gesetz in Frieden!
Und das sag' ich ihm kurz und gut,
Wenn nicht das süße junge Blut
Heut' Nacht in meinen Armen ruht;
So sind wir um Mitternacht geschieden.

Mephistopheles
Bedenkt was gehn und stehen mag!
Ich brauche wenigstens vierzehn Tag'
Nur die Gelegenheit auszuspüren.
Faust
Hätt' ich nur sieben Stunden Ruh,
Brauchte den Teufel nicht dazu,
So ein Geschöpfchen zu verführen.
Mephistopheles
Ihr sprecht schon fast wie ein Franzos;
Doch bitt' ich, laßt's euch nicht verdrießen:
Was hilft's nur g'rade zu genießen?
Die Freud' ist lange nicht so groß,
Als wenn ihr erst herauf, herum,
Durch allerley Brimborium,
Das Püppchen geknetet und zugericht't,
Wie's lehret manche welsche Geschicht'.
Faust
Hab' Appetit auch ohne das.
Mephistopheles
Jetzt ohne Schimpf und ohne Spaß.
Ich sag' euch, mit dem schönen Kind
Geht's ein= für allemal nicht geschwind.
Mit Sturm ist da nichts einzunehmen;
Wir müssen uns zur List bequemen.
[...]
Faust
Wie ist's? Will's fördern? Will's bald gehn?
Mephistopheles
Ah bravo! Find' ich euch in Feuer?
In kurzer Zeit ist Gretchen euer.
Heut' Abend sollt ihr sie bey Nachbar' Marthen sehn:
Das ist ein Weib wie auserlesen
Zum Kuppler= und Zigeunerwesen!

Faust

So recht!

Mephistopheles

Doch wird auch was von uns begehrt.

Faust

Ein Dienst ist wohl des andern werth.

Mephistopheles

Wir legen nur ein gültig Zeugniß nieder,
Daß ihres Ehherrn ausgereckte Glieder
In Padua an heil'ger Stätte ruhn.

Faust

Sehr klug! Wir werden erst die Reise machen müssen!

Mephistopheles

Sancta Simplicitas! darum ist's nicht zu thun;
Bezeugt nur ohne viel zu wissen.

Faust

Wenn Er nichts bessers hat, so ist der Plan zerrissen.

Mephistopheles

O heil'ger Mann! Da wär't ihr's nun!
Ist es das erstemal in eurem Leben,
Daß ihr falsch Zeugniß abgelegt?
Habt ihr von Gott, der Welt und was sich d'rin bewegt,
Vom Menschen, was sich ihm in Kopf und Herzen regt,
Definitionen nicht mit großer Kraft gegeben?
Mit frecher Stirne, kühner Brust?
Und wollt ihr recht in's Innre gehen,
Habt ihr davon, ihr müßt es g'rad' gestehen,
So viel als von Herrn Schwerdleins Tod gewußt!

Faust

Du bist und bleibst ein Lügner, ein Sophiste.

Mephistopheles

Ja, wenn man's nicht ein Bißchen tiefer wüßte.

Denn morgen wirst in allen Ehren
Das arme Gretchen nicht bethören,
Und alle Seelenlieb' ihr schwören?

Faust

Und zwar von Herzen.

Mephistopheles

Gut und schön!
Dann wird von ewiger Treu' und Liebe,
Von einzig überallmächt'gem Triebe –
Wird das auch so von Herzen gehn?

Faust

Laß das! Es wird! – Wenn ich empfinde,
Für das Gefühl, für das Gewühl
Nach Namen suche, keinen finde,
Dann durch die Welt mit allen Sinnen schweife,
Nach allen höchsten Worten greife,
Und diese Gluth, von der ich brenne,
Unendlich, ewig, ewig nenne,
Ist das ein teuflisch Lügenspiel?

Mephistopheles

Ich hab' doch Recht!

Faust

Hör'! merk' dir dieß –
Ich bitte dich, und schone meine Lunge –
Wer Recht behalten will und hat nur eine Zunge,
Behält's gewiß.
Und komm', ich hab' des Schwätzens Ueberdruß,
Denn du hast Recht, vorzüglich weil ich muß.

Choderlos de Laclos
Duell

Der Vicomte von Valmont an die Marquise von Merteuil in Paris

Ihre Befehle sind bezaubernd; Ihre Art, sie zu geben, ist noch liebenswürdiger: Sie könnten einem Liebe zum Despotismus beibringen. Es ist nicht das erste Mal, wie Sie wissen, daß ich bedaure, nicht mehr Ihr Sklave zu sein; und wenn ich auch, wie Sie sagen, ein ›Ungeheuer‹ bin, denke ich doch nie ohne Wohlgefallen der Zeit, da Sie mich mit süßeren Namen beehrten. Oft wünsche ich sogar, sie von neuem zu verdienen, und zum Schluß noch, zusammen mit Ihnen, der Welt ein Beispiel der Beständigkeit zu geben. Doch höhere Pflichten rufen uns. Erobern ist unser Geschick, und es heißt ihm folgen. Am Ende unserer Laufbahn vielleicht begegnen wir uns noch einmal; denn, ohne Sie kränken zu wollen, wunderschöne Marquise, Sie halten zumindest gleichen Schritt mit mir; und seitdem wir uns zum Heil der Welt getrennt haben und jeder auf eigene Hand den Glauben predigen, haben Sie, scheint es mir, auf dieser Liebessendbotenfahrt mehr Jünger gemacht als ich. Ich kenne Ihren Eifer, Ihre glühende Inbrunst; und wenn jener Gott uns nach unsern Werken richtete, wären Sie eines Tages die Patronin irgendeiner großen Stadt, indes Ihr Freund höchstens ein Dorfheiliger wäre. Diese Sprache wundert Sie, nicht wahr? Aber seit acht Tagen höre und rede ich keine andere; und um mich darin zu vervollkommnen, sehe ich mich genötigt, Ihnen ungehorsam zu werden.

Werden Sie nicht böse und hören Sie zu. Mitwisserin aller meiner Herzensgeheimnisse, ich will Ihnen den größten Plan anvertrauen, den ich je geschmiedet habe.

Was schlagen Sie mir vor? Ein junges Mädchen zu verführen, das nichts gesehen hat, nichts kennt; das mir sozusagen schutzlos ausgeliefert wäre; das eine erste Huldigung unfehlbar berauschen wird und das Neugier vielleicht rascher vorwärtsbringen wird als Liebe. Zwanzig andern kann das so gut gelingen wie mir. Anders steht es mit dem Unternehmen, das mich beschäftigt: sein Gelingen sichert mir ebensoviel Ruhm als Vergnügen. Amor, der meinen Kranz winden will, schwankt selber zwischen Myrte und Lorbeer, oder vielmehr, er wird sie beide zusammenwinden zu Ehren meines Triumphs. Sie selbst, schöne Freundin, werden von heiliger Ehrfurcht erfaßt werden und begeistert sprechen: ›Das ist der Mann nach meinem Herzen.‹

Sie kennen die Präsidentin Tourvel, ihre Frömmigkeit, ihre Gattenliebe, ihre strengen Grundsätze. Darauf also mache ich einen Angriff; das ist der meiner würdige Feind; das ist das Ziel, das ich mir setze.

Und wird auch der Erfolg mir keineswegs zum Lohn,
Ist selbst das Unterfangen genug der Ehre schon.

Schlechte Verse darf man anführen, wenn sie von einem großen Dichter sind.

Sie müssen also wissen, daß der Präsident in Burgund ist, infolge eines großen Prozesses. (Ich hoffe, einen wichtigeren soll er durch mich verlieren.) Seine untröstliche Hälfte soll hier die ganze Zeit dieser betrübenden Witwenschaft zubringen. Täglich eine Messe, ein paar Besuche bei den Armen des Kreises, Morgen- und Abendgebete, einsame Spaziergänge, fromme Unterhaltungen mit meiner alten Tante, und manchmal ein trauriger Whist, sollten die einzigen Zerstreuungen sein. Ich richte ihr wirksamere her. Mein guter Engel hat mich hergeführt, zu ihrem und meinem Glück. Ich Unsinniger! mir taten die vierundzwanzig Stunden leid, die ich Höflichkeitsrücksichten opferte. Wie würde man mich jetzt strafen, wenn man mich zwänge, nach Paris zurückzukehren! Glücklicherweise gehören zum Whistspiel vier; und da es hier bloß den Ortspfarrer gibt, ist meine ewige Tante eifrig in mich gedrungen, damit ich ihr ein paar Tage opferte. Sie erraten wohl, daß ich eingewilligt habe. Sie können sich nicht vorstellen, wie sie mich seit dem Augenblick verhätschelt und besonders wie sie darüber erbaut ist, daß sie mich regelmäßig bei ihren Gebeten und bei ihrer Messe sieht. Von der Gottheit ahnt sie nichts, die ich dort anbete.

So gebe ich mich also schon vier Tage lang einer starken Leidenschaft hin. Sie wissen, ob ich lebhaft begehren kann, ob ich über Hindernisse wegstürme; aber was Sie nicht wissen, das ist, wie sehr die Einsamkeit die Glut der Begierde erhöht. Ich habe nur noch einen Gedanken; tags denke ich dran, nachts träume ich davon. Ich habe es sehr nötig, diese Frau zu bekommen, um die Lächerlichkeit loszuwerden, daß ich in sie verliebt bin: denn wohin führt nicht eine durchkreuzte Begierde? O köstlicher Genuß! Ich erflehe dich um meines Glückes und vor allem um meiner Ruhe willen. Wie sind wir glücklich, daß die Frauen sich so schlecht verteidigen! Wir wären vor ihnen nur furchtsame Sklaven. Ich habe in diesem Augenblick ein Gefühl des Dankes für die gefälligen Frauen, das mich ganz von selbst bis zu Ihren Füßen geleitet. Ich werfe mich vor Ihnen nieder, um Verzeihung zu erlangen, und ende diesen allzu langen Brief. Adieu, wunderschöne Freundin: und nichts für ungut.

Schloß . . ., am 5. August 17**

Die Marquise von Merteuil an den Vicomte von Valmont

Wissen Sie, Vicomte, daß Ihr Brief von seltener Frechheit ist und daß es bloß an mir läge, böse darüber zu werden? Aber er hat mir klar bewiesen, daß Sie den Kopf verloren hatten, und das allein hat Sie vor meiner Entrüstung bewahrt. Als edle und mitfühlende Frau vergesse ich meine Kränkung, um mich mit nichts zu beschäftigen als mit Ihrer gefährlichen Lage; und so langweilig das Vernunftpredigen ist, bescheide ich mich doch, weil Sie es in diesem Augenblick so nötig haben.

Sie wollen die Präsidentin Tourvel haben! Was ist denn das für eine lächerliche Schrulle! Daran erkenne ich Ihren nichtsnutzigen Kopf, der sich immer nur das wünscht, was er glaubt nicht kriegen zu können. Was ist denn an der Frau? Regelmäßige Züge, wenn Sie wollen, aber gar kein Ausdruck; leidlich gewachsen, aber anmutlos; immer angezogen zum Lachen, mit ihren Haufen von Busentüchern und ihrem bis ans Kinn reichenden Korsett! Ich sag Ihnen als Freundin, von solchen Frauen braucht's nicht zwei, damit Sie all Ihr Ansehen verlieren. Denken Sie doch an den Tag, wo sie in Saint-Roche sammelte und wo Sie sich so bei mir bedankten, dafür, daß ich Ihnen das Schauspiel verschafft hatte. Ich sehe sie noch vor mir, wie sie jener langen Latte mit langen Haaren die Hand gab, bei jedem Schritt nahe am Hinfallen war, mit ihrem vier Ellen breiten Reifrock immer an irgend jemandes Kopf stieß und bei jeder Verbeugung rot ward. Wer hätte Ihnen da gesagt, Sie würden die Frau haben wollen? Also bitte, Vicomte, werden Sie selber rot und kommen Sie wieder zu sich. Ich verspreche Ihnen, daß ich schweigen werde.

Und dann, sehen Sie mal, welche Mißhelligkeiten Sie erwarten! Mit welchem Nebenbuhler müssen Sie kämpfen? Mit einem Gatten! Fühlen Sie sich nicht bei dem bloßen Wort gedemütigt? Was für eine Schande, wenn Sie abfallen! und selbst im Erfolg wie wenig Ruhm! Ich behaupte noch mehr: erhoffen Sie gar kein Vergnügen! Gibt es das bei Prüden? Bei den ehrlichen, meine ich. Zurückhaltend selbst noch im höchsten Vergnügen, bieten sie Ihnen stets nur halbe Genüsse. Die volle Hingabe ihrer selbst, der Wollustrausch, worin das Vergnügen sich reinigt durch seinen Überschwang – diese Schätze der Liebe sind ihnen nicht bekannt. Ich sage Ihnen vorher: im günstigsten Fall wird Ihre Präsidentin alles für Sie getan zu haben glauben, wenn sie Sie wie ihren Mann behandelt; und im ehelichen Zusammensein, sei es noch so zärtlich, bleiben es immer zwei. Hier liegt es noch schlimmer: Ihre Prüde ist fromm, und zwar mit einer Gänschenfrömmigkeit, die zu ewiger Kindheit verdammt. Vielleicht übersteigen Sie dies Hindernis, aber schmeicheln Sie sich nicht, es zu zerstören: mögen Sie über die Liebe zu Gott Sieger bleiben, die Furcht vor dem Teufel werden Sie doch nicht besiegen; und wenn Sie Ihre Geliebte in den Armen halten und ihr Herzklopfen fühlen, so kommt das von Furcht und nicht von Liebe. Vielleicht hätten Sie, wenn Sie die Frau früher kennengelernt hätten, etwas aus ihr machen können; aber jetzt mit zweiundzwanzig Jahren – und nahezu zwei ist sie verheiratet. Glauben Sie mir, Vicomte, wenn eine Frau dermaßen verknöchert ist, muß man sie ihrem Schicksal überlassen: sie wird stets etwas Untergeordnetes bleiben.

Und doch geschieht es wegen dieses schönen Gegenstands, daß Sie mir den Gehorsam verweigern, daß Sie sich in der Gruft Ihrer Tante begraben und daß Sie Verzicht leisten auf das köstlichste Abenteuer, das ganz dazu angetan ist, Ihnen Ehre zu machen. Kraft welches Verhängnisses muß denn Gercourt gegen Sie immer irgendwie im Vorteil bleiben? Ich sage es wirklich, ohne schlecht gegen Sie gestimmt zu sein: aber in diesem Augenblick bin ich versucht, zu glauben, daß Sie Ihren Ruf nicht verdienen, bin vor allem versucht, Ihnen mein Vertrauen zu entziehen. Ich werde mich nie daran gewöhnen, dem Liebhaber der Frau von Tourvel meine Geheimnisse zu sagen. [...]

Der Vicomte von Valmont an die Marquise von Merteuil

Gibt es denn keine Frau, die ihre Macht nicht mißbraucht! Sie sogar, die ich so oft meine wilde Freundin nannte, Sie hören auf, es zu sein, und scheuen sich nicht, mich in dem Gegenstand meiner Neigung anzugreifen! Mit was für Zügen Sie Frau von Tourvel zu malen wagen! ... Welcher Mann hätte dieses dreiste Wagnis nicht mit seinem Leben bezahlt? Welcher andern Frau als Ihnen hätte es nicht zumindest einen üblen Streich eingetragen? Bitte, stellen Sie mich nicht wieder so schwer auf die Probe; ich würde nicht dafür bürgen, daß ich sie bestände. Im Namen der Freundschaft, warten Sie, bis ich die Frau gehabt habe, wenn Sie sie schlechtmachen wollen. Wissen Sie nicht, daß nur die Wollust das Recht hat, der Liebe die Binde abzunehmen?

Doch was sage ich? Ist Frau von Tourvel auf Täuschung angewiesen? Nein; um anbetungswürdig zu sein, braucht sie nur sie selbst zu sein. Sie werfen ihr vor, sie zieht sich schlecht an. Ich glaub's: aller Putz schadet ihr, alles, was sie verdeckt, entstellt sie. Erst in der Zwanglosigkeit von Hauskleidern ist sie wahrhaft entzückend. Dank der drückenden Hitze, die wir ausstehen, läßt ein einfaches Leinenkleid mich ihre runde, biegsame Taille sehen. Ein einziger Mousseline-Schleier bedeckt ihren Busen; und meine verstohlenen, aber eindringlichen Blicke haben seine bezaubernden Formen schon umfaßt. Ihr Gesicht, sagen Sie, hat keinen Ausdruck. Und was soll es in den Augenblicken, wo nichts zu ihrem Herzen spricht, denn ausdrücken? Nein, zweifellos hat sie nicht, wie unsere koketten Frauen, den lügnerischen Blick, der manchmal verführt und immer uns täuscht. Sie versteht die Leere einer Redensart nicht mit einem eingelernten Lächeln zu verdecken; und obschon sie die schönsten Zähne von der Welt hat, lacht sie nur über das, was sie lustig stimmt. Aber man muß sehen, wie sie bei mutwilligen Spielen das Bild unbefangener, offener Fröhlichkeit bietet! Wie bei einem Unglücklichen, dem sie mit Eifer Hilfe bringt, ihr Blick reine Freude und mitfühlende Güte ausdrückt! Vor allem muß man beim leisesten Wort des Lobes oder der Schmeichelei auf ihrem Antlitz die rührende Verlegenheit einer ungeheuchelten Bescheidenheit sich malen sehen! . . . Sie ist prüde und fromm, und deshalb halten Sie sie für kalt und seelenlos? Ich denke sehr anders. Welchen erstaunlichen Gefühlsreichtum muß man haben, um ihn sogar über einen Gatten auszugießen und immer ein nie vorhandenes Wesen zu lieben? Welchen noch stärkeren Beweis können Sie wünschen? Und doch habe ich mir noch einen andern zu verschaffen gewußt.

Ich habe ihren Spaziergang dergestalt gelenkt, daß ein Graben zu überschreiten war; und obwohl sehr gewandt, überwiegt doch ihre Schüchternheit. Sie hat sich mir anvertrauen müssen. Ich habe diese bescheidene Frau in meinen Armen gehalten. Unsere Vorbereitungen und der Übergang meiner alten Tante hatten die ausgelassene Betschwester in schallende Heiterkeit versetzt; sobald ich mich jedoch ihrer bemächtigt hatte, schlangen sich, infolge einer geschickten Ungeschicklichkeit, unsere Arme ineinander. Ich preßte ihre Brust gegen meine; und in diesem kurzen Zeitraum fühlte ich ihr Herz rascher schlagen.

Die liebenswürdige Röte kam und färbte ihr Gesicht, und ihre bescheidene Verwirrung belehrte mich hinlänglich darüber, *daß ihr Herz vor Liebe gebebt hatte und nicht vor Furcht.* Meine Tante täuschte sich darüber gleich Ihnen und sagte: »Das Kind hat sich gefürchtet«; aber die bezaubernde Aufrichtigkeit des ›Kindes‹ gestattete ihr keine Lüge, und sie erwiderte arglos: »Ach nein, aber ...« Dies eine Wort hat mich aufgeklärt. Von diesem Augenblick an hat süße Hoffnung die grausame Unruhe abgelöst. Ich bekomme die Frau; ich werde sie dem Gatten, der sie entweiht, wegnehmen; dem Gott sogar, zu dem sie betet, werde ich sie zu rauben wagen. Welche Wonne, abwechselnd Gegenstand und Besieger ihrer Gewissensbisse zu sein. Fern sei von mir der Gedanke, die Vorurteile, worin sie befangen ist, zu zerstören! Sie tragen zu meinem Glück und meinem Ruhme bei. Mag sie an die Tugend glauben, aber sie mir opfern; mögen ihre Vergehungen sie in Grauen stürzen, ohne sie aufhalten zu können; und möge sie, von tausend Schrecken geschüttelt, sie nirgends vergessen, nirgends besiegen können als in meinen Armen! Dann, das laß ich mir gefallen, mag sie mir sagen: ›Ich bete dich an.‹ Sie allein unter allen Frauen wird würdig sein, das Wort auszusprechen. Ich werde in Wahrheit der Gott sein, dem sie den Vorzug gab.

Seien wir ehrlich: bei unsern ebenso kalten als leichtfertigen Übereinkommen ist, was wir Glück nennen, höchstens ein Vergnügen. Soll ich's Ihnen sagen? Ich hielt mein Herz für welk, fand in mir nur noch Sinnlichkeit und klagte über ein vorzeitiges Alter. Frau von Tourvel hat mir den bezaubernden holden Wahn der Jugend zurückgegeben. Bei ihr brauche ich nicht zu genießen, um glücklich zu sein. Das einzige, was mich schreckt, ist die Zeit, die mich das Abenteuer kosten wird; denn ich wage nichts dem Zufall zu überlassen. Mag ich mich noch soviel an meine glücklichen Frechheiten erinnern, ich kann mich nicht entschließen, sie ins Werk zu setzen. Damit ich wahrhaftig glücklich sei, muß sie sich mir geben; und das ist keine geringe Sache.

Ich bin gewiß, Sie würden meine Vorsicht bewundern. Das Wort Liebe habe ich noch nicht ausgesprochen, aber schon sind wir bei den Worten Vertrauen und Teilnahme. Um sie so wenig wie möglich zu täuschen, und besonders um der Wirkung des Geredes, das zu ihr gelangen könnte, vorzubeugen, habe ich ihr selbst, und so, als klagte ich mich an, einige meiner bekanntesten Streiche erzählt. Sie würden lachen, wenn Sie sähen, mit welcher Arglosigkeit sie mir Predigten hält. Sie will mich, sagt sie, bekehren. Sie ahnt noch nicht, was der Versuch sie kosten wird. Sie ist weit entfernt, daran zu denken, daß sie, die, um ihre Worte zu gebrauchen, ›die Sache der von mir ins Verderben gebrachten Unglücklichen vertritt‹, zum voraus in eigener Sache spricht. Dieser Gedanke kam mir gestern mitten in einer ihrer Reden, und ich konnte mir das Vergnügen nicht versagen, sie zu unterbrechen, um ihr zu versichern, sie spreche wie ein Prophet. Adieu, wunderschöne Freundin. Sie sehen, ich bin noch nicht rettungslos verloren.

Schöner Schein

E.T.A. Hoffmann
Prinzessin Brambilla

Die Dämmerung brach ein, es läutete in den Klöstern zum Ave: da warf das holde hübsche Kind, Giacinta Soardi geheißen, das reiche Frauenkleid von rotem schweren Atlas, an dessen Besatz sie emsig gearbeitet, beiseite und schaute aus dem hohen Fenster unmutig hinab in die enge, öde, menschenleere Gasse.

Die alte Beatrice räumte indessen die bunten Maskenanzüge jeder Art, die in dem kleinen Stübchen auf Tischen und Stühlen umherlagen, sorglich zusammen und hing sie der Reihe nach auf. Beide Ärme in die Seiten gestemmt, stellte sie sich dann hin vor den offenen Schrank und sprach schmunzelnd: »In der Tat, Giacinta, wir sind diesmal fleißig gewesen; mich dünkt, ich sehe die halbe lustige Welt des Korso hier vor Augen. – Aber auch noch niemals hat Meister Bescapi bei uns solch reiche Bestellungen gemacht. – Nun, er weiß, daß unser schönes Rom dieses Jahr wieder recht aufglänzen wird in aller Lust, Pracht und Herrlichkeit. Gib acht, Giacinta, wie der Jubel morgen, an dem ersten Tage unsers Karnevals, sich erheben wird! Und morgen – morgen schüttet uns Meister Bescapi eine ganze Handvoll Dukaten in den Schoß – Gib acht, Giacinta! Aber was ist dir, Kind? du hängst den Kopf, du bist verdrießlich – mürrisch? und morgen ist Karneval?«

Giacinta hatte sich in den Arbeitssessel gesetzt und starrte, den Kopf in die Hand gestützt, zum Boden nieder, ohne auf die Worte der Alten zu achten. Als diese aber gar nicht aufhörte, von der bevorstehenden Lust des Karnevals zu schwatzen, da begann sie: »Schweigt doch nur, Alte, schweigt doch nur von einer Zeit, die für andere lustig genug sein mag, mir aber nichts bringt als Verdruß und Langeweile. Was hilft mir mein Arbeiten bei Tag und Nacht? was helfen uns Meister Bescapis Dukaten? – Sind wir nicht bitterarm? müssen wir nicht sorgen, daß der Verdienst dieser Tage vorhalte, das ganze Jahr hindurch uns kümmerlich genug zu ernähren? was bleibt uns übrig für unser Vergnügen?«

»Was hat«, erwiderte die Alte, »was hat unsere Armut mit dem Karneval zu schaffen? Sind wir nicht voriges Jahr umhergelaufen vom Morgen bis in die späte Nacht, und sah ich nicht fein aus und stattlich als Dottore? – Und ich hatte dich am Arm, und du warst allerliebst als Gärtnermädchen – hihi! und die schönsten Masken liefen dir nach und sprachen zu dir mit zuckersüßen Worten. Nun, war das nicht lustig? Und was hält uns ab, dieses Jahr dasselbe zu unternehmen? Meinen Dottore darf ich nur gehörig ausbürsten, dann verschwinden wohl alle Spuren der bösen Konfetti, mit denen er beworfen, und deine Gärtnerin hängt auch noch da. Ein paar neue Bänder, ein paar frische Blumen – was bedarf es mehr für Euch, um hübsch und schmuck zu sein?« – »Was sprecht Ihr«, rief Giacinta, »was sprecht Ihr, Alte? – In den armseligen Lumpen sollt' ich mich hinauswagen? – Nein! – ein schönes spanisches Kleid, das sich eng an den Leib schließt und dann hinabwallt in reichen dicken Falten, weite geschlitzte Ärmel, aus denen herrliche Spitzen hervorbauschen – ein Hütlein mit keck wehenden Federn, ein Gürtel, ein Halsband von strahlenden Diamanten – so möchte Giacinta hinaus in den Korso und sich niederlassen vor dem Palast Ruspoli. – Wie die Kavaliere sich hinandrängen würden – ›wer ist die Dame? – Gewiß eine Gräfin – eine Prinzessin‹, und selbst Pulcinella würde ergriffen von Ehrfurcht und vergäße seine tollsten Neckereien!« – »Ich höre«, nahm die Alte das Wort, »ich höre Euch zu mit großer Verwunderung.

Sagt, seit wann ist denn solch ein verwünschter Hochmutsteufel in Euch gefahren? – Nun, wenn Euch denn der Sinn so gar hoch steht, daß Ihr es Gräfinnen, Prinzessinnen nachtun wollt, so seid so gut und schafft Euch einen Liebhaber an, der um Eurer schönen Augen willen tapfer in den Fortunatussäckel zu greifen vermag, und jagt den Signor Giglio fort, den Habenichts, der, geschieht es ihm, daß er ein paar Dukaten in der Tasche verspürt, alles vertrödelt in wohlriechenden Pomaden und Näschereien und der mir noch zwei Paoli schuldig ist für den neugewaschnen Spitzenkragen.« –

Während dieser Reden hatte die Alte die Lampe in Ordnung gebracht und angezündet. Als nun der helle Schein Giacinten ins Gesicht fiel, gewahrte die Alte, daß ihr die bittren Tränen aus den Augen perlten: »Giacinta«, rief die Alte, »um aller Heiligen, Giacinta, was ist dir, was hast du? – Ei, Kind, so böse habe ich es ja gar nicht gemeint. Sei nur ruhig, arbeite nicht so emsig; das Kleid wird ja doch wohl noch fertig zur bestimmten Zeit.« – »Ach«, sprach Giacinta, ohne von der Arbeit, die sie wieder begonnen, aufzusehen, »ach, eben das Kleid, das böse Kleid ist es, glaub' ich, das mich erfüllt hat mit allerlei törichten Gedanken. Sagt, Alte, habt Ihr wohl in Euerm ganzen Leben ein Kleid gesehen, das diesem an Schönheit und Pracht zu vergleichen ist? Meister Bescapi hat sich in der Tat selbst übertroffen; ein besonderer Geist waltete über ihn, als er diesen herrlichen Atlas zuschnitt. Und dann die prächtigen Spitzen, die glänzenden Tressen, die kostbaren Steine, die er zum Besatz uns anvertraut hat. Um alle Welt möcht' ich wissen, wer die Glückliche ist, die sich mit diesem Götterkleide schmücken wird.« »Was«, fiel die Alte dem Mädchen ins Wort, »was kümmert uns das? wir machen die Arbeit und erhalten unser Geld. Aber wahr ist es, Meister Bescapi tat so geheimnisvoll, so seltsam –

Nun, eine Prinzessin muß es wenigstens sein, die dieses Kleid trägt, und bin ich auch sonst eben nicht neugierig, so wär' mir's doch lieb, wenn Meister Bescapi mir den Namen sagte, und ich werde ihm morgen schon so lange zusetzen, bis er's tut.« »Ach nein, nein«, rief Giacinta, »ich will es gar nicht wissen, ich will mir lieber einbilden, keine Sterbliche werde jemals dies Kleid anlegen, sondern ich arbeite an einem geheimnisvollen Feenschmuck. Mir ist wahrhaftig schon, als guckten mich aus den glänzenden Steinen allerlei kleine Geisterchen lächelnd an und lispelten mir zu: ›Nähe – nähe frisch für unsere schöne Königin, wir helfen dir – wir helfen dir!‹ – Und wenn ich so die Spitzen und Tressen ineinanderschlinge, dann dünkt es mich, als hüpften kleine liebliche Elflein mit goldgeharnischten Gnomen durcheinander und – O weh!« – So schrie Giacinta auf; eben den Busenstreif nähend, hatte sie sich heftig in den Finger gestochen, daß das Blut wie aus einem Springquell hervorspritzte. »Hilf Himmel«, schrie die Alte, »hilf Himmel, das schöne Kleid!« nahm die Lampe, leuchtete nahe hin, und reichliche Tropfen Öls flossen über. »Hilf Himmel, das schöne Kleid!« rief Giacinta, halb ohnmächtig vor Schreck. Unerachtet es aber gewiß, daß beides, Blut und Öl, sich auf das Kleid ergossen, so konnte doch weder die Alte, noch Giacinta auch nur die mindeste Spur eines Flecks entdecken. Nun nähte Giacinta flugs weiter, bis sie mit einem freudigen: »Fertig – fertig!« aufsprang und das Kleid hoch in die Höhe hielt.

»Ei wie schön«, rief die Alte, »ei wie herrlich – wie prächtig! – Nein, Giacinta, nie haben deine lieben Händchen so etwas gefertigt – Und weißt du wohl, Giacinta, daß es mir scheint, als sei das Kleid ganz und gar nach deinem Wuchs geschnitten, als habe Meister Bescapi niemandem anders als dir selbst das Maß dazu genommen?« »Warum nicht gar?« erwiderte Giacinta über und über errötend, »du träumst, Alte; bin ich denn so groß und schlank, wie die Dame, für welche das Kleid bestimmt sein muß? – Nimm es hin, nimm es hin, verwahre es sorglich bis morgen! Gebe der Himmel, daß beim Tageslicht kein böser Fleck zu entdecken! – Was würden wir Ärmste nur anfangen? – Nehmt es hin!« – Die Alte zögerte.

»Freilich«, sprach Giacinta, das Kleid betrachtend, weiter, »freilich, bei der Arbeit ist mir manchmal es so vorgekommen, als müsse mir das Kleid passen. In der Taille möcht' ich schlank genug sein, und was die Länge betrifft« – »Giacinina«, rief die Alte mit leuchtenden Augen, »Giacinina, du errätst meine Gedanken, ich die deinigen – Mag das Kleid anlegen, wer da will, Prinzessin, Königin, Fee, gleichviel, meine Giacinina muß sich zuerst darin putzen.« – »Nimmermehr«, sprach Giacinta; aber die Alte nahm ihr das Kleid aus den Händen, hing es sorglich über den Lehnstuhl und begann des Mädchens Haar loszuflechten, das sie dann gar zierlich aufzunesteln wußte; dann holte sie das mit Blumen und Federn geschmückte Hütchen, das sie auf Bescapis Geheiß zu dem Anzuge aufputzen müssen, aus dem Schranke und befestigte es in Giacintas kastanienbraunen Locken. – »Kind, wie dir schon das Hütchen allerliebst steht! Aber nun herunter mit dem Jäckchen!« So rief die Alte und begann Giacinta zu entkleiden, die in holder Verschämtheit nicht mehr zu widersprechen vermochte.

»Hm«, murmelte die Alte, »dieser sanft gewölbte Nakken, dieser Lilienbusen, diese Alabasterärme, die Mediceerin hat sie nicht schöner geformt, Giulio Romano sie nicht herrlicher gemalt – Möcht' doch wissen, welche Prinzessin nicht mein süßes Kind darum beneiden würde!« – Als sie aber nun dem Mädchen das prächtige Kleid anlegte, war es, als ständen ihr unsichtbare Geister bei. Alles fügte und schickte sich, jede Nadel saß im Augenblick recht, jede

Falte legte sich wie von selbst, es war nicht möglich zu glauben, daß das Kleid für jemanden anders gemacht sein könnte als eben für Giacinta.

»O all ihr Heiligen«, rief die Alte, als Giacinta nun so prächtig geputzt vor ihr stand, »o all ihr Heiligen, du bist wohl gar nicht meine Giacinta – ach – ach – wie schön seid Ihr, meine gnädigste Prinzessin! – Aber warte – warte! hell muß es sein, ganz hell muß es sein im Stübchen!« – Und damit holte die Alte alle geweihte Kerzen herbei, die sie von den Marienfesten erspart, und zündete sie an, so daß Giacinta dastand von strahlendem Glanz umflossen.

Vor Erstaunen über Giacintas hohe Schönheit und noch mehr über die anmutige und dabei vornehme Weise, womit sie in der Stube auf und ab schritt, schlug die Alte die Hände zusammen und rief: »O, wenn Euch doch nur jemand, wenn Euch doch nur der ganze Korso schauen könnte!«

In dem Augenblick sprang die Türe auf, Giacinta floh mit einem Schrei ans Fenster, zwei Schritte ins Zimmer hineingetreten, blieb ein junger Mensch an den Boden gewurzelt stehen, wie zur Bildsäule erstarrt.

Du kannst, vielgeliebter Leser, den jungen Menschen, während er so laut- und regungslos dasteht, mit Muße betrachten. Du wirst finden, daß er kaum vier- bis fünfundzwanzig Jahre alt sein kann und dabei von ganz artigem hübschen Ansehen ist. Seltsam scheint wohl deshalb sein Anzug zu nennen, weil jedes Stück desselben an Farbe und Schnitt nicht zu tadeln ist, das Ganze aber durchaus nicht zusammenpassen will, sondern ein grell abstechendes Farbenspiel darbietet. Dabei wird, unerachtet alles sauber gehalten, doch eine gewisse Armseligkeit sichtbar; man merkt's der Spitzenkrause an, daß zum Wechseln nur noch eine vorhanden, und den Federn, womit der schief auf den Kopf gedrückte Hut fantastisch geschmückt, daß

2. Verräterisches Spiel der Hände: »Der Fehltritt« von Antoine Watteau, 1716-1718

sie mühsam mit Draht und Nadel zusammengehalten. Du gewahrst es wohl, geneigter Leser, der junge also gekleidete Mensch kann nichts anders sein, als ein etwas eitler Schauspieler, dessen Verdienste eben nicht zu hoch angeschlagen werden; und das ist er auch wirklich. Mit einem Wort – es ist derselbe Giglio Fava, der der alten Beatrice noch zwei Paoli für einen gewaschenen Spitzenkragen schuldet.

»Ha! was seh' ich?« begann Giglio Fava endlich so emphatisch, als stände er auf dem Theater Argentina, »ha! was seh' ich – ist es ein Traum, der mich von neuem täuscht? – Nein! sie ist es selbst, die Göttliche – ich darf es wagen, sie anzureden mit kühnen Liebesworten? – Prinzessin – o Prinzessin!« – »Sei kein Hase«, rief Giacinta, sich rasch umwendend, »und spare die Possen auf für die folgenden Tage!« –

»Weiß ich denn nicht«, erwiderte Giglio, nachdem er Atem geschöpft, mit erzwungenem Lächeln, »weiß ich denn nicht, daß du es bist, meine holde Giacinta, aber sage, was bedeutet dieser prächtige Anzug? – In der Tat, noch nie bist du mir so reizend erschienen, ich möchte dich nie anders sehen.«

»So?« sprach Giacinta erzürnt; »also meinem Atlaskleide, meinem Federhütchen gilt deine Liebe?« – Und damit entschlüpfte sie schnell in das Nebenstübchen und trat bald darauf, alles Schmucks entledigt, in ihren gewöhnlichen Kleidern wieder hinein. Die Alte hatte indessen die Kerzen ausgelöscht und den vorwitzigen Giglio tüchtig heruntergescholten, daß er die Freude, die Giacinta an dem Kleide gehabt, das für irgendeine vornehme Dame bestimmt, so verstört und noch dazu ungalant genug zu verstehen gegeben, daß solcher Prunk Giacintas Reize zu erhöhen und sie liebenswürdiger als sonst erscheinen zu lassen vermöge. Giacinta stimmte in diese

Lektion tüchtig ein, bis der arme Giglio, ganz Demut und Reue, endlich so viel Ruhe errang, um wenigstens mit der Versicherung gehört zu werden, daß seinem Erstaunen ein seltsames Zusammentreffen ganz besonderer Umstände zum Grunde gelegen. »Laß dir's erzählen!« begann er. »Laß dir's erzählen, mein holdes Kind, mein süßes Leben, welch ein märchenhafter Traum mir gestern nachts aufging, als ich, ganz müde und ermattet von der Rolle des Prinzen Taer, den ich, du weißt es, ebenso die Welt, über alle Maßen vortrefflich spiele, mich auf mein Lager geworfen. Mich dünkte, ich sei noch auf der Bühne und zanke sehr mit dem schmutzigen Geizhals von Impresario, der mir ein paar lumpichte Dukaten Vorschuß hartnäckig verweigerte. Er überhäufte mich mit allerlei dummen Vorwürfen; da wollte ich, um mich besser zu verteidigen, einen schönen Gestus machen, meine Hand traf aber unversehends des Impresario rechte Wange, so daß dabei Klang und Melodie einer derben Ohrfeige herauskam; der Impresario ging ohne weiteres mit einem großen Messer auf mich los, ich wich zurück, und dabei fiel meine schöne Prinzenmütze, die du selbst, mein süßes Hoffen, so artig mit den schönsten Federn schmücktest, die jemals einem Strauß entrupft, zu Boden. In voller Wut warf sich der Unmensch, der Barbar über sie her und durchstach die Ärmste mit dem Messer, daß sie sich im qualvollen Sterben winselnd zu meinen Füßen krümmte. – Ich wollte – mußte die Unglückliche rächen. Den Mantel über den linken Arm geworfen, das fürstliche Schwert gezückt, drang ich ein auf den ruchlosen Mörder. Der floh aber schnell in ein Haus und drückte vom Balkon herunter Truffaldinos Flinte auf mich ab. Seltsam war es, daß der Blitz des Feuergewehrs stehenblieb und mich anstrahlte wie funkelnde Diamanten. Und so wie sich mehr und mehr der Dampf verlor, gewahrte ich wohl, daß das, was ich für den Blitz von Truffaldinos Flinte gehalten, nichts anders war als der köstliche Schmuck am Hütlein einer Dame – O all ihr Götter! ihr seligen Himmel allesamt! – eine süße Stimme sprach – nein! sang – nein! hauchte Liebesduft in Klang und Ton – ›O Giglio – mein Giglio!‹ – Und ich schaute ein Wesen in solch göttlichem Liebreiz, in solch hoher Anmut, daß der sengende Schirokko inbrünstiger Liebe mir durch alle Adern und Nerven fuhr und der Glutstrom erstarrte zur Lava, die dem Vulkan des aufflammenden Herzens entquollen. – ›Ich bin‹, sprach die Göttin, sich mir nahend, ›ich bin die Prinzessin –‹« »Wie?« unterbrach Giacinta den Verzückten zornig; »wie? du unterstehst dich von einer andern zu träumen als von mir? du unterstehst dich in Liebe zu kommen, ein dummes einfältiges Traumbild schauend, das aus Truffaldinos Flinte geschossen?« – Und nun regnete es Vorwürfe und Klagen und Scheltworte und Verwünschungen, und alles Beteuern und alles Versichern des armen Giglio, daß die Traumprinzessin gerade so gekleidet gewesen, wie er eben seine Giacinta getroffen, wollte ganz und gar nichts helfen. Selbst die alte Beatrice, sonst eben nicht geneigt, des Signor Habenichts, wie sie den Giglio nannte, Partie zu nehmen, fühlte sich von Mitleid durchdrungen und ließ nicht ab von der störrischen Giacinta, bis sie dem Geliebten den Traum unter der Bedingung verzieh, daß er niemals mehr ein Wörtlein davon erwähnen sollte.

Meta Klopstock
Sorgfältiger Putz

Meta Klopstock, geb. Moller, berichtet über ihr erstes Treffen mit ihrem späteren Mann, der damals schon berühmt war:

Ich hatte mich sehr sorgfältig geputzt. (Ein Umstand, der bei verliebten Mädchen, u[nd] am allermeisten bei denen, die im Begriff sind, es zu werden, sehr oft vorkommt.) Ich hatte sogar deswegen eine Trauer mehr erleichtert, als ich eigentlich gesollt hätte. Wie ich fertig war, sagte man mir, H[er]r Kl[opstock] wäre gekommen. Ich wollte noch geschwinder sein, als ich schon von Natur bin, u[nd] zerriß darüber im Laufe die Garnitüre meines Kleides. Ich ward sehr böse. Es mußte doch wieder genäht werden. Das war entsetzlich, daß die Magd so langsam war. Fort! fort! Geschwind! schrie ich bei jedem Stiche, den sie tat. Ich hätte beinahe geflucht, wenigstens stampfte ich mit dem Fuße. Es ward glücklich fertig, u[nd] ich flog hinauf. Ich war von Klopstock[s] vorzüglichen Süßigkeiten so überzeugt, daß ich mit der Schm. gewettet hatte, sie würde Kl[opstock] gleich unter den beiden andern Fremden (die ich damals selbst noch nicht gesehn hatte) erkennen. Nun machte ich die Tür auf, u[nd] sah – u[nd] sah gleich Kl[opstock]. Er sah noch süßer aus als den vorigen Tag, u[nd] kam mit einer so sanften Freundlichkeit zu mir, die sich nicht beschreiben läßt. Nun sah ich erst die übrigen in der Gesellschaft, deren Unwürdigkeit ich damals noch nicht so kannte als itzt. Ich sprach mit ihnen – u[nd] kam wieder zu Kl[opstock]. Ich setzte mich sogar mit ihm allein ans Fenster. »Ich bleib' bis Mittwoch«, sagte er mir mit einer Freude, die mir sehr angenehm war. Ich freute mich auch. Er sah meine Kleidung an. »Ist das Trauer?« fragte er. Es war mir angenehm, daß meine Kleidung bemerkt wurde, weil's *Kl[opstock]* war. Wir gingen zu Tische. Kl[opstock] führte mich, welches mir lieb war, obgleich mehr Gesellschaft da war. Ich bot Kl[opstock] den obersten Platz an, wünschte aber sehr, daß er ihn nicht annehmen möchte. »Wo sitzen Sie?« sagte er. »Ich sitze hier.« »Ich sitze bei Ihnen.« »So setze ein jeder sich, wie ihm gefällig«, sagte ich, denn nun hatte ich, was ich wollte. Kl[opstock] sprach immer mit mir alleine. Die andren nahmen es übel, ich nicht. Man sprach von schönen Augen. Kl[opstock] sagte, er kennte die schönsten blauen Augen in Deutschland. Das sind der Sch. ihre, dachte ich, u[nd] fühlte, daß ich rot ward. Aber könnten's nicht auch meine sein? Er sah mich doch so süß an, wie er's sagte. Nein, das ist doch nicht möglich – Wenn sie nur noch recht blau wären – Ein geschwinder Blick nach dem Spiegel, welcher betrübt wieder zurückkehrte. Kl[opstock], der immer mehr tändelte, tändelte nun endlich Liebe. Er sagte, er haßte die ernsthafte Liebe, wobei nur lauter Seufzer u[nd] Schmerzen wären. Eine Frühlingsliebe wäre recht nach seinem Geschmack. Nämlich eine, die, wenn's hoch käme, einen ganzen Frühling dauerte, man könnte sich auch sonst wohl sechsmal in einem Frühlinge verlieben. Ich setzte den Scherz fort. Zumal da ich wußte, wie sehr Kl[opstock] gegen seine wahre Meinung sprach. Endlich blieb es mir nicht mehr angenehm. Ich fürchtete, Kl[opstock] möchte auch wohl gar denken, ich wäre ein Mädchen, mit dem man nur dergleichen sprechen mußte (diese Furcht ist oft wiedergekommen). Rahn brachte eine Gesundheit aus, die mich vollends verdrießlich machte. »A vos amour[s], M[onsieu]r Kl[opstock], qui apresent se divulguent par tout le monde.« Ich glaube, die Sache an sich, u[nd] das *divulgieren* war mir beides unangenehm. Ich erklärte es mir aber so, daß ich verdrießlich darüber ward, daß Rahn es noch mehr ausbreitete. – Einen kleinen Umstand kann ich für *Sie* unmöglich unterdrücken. Ich reichte Rahn einen Teller mit Äpfeln, u[nd] weil Kl[opstock] u[nd] Hagedorn zwischen uns saßen, so mußte ich mich fast über Kl[opstock] seinen Schoß legen, um hin zu kommen. Kl[opstock] sah sehr aufmerksam nach meiner Tour-de-gorge u[nd] seufzte. Ich bemerkte es u[nd] wunderte mich, denn ich hatte Kl[opstock] bisher für einen bloßen Geist gehalten (Itzt weiß ich's wohl, daß er einen ebenso süßen Körper hat). Ich ward dennoch nicht böse darüber, da ich sonst allemal bei einer solchen Gelegenheit gegen eine jede Mannsperson Zorn u[nd] Verachtung empfunden habe. (Dieses setze ich nicht etwa als ein[en] Beweis meiner Tugend hierher; sondern es ist eine wirkliche Wahrheit.) Wir standen vom Tische auf. Kl[opstock] hat mir nachher gesagt, daß ich mit meinen andern Nachbarn so wenig gesprochen hätte. Bei Tische hatte man von unsern hiesigen Regenkleidern gesprochen. Ich versäumte die Gelegenheit nicht, itzt ein[e]s bringen zu lassen u[nd] es umzutun, auf daß sie die Mode recht sehen könnten. Ein Nebenumstand ist sonst auch, daß es mir sehr gut steht. Dieser Nebenumstand tat auch die sehr gute Wirkung auf Kl[opstock], daß er herflog u[nd] mich mit vielem Feuer küßte. Nun fing die Gesellschaft an, sich zu zerstreuen, u[nd] die meisten fuhren weg. Kl[opstock] trat mit mir an ein Fenster u[nd] las einen Brief von Ihnen. Ich, um desto besser in den Brief zu sehen, weil wir doch nicht ganz laut lesen konnten, hatte, wirklich ganz von ungefähr, meine Hand hinter Kl[opstock]s Rükken gelegt. Er drückte sie mir ganz sanft mit seinem Rükken. Dieser Druck erregte bei mir ein Gefühl, das mich aufmerksam machte, das doch aber so süß war, daß ich nicht im Stande war, meinen Arm zurückzuziehen (welches ich bei einer andern Mannsperson gewiß gleich getan hätte). Mein Arm blieb also ganz dicht an Kl[opstock]s Rücken liegen, solange er den Brief las. Kl[opstock] hat mir auch erzählt, daß ich, wie er nachher mit mir gesprochen, u[nd] er seine Stirne so ein bißchen gegen mich geneigt, ich die meinige auch ein bißchen so hingebogen, daß sie sich ganz sanft aneinander berührt. Diesen Umstand weiß ich nicht mehr. Ich glaube daher, daß ich's auch nicht muß gewußt haben, wie ich's getan habe. Kl[opstock] fragte, ob ich seine Elegie: Dir nur zärtliches Herz – kennte. Ich sagte, aus einer gewissen Furchtsamkeit, daß ich sie nicht *genug* kennen möchte, nein. Er wunderte sich, u[nd] sagte, so wollten wir sie zusammen lesen. Ich ging deswegen mit ihm nach der Schm. ihrem Zimmer. Ich fing an zu lesen, konnte aber nicht fortfahren, weil ich einen zu starken Fluß auf den Augen hatte. Kl[opstock] las. Er hielt meine eine Hand. Das Herz schlug mir gewaltig, unsere Hände wurden immer heißer, immer heißer, ich fühlte sehr viel u[nd] ich glaube, Kl[opstock] auch. Er las ein Stück aus dem Mess[ias]. Die Schm. war dazugekommen. Er fragte, ob er nicht einen Kuß dafür verdient hätte? Die Schm. sagte ja. Ich sagte, ich küßte keine Mannsperson. Er disputierte viel dagegen. Ich dachte, warum küßt der Affe dich denn nicht? Du kannst ihm den Kuß ja nicht geben! H[er]r Keller kam herauf. Er fragte, ob Kl[opstock] denn noch nicht wegfahren wollte? Er müßte ja zu Olden. Ja, bald, sagte Kl[opstock], setzte sich unterdes hin u[nd] trank mit uns Tee. Die Schm. war so gut, H[errn] Kell[er] zu entretenieren, ich schwatzte mit Kl[opstock]. Er sagte, ich sollte mit ihm reisen. Ich sagte, ich wollte wohl. »Aber Sie würden zu sehr frieren.« »Wenn ich Ihr Feuer bei mir hätte, wohl nicht«, sagte ich mit Lachen. »Ach, Sie haben genug eignes Feuer«, sagte er, u[nd] küßte mich, mit nicht wenigem. Endlich, nachdem die Glocke neun geschlagen hatte, fuhr mein Kl[opstock] zu Olden.

Ovid
Schönheitsmittel

Selber ja wißt ihr sogar euch weiß mit Schminke zu färben,
Und, die nicht von Natur blühet, sie blühet durch Kunst.
Kunst lehrt zwischen den Brauen den ledigen Platz euch ergänzen
Und durch ein Häutlein wird sauber die Wange bedeckt.
Fein umzieht ihr die Augen sogar mit zerriebener Kohle
Oder mit Krokus, den du, glänzender Cydnus, erzeugt.

Früher verfaßt' ich ein Buch: Von den Schönheitsmitteln der Frauen;
Klein ist es zwar, doch groß, wenn man die Sorgfalt erwägt.
Das auch fraget um Rat, hat irgend die Schönheit gelitten.
Nie ist unsere Kunst lässig in euerem Dienst.
Doch, daß nie auf dem Tisch Schminktöpfchen vielleicht der Geliebte
Finde; versteckt muß stets helfen die Kunst der Gestalt.
Denn, wen beleidigt es nicht, wenn im ganzen Gesichte die Hefe
Klebt und zum Busen hinab trieft, von der Schwere gelöst.
Wie erst Oesopum stinkt! wenn gleich ihr des schmutzigen Schaffells

Klebrigen Saft weither selbst von Athen euch
verschreibt.
Billigen kann ich auch nie, wenn ein Mädchen in
anderer Beisein
Hirschmarksalbe gebraucht oder die Zähne
sich putzt.
Schönheit verleiht das wohl, doch unschön ist
es zu sehen.
Vieles ist häßlich zu tun, was doch vollendet gefällt.
Jetzt gefeierte Werke des Myron, des emsigen Meisters,
Waren Klumpen von Erz, formlose Masse zuvor.
Soll ein Ring entstehen, muß man das Eisen erst
hämmern.
Und das Kleid, das du trägst, schmutzige Wolle
war's einst!
Venus die nackende dort, die die triefenden Locken
sich auswringt,
War, das vortreffliche Werk, früher ein eckiger
Block.
Du auch, wenn du dich schmückst, laß stets uns
glauben, du schläfst noch,
Besser, wir sehen dich erst, trittst du vollendet
hervor.
Muß ich denn wissen den Grund, warum so weiß dein
Gesicht ist?
Schließe des Kämmerleins Tür; zeig nicht die Skizze
des Werks!
Vieles ist gut, wenn der Mann es nicht weiß; es verletzen
die meisten
Dinge, bei denen du nicht sorglich das Innere
versteckst.

Leopold von Sacher-Masoch
Venus im Pelz

Ich hatte liebenswürdige Gesellschaft.

Mir gegenüber an dem massiven Renaissancekamin saß Venus, aber nicht etwa eine Dame der Halbwelt, die unter diesem Namen Krieg führte gegen das feindliche Geschlecht, gleich Mademoiselle Cleopatra, sondern die wahrhafte Liebesgöttin.

Sie saß im Fauteuil und hatte ein prasselndes Feuer angefacht, dessen Widerschein in roten Flammen ihr bleiches Antlitz mit den weißen Augen leckte und von Zeit zu Zeit ihre Füße, wenn sie dieselben zu wärmen suchte.

Ihr Kopf war wunderbar trotz der toten Steinaugen, aber das war auch alles, was ich von ihr sah. Die Hehre hatte ihren Marmorleib in einen großen Pelz gewickelt und sich zitternd wie eine Katze zusammengerollt.

»Ich begreife nicht, gnädige Frau«, rief ich, »es ist doch wahrhaftig nicht mehr kalt, wir haben seit zwei Wochen das herrlichste Frühjahr. Sie sind offenbar nervös.«

»Ich danke für euer Frühjahr«, sprach sie mit tiefer steinerner Stimme und nieste gleich darnach himmlisch, und zwar zweimal rasch nacheinander; »da kann ich es wahrhaftig nicht aushalten, und ich fange an zu verstehen –«

»Was, meine Gnädige?«

»Ich fange an das Unglaubliche zu glauben, das Unbegreifliche zu begreifen. Ich verstehe auf einmal die germanische Frauentugend und die deutsche Philosophie, und ich erstaune auch nicht mehr, daß ihr im Norden nicht lieben könnt, ja nicht einmal eine Ahnung davon habt, was Liebe ist.«

»Erlauben Sie, Madame«, erwiderte ich aufbrausend, »ich habe Ihnen wahrhaftig keine Ursache gegeben.«

»Nun, Sie – « die Göttliche nieste zum dritten Male und zuckte mit unnachahmlicher Grazie die Achseln, »dafür bin ich auch immer gnädig gegen Sie gewesen und besuche Sie sogar von Zeit zu Zeit, obwohl ich mich jedesmal trotz meines vielen Pelzwerks rasch erkälte. Erinnern Sie sich noch, wie wir uns das erstemal trafen?«

»Wie könnte ich es vergessen«, sagte ich, »Sie hatten damals reiche braune Locken und braune Augen und einen roten Mund, aber ich erkannte Sie doch sogleich an dem Schnitt Ihres Gesichtes und an dieser Marmorblässe – Sie trugen stets eine veilchenblaue Samtjacke mit Fehpelz besetzt.«

»Ja, Sie waren ganz verliebt in diese Toilette, und wie gelehrig Sie waren.«

»Sie haben mich gelehrt, was Liebe ist, Ihr heiterer Gottesdienst ließ mich zwei Jahrtausende vergessen.«

»Und wie beispiellos treu ich Ihnen war!«

»Nun, was die Treue betrifft – «

»Undankbarer!«

»Ich will Ihnen keine Vorwürfe machen. Sie sind zwar ein göttliches Weib, aber doch ein Weib, und in der Liebe grausam wie jedes Weib.«

»Sie nennen grausam«, entgegnete die Liebesgöttin lebhaft, »was eben das Element der Sinnlichkeit, der heiteren Liebe, die Natur des Weibes ist, sich hinzugeben, wo es liebt, und alles zu lieben, was ihm gefällt.«

»Gibt es für den Liebenden etwa eine größere Grausamkeit als die Treulosigkeit der Geliebten?«

»Ach!« – entgegnete sie – »wir sind treu, so lange wir lieben, ihr aber verlangt vom Weib Treue ohne Liebe, und Hingebung ohne Genuß, wer ist da grausam, das Weib oder der Mann? – Ihr nehmt im Norden die Liebe überhaupt zu wichtig und zu ernst. Ihr sprecht von Pflichten, wo nur vom Vergnügen die Rede sein sollte.«

»Ja, Madame, wir haben dafür auch sehr achtbare und tugendhafte Gefühle und dauerhafte Verhältnisse.«

»Und doch diese ewig rege, ewig ungesättigte Sehnsucht nach dem nackten Heidentum«, fiel Madame ein, »aber jene Liebe, welche die höchste Freude, die göttliche Heiterkeit selbst ist, taugt nicht für euch Modernen, euch Kinder der Reflexion. Sie bringt euch Unheil. *Sobald ihr natürlich sein wollt, werdet ihr gemein.* Euch erscheint die Natur als etwas Feindseliges, ihr habt aus uns lachenden Göttern Griechenlands Dämonen, aus mir eine Teufelin gemacht. Ihr könnt mich nur bannen und verfluchen oder euch selbst in bacchantischem Wahnsinn vor meinem Altar als Opfer schlachten, und hat einmal einer von euch den Mut gehabt, meinen roten Mund zu küssen, so pilgert er dafür barfuß im Büßerhemd nach Rom und erwartet Blüten von dem dürren Stock, während unter meinem Fuße zu jeder Stunde Rosen, Veilchen und Myrten emporschießen, aber euch bekömmt ihr Duft nicht; bleibt nur in eurem nordischen Nebel und christlichem Weihrauch; laßt uns Heiden unter dem Schutt, unter der Lava ruhen, grabt uns nicht aus, für euch wurde Pompeji, für euch wurden unsere Villen, unsere Bäder, unsere Tempel nicht gebaut. Ihr braucht keine Götter! Uns friert in eurer Welt!« Die schöne Marmordame hustete und zog die dunkeln Zobelfelle um ihre Schultern noch fester zusammen.

»Wir danken für die klassische Lektion«, erwiderte ich, »aber Sie können doch nicht leugnen, daß Mann und Weib in Ihrer heiteren sonnigen Welt ebensogut wie in unserer nebligen, von Natur Feinde sind, daß die Liebe für die kurze Zeit zu einem einzigen Wesen vereint, das nur eines Gedankens, einer Empfindung, eines Willens fähig ist, um sie dann noch mehr zu entzweien, und – nun Sie wissen es besser als ich – wer dann nicht zu unterjochen versteht, wird nur zu rasch den Fuß des anderen auf seinem Nacken fühlen –«

»Und zwar in der Regel der Mann den Fuß des Weibes«, rief Frau Venus mit übermütigem Hohne, »was Sie wieder besser wissen als ich.«

»Gewiß, und eben deshalb mache ich mir keine Illusionen.«

»Das heißt, Sie sind jetzt mein Sklave ohne Illusionen, und ich werde Sie dafür auch ohne Erbarmen treten.«

»Madame!«

»Kennen Sie mich noch nicht? Ja, ich bin *grausam* – weil Sie denn schon an dem Worte so viel Vergnügen finden – und habe ich nicht recht, es zu sein? Der Mann ist der Begehrende, das Weib das Begehrte, dies ist des Weibes ganzer, aber entscheidender Vorteil, die Natur hat ihm den Mann durch seine Leidenschaft preisgegeben, und das Weib, das aus ihm nicht seinen Untertan, seinen Sklaven, ja sein Spielzeug zu machen und ihn zuletzt lachend zu verraten versteht, ist nicht klug.«

»Ihre Grundsätze, meine Gnädige«, warf ich entrüstet ein.

»Beruhen auf tausendjähriger Erfahrung«, entgegnete Madame spöttisch, während ihre weißen Finger in dem dunkeln Pelz spielten, »je hingebender das Weib sich zeigt, um so schneller wird der Mann nüchtern und herrisch werden; je grausamer und treuloser es aber ist, je mehr es ihn mißhandelt, je frevelhafter es mit ihm spielt, je weniger Erbarmen es zeigt, um so mehr wird es die Wollust des Mannes erregen, von ihm geliebt, angebetet werden. So war es zu allen Zeiten, seit Helena und Delila, bis zur zweiten Katharina und Lola Montez herauf.«

»Ich kann es nicht leugnen«, sagte ich, »es gibt für den Mann nichts, das ihn mehr reizen könnte, als das Bild einer schönen, wollüstigen und grausamen Despotin, welche ihre Günstlinge übermütig und rücksichtslos nach Laune wechselt – «

»Und noch dazu einen Pelz trägt«, rief die Göttin.

»Wie kommen Sie darauf?«

»Ich kenne ja Ihre Vorliebe.«

»Aber wissen Sie«, fiel ich ein, »daß Sie, seitdem wir uns nicht gesehen haben, sehr kokett geworden sind.«

»Inwiefern, wenn ich bitten darf?«

»Insofern es keine herrlichere Folie für Ihren weißen Leib geben könnte, als diese dunklen Felle und es Ihnen – «

Die Göttin lachte.

»Sie träumen«, rief sie, »wachen Sie auf!« und sie faßte mich mit ihrer Marmorhand beim Arme, »wachen Sie doch auf!« dröhnte ihre Stimme nochmals im tiefsten Brustton. Ich schlug mühsam die Augen auf.

Ich sah die Hand, die mich rüttelte, aber diese Hand war auf einmal braun wie Bronze, und die Stimme war die schwere Schnapsstimme meines Kosaken, der in seiner vollen Größe von nahe sechs Fuß vor mir stand.

»Stehen Sie doch auf«, fuhr der Wackere fort, »es ist eine wahrhafte Schande.«

»Und weshalb eine Schande?«

»Eine Schande in Kleidern einzuschlafen und noch dazu bei einem Buche«, er putzte die heruntergebrannten Kerzen und hob den Band auf, der meiner Hand entsunken war, »bei einem Buche von –« er schlug den Deckel auf, »von Hegel – dabei ist es die höchste Zeit zu Herrn Severin zu fahren, der uns zum Tee erwartet.«

Honoré de Balzac
Der Dandy

»Nun?« rief eintretend Paul von Manerville, »wie geht's und wie steht es? Ich komme, mit dir zu frühstücken.« »Gern«, sagte Heinrich; »du nimmst es nicht übel, wenn ich mich in deiner Gegenwart ankleide?« »Was für ein Unsinn.« »Wir nehmen in dieser Zeit so vielerlei von den Engländern an, daß wir auch scheinheilig und zimperlich werden könnten wie sie.«

Lorenz hatte so viele Werkzeuge, so viele verschiedene Möbel und hübsche Gegenstände vor seinen Herrn gelegt, daß Paul sich nicht enthalten konnte zu sagen: »Himmel, du wirst zwei Stunden brauchen.« »Nein«, sagte Heinrich, »zwei und eine halbe Stunde.« »Hör mal, da wir unter uns sind und einander alles sagen können, erkläre mir bitte, warum ein hervorragender Mensch wie du, denn du bist hervorragend, eine übertriebene Geckenhaftigkeit zu pflegen vorgibt, die an ihm nicht natürlich sein kann? Warum zwei und eine halbe Stunde damit verbringen, sich zu schniegeln, wenn es genügt, auf eine Viertelstunde ins Bad zu steigen, sich mit zwei Strichen zu kämmen und sich anzuziehen. Verrate mir dein System!« »Ich müßte dich sehr lieben, mein rauhes Bärchen, um dir derartig erhabene Gedanken anzuvertrauen«, sagte der junge Mann, der sich gerade mit einer weichen, mit englischer Seife bestrichenen Bürste die Füße bürsten ließ. »Aber ich habe dir die aufrichtigste Anhänglichkeit gelobt«, antwortete Paul von Manerville, »und ich liebe dich, weil ich dich mir überlegen finde...« »Du hast bemerken müssen, wenn du überhaupt fähig bist, eine geistige Tatsache zu beobachten, daß das Weib den Gecken liebt«, sagte von Marsay, ohne anders als durch einen

Blick auf die Erklärung Pauls zu antworten. »Weißt du, warum die Weiber die Gecken lieben? Mein Freund, die Gecken sind die einzigen Menschen, welche auf sich selber Sorgfalt verwenden. Und zuviel Sorgfalt auf sich verwenden heißt das nicht offenbaren, daß man das Gut anderer in sich selber pflegt? Der Mann, der sich nicht gehört, ist gerade der Mann, nach dem die Weiber lüstern sind. Die Liebe ist wesentlich diebisch. Ich spreche dir nicht von jenem Überschwang des Besitzes, für den sie schwärmen. Finde unter ihnen eine, die für einen ›Nachlässigen‹ in Leidenschaft geraten wäre, selbst wenn es ein bedeutender Mann gewesen! Sollte der Fall vorgekommen sein, so müssen wir ihn auf Rechnung der Gelüste schwangerer Frauen setzen, auf Rechnung jener tollen Vorstellungen, die durch jedermanns Kopf einmal fliegen. Ich habe im Gegenteil sehr bedeutende Männer gesehen, die einfach um ihrer Vernachlässigung willen aufgegeben wurden. Ein Geck, der sich mit seiner Person abgibt, gibt sich mit Tand und kleinen Sachen ab. Und was ist das Weib? Eine kleine Sache, ein Haufen Tand. Versetzt man es nicht mit zwei in die Luft gesprochenen Worten vier Stunden lang in Aufruhr? Das Weib ist sicher, daß der Geck sich mit ihm abgeben wird, da er nicht an große Dinge denkt. Es wird niemals um des Ruhmes, des Ehrgeizes, der Politik oder der Kunst willen vernachlässigt werden, welche großen, öffentlichen Dirnen ihm nur Nebenbuhlerinnen sind. Ferner haben die Gecken den Mut, sich mit Lächerlichkeit zu bedecken, um dem Weibe zu gefallen, und sein Herz ist voller Erkenntlichkeit für den aus Liebe lächerlichen Mann. Schließlich kann ein Geck nur Geck sein, wenn er ein Recht hat, es zu sein. Die Weiber sind es, die uns diese schöne Würde verleihen. Der Geck ist der Major der Liebe, er ist reich an Siegen, er hat sein Regiment Weiber zu kommandieren. In Paris, mein

Lieber, bleibt nichts verborgen, und ein Mann kann dort nicht umsonst Geck sein. Du, der du nur ein Weib hast und vielleicht recht daran tust, nur eines zu haben, versuch es, den Gecken zu spielen... Du würdest ein zweibeiniges Vorurteil werden, einer jener Männer, die verdammt sind, unvermeidlich immer ein und dieselbe Sache zu treiben. Du würdest Dummheit bedeuten, wie de La Fayette Amerika bedeutet, Talleyrand: Staatskunst. Désaugiers: Gesang, von Ségur: Geschichte. Wenn sie ihr Gebiet verlassen, glaubt man nicht mehr an den Wert dessen, was sie tun. Da siehst du, wie äußerst ungerecht wir stets in Frankreich sind. Herr von Talleyrand ist vielleicht ein großer Geldmann, Herr de La Fayette ein Tyrann und Désaugiers ein Verwalter. Du würdest im folgenden Jahre vierzig Frauen haben, und öffentlich würde man dir nicht eine einzige davon zuerkennen. Die Geckenhaftigkeit, mein Freund Paul, ist also das Kennzeichen einer unbestreitbaren, über die weibliche Welt erlangten Macht.«

Gottfried Keller
Judith im Bade

Judith zog ihre Schuhe an und begleitete mich in die Sommernacht hinaus; es reizte uns, ungesehen ins Freie zu gelangen und auf nächtliche Abenteuer durch den Wald und über die Höhen zu gehen. Solche romantische Gewohnheiten vergnügten meine Begleiterin umso mehr als sie ihr neu waren und sie noch nie ohne einen bestimmten und außerordentlichen Zweck nächtlicherweise aus dem Dorfe gegangen war. Sie freuete sich aber dieser Freiheit um ihrer selbst willen und nicht aus Naturschwärmerei, weil sie einmal ein abgesondertes und eigenes Leben führte, obgleich ursprünglich niemand besser als sie zu einem frischen Zusammenleben geschaffen war. Sie stellte daher keine gefühlvollen Betrachtungen über den Mondschein an, sondern sie rauschte mutwillig und rasch durch die Gebüsche oder knickte halb unmutig manchen grünen Zweig, mit dem sie mir ins Gesicht schlug, als ob sie damit alles wegzaubern wollte, was zwischen mir und ihr lag, die Jahre, die fremde Liebe und den ungleichen Stand. Sie wurde dann ganz anders als sie erst in der Stube gewesen und förmlich boshaft, spielte mir tausend Schabernack, verlor sich im dunklen Dickicht, daß ich sie plötzlich zu fassen bekam, oder hob beim Springen über einen Graben das Kleid so hoch, daß ich in Verwirrung geriet. Einmal erzählte ich ihr das Abenteuer, das ich als kleiner Junge mit jener Schauspielerin gehabt, und vertraute ihr ganz offen, welchen Eindruck mir der erste Anblick einer bloßen Frauenbrust gemacht, so daß ich dieselbe noch immer in dem weißen Mondlicht vor mir sehe und dabei der längst entschwundenen Frau fast sehnsüchtig gedenke, während ihre Gesichtszüge und ihr Name schon lange bis auf die letzte Spur in meinem Gedächtnis verwischt. Wir gingen gerade dem Waldbache entlang, über welchem der Mond ein geheimnisvolles Netz von Dunkel und Licht zittern ließ; Judith verschwand plötzlich von meiner Seite und huschte durch die Büsche, während ich verblüfft vorwärts ging. Dies dauerte wohl fünf Minuten, während welcher ich keinen Laut vernahm außer dem leisen Wehen der Bäume und dem Rieseln der Wellen. Es wurde mir zu Mute, wie wenn Judith sich aufgelöst hätte und still in die Natur verschwunden wäre, in welcher mich ihre Elemente geisterhaft neckend umrauschten. So gelangte ich unversehens in die Gegend der Heidenstube und sah nun die graue Felswand im hellen Vollmond, der über den Bäumen stand, in den Himmel ragen; das Wasser und die Steine zu meinen Füßen waren ebenfalls beschienen. Auf den Steinen lagen Kleider, zu oberst ein weißes Hemd, welches, als ich es aufhob, noch ganz warm war, wie eine soeben entseelte irdische Hülle. Ich vernahm aber keinen Laut, noch sah ich etwas von Judith, es wurde mir wirklich unheimlich zu Mute, da die Stille der Nacht von einer dämonischen Absicht ganz getränkt erschien. Ich wollte eben Judith beim Namen rufen, als ich seltsame, halb seufzende, halb singende Töne vernahm, aus denen zuletzt ein deutliches altes Lied wurde, das ich schon hundertmal gehört und jetzt doch einen zauberhaften Eindruck auf mich machte. Sein Inhalt war die Tiefe des Wassers, etwas von Liebe und sonst nichts weiter; aber zuletzt war es von einem fast sichtbaren verführerischen Lächeln durchdrungen und von einem silbernen Geräusch begleitet, wie wenn jemand im Wasser plätschert und sich dasselbe in sanften Wellen gegen die Lenden schlägt. Wie ich so hinhorchte, entdeckte ich endlich mir gegenüber eine undeutliche weiße Gestalt, welche sich im Schatten hinter dem Felsen bewegte, sich an überhängende Zweige hing und den Körper im Wasser treiben ließ oder plötzlich sich hoch aufrichtete und eine Weile gespenstisch unbeweglich hielt. Es führte ein untiefer Damm des Geschiebes zu jener Stelle, und zwar in einem ziemlich weiten Bogen, und als ich einen Augenblick mich vergessen hatte, sah ich unversehens die nackte Judith schon auf der Mitte dieses Weges angelangt und auf mich zukommen. Sie war bis unter die Brust im Wasser; sie näherte sich im Bogen und ich drehete mich magnetisch nach ihren Bewegungen. Jetzt trat sie aus dem schief über das Flüßchen fallenden Schlagschatten und erschien plötzlich im Mondlichte; zugleich erreichte sie bald das Ufer und stieg immer höher aus dem Wasser und dieses rauschte jetzt glänzend von ihren Hüften und Knieen zurück. Jetzt setzte sie den triefenden weißen Fuß auf die trockenen Steine, sah mich an und ich sie; sie war nur noch drei Schritte von mir und stand einen Augenblick still; ich sah jedes Glied in dem hellen Lichte deutlich, aber wie fabelhaft vergrößert und verschönt, gleich einem überlebensgroßen alten Marmorbilde. Auf den Schultern, auf den Brüsten und auf den Hüften schimmerte das Wasser, aber noch mehr leuchteten ihre Augen, die sie schweigend auf mich gerichtet hielt. Jetzt hob sie die Arme und bewegte sich gegen mich; aber ich, von einem heißkalten Schauer und Respekt durchrieselt, ging mit jedem Schritt, den sie vorwärts tat, wie ein Krebs einen Schritt rückwärts, aber sie nicht aus den Augen verlierend. So trat ich unter die Bäume zurück, bis ich mich in den Brombeerstauden fing und wieder still stand. Ich war nun verborgen und im Dunkeln, während sie im Lichte mir vorschwebte und schimmerte; ich drückte meinen Kopf an einen kühlen Stamm und besah unverwandt die Erscheinung. Jetzt ward es ihr selbst unheimlich; sie stand dicht bei ihrem Gewande und begann wie der Blitz sich anzuziehen. Ich sah aber, daß sie erst jetzt in Verlegenheit geriet, und trat unwillkürlich, meine eigene Verwirrung vergessend, hervor, half ihr zitternd den Rock über der Brust zuheften und reichte ihr das große weiße Halstuch. Hierauf umschlang ich ihren Hals und küßte sie auf den Mund, gewissermaßen um keinen müßigen Augenblick aufkommen zu lassen; sie fühlte dies wohl; denn sie war nun über und über rot bis in die noch feuchte Brust hinein; sie steckte hastig ihre feinen Strümpfe in die Tasche und schlüpfte mit bloßen Füßen in die Schuhe, worauf sie mich noch einmal umschloß und heftig küßte, dann quer durch die Bäume die Halde hinaneilte und verschwand, indessen ich das Wasser entlang nach Hause ging.

Elfriede Jelinek
was ist das, was da so leuchtet?

was ist das, was da so leuchtet wie reife polierte kastanien, fragt sich heinz eines tages auf dem wege zur arbeit. es ist brigittes haar, das frisch getönt ist. man muß nur aufpassen, daß die einwirkungszeit nicht zu lange ist.

heinz hat geglaubt, daß das reife polierte kastanien sind, die da so leuchten, jetzt sieht er aber, daß es brigittes haar ist, das da so leuchtet. er ist erstaunt, daß das schicksal zugeschlagen hat.

ich liebe dich, sagt brigitte. ihre haare glänzen in der sonne wie reife kastanien, die auch noch poliert sind. ich liebe dich so sehr. das ist das gefühl der liebe dieses unausweichliche gefühl. mir ist, als ob ich dich immer schon gekannt hätte, seit meiner längstvergangenen kindheit schon. brigitte sieht zu heinz auf.

auch heinz ergreift sofort das gefühl. außerdem ergreift ihn eine sinnlichkeit, von der er schon gehört hat, daß es sie gibt.

es ist neu und erschreckend zugleich.

heinz will elektriker werden. wenn man etwas lernt, ist man nachher mehr als man vorher war. außerdem ist man dann auch mehr als alle, die nichts gelernt haben.

uns beiden passiert hier etwas, sagt brigitte, das neuer und erschreckender ist als alles, was uns bisher geschehen ist, auch neuer und erschreckender als der betriebsunfall voriges jahr, bei dem eine hand verloren wurde: die liebe. ich weiß jetzt nämlich, daß ich dich liebe und bin froh, daß ich es weiß. für mich gibt es keinen andren mann als dich, heinz, und wird auch keinen mehr geben. oder siehst du hier einen andren mann? heinz sieht keinen, und das gefühl der sinnlichkeit verstärkt sich noch. diese lippen ziehen mich förmlich in ihren bann, denkt heinz. sie lokken, und sie verheißen etwas. was? heinz denkt nach. jetzt hat er es: sinnlichkeit.

ich liebe dich so sehr, sagt brigitte, ihr haar glänzt wie reife kastanien in der sonne. ihre vollen lippen sind leicht geöffnet, als ob sie locken oder zumindest verheißen würden. was? ich liebe dich so sehr, daß es wehtut, es tut seelisch in der seele weh und körperlich im körper weh. ich möchte, daß du immer bei mir bleibst, mich niemals verläßt. nach der hochzeit möchte ich zu hause bleiben und nur für dich und unser gemeinsames kind dasein.

was ist meine arbeit in der fabrik gegen dieses gefühl der liebe? nichts! sie verschwindet, und nur mehr das gefühl der liebe ist hier.

heinz will sich eine neue modische hose kaufen. jetzt, wo er geliebt wird, ist eine moderne hose noch viel wichtiger als zuvor. leider geht der ganze lohn des letzten lehrjahrs an den wochenenden in den diskotheken drauf. auch dort herrscht sinnlichkeit, doch weniger als hier bei brigitte, wo es aktuell wird.

ich brauche dich, und ich liebe dich, sagt brigitte. ihr haar leuchtet in der sonne wie reife polierte kastanien, die liebe ist ein gefühl, daß einer den andren braucht. ich brauche dich, sagt brigitte, damit ich nicht mehr in die fabrik gehen muß, denn die fabrik brauche ich eigentlich überhaupt nicht. was ich brauche, das bist du und deine nähe. ich liebe dich und ich brauche dich.

hoffentlich ist diese liebe auch körperlich, hofft heinz. ein mann muß alles mitnehmen, was er kriegen kann. auch muß er einmal ein schönes heim haben, auf das er vorher sparen muß, auch muß er einmal kinder haben, aber vorher muß er noch etwas vom leben gehabt haben. die arbeit ist nicht alles, weil die liebe alles ist. ob das wohl die körperliche liebe ist, fragt heinz.

ja, heinz, es ist die liebe, sagt brigitte. ihr haar schimmert in der sonne wie reife polierte kastanien. plötzlich ist sie zu uns gekommen, ganz über nacht, heinz, wer hätte das gedacht? du wirst für mich sorgen und mich für meine liebe belohnen und entschädigen, nicht wahr, heinz?

ich liebe dich nämlich so sehr.

heinz behält sein berufliches fortkommen und kurse, die vielleicht besucht werden werden im auge. brigitte behält in einem auge die liebe, die wie eine schwere krankheit ist, im andren auge behält brigitte ihre zukünftige wohnung und deren einrichtung im auge. brigitte hat gehört, daß es richtig ist, wenn es wie eine krankheit ist, brigitte liebt heinz richtig und echt.

verlaß mich niemals, heinz!

die eltern von heinz kaufen unter großen opfern die moderne hose für heinz. sie wollen aber dafür keine dummheiten zwischen mädchen und heinz. sie sagen, er kann sich damit seine ganze berufliche zukunft ruinieren. hat sich denn vater nicht genug geplagt sein leben lang? ein ruiniertes leben in der familie reicht doch wirklich.

die zukunft ist für heinz, der etwas erreichen will, wichtig. heinz, der bis jetzt noch nichts im leben erreicht hat, sagt: das leben besteht nicht nur aus arbeit. du hast im leben noch nichts gelernt und nichts erreicht, deswegen kannst du das gar nicht wissen, sagt der vater, der auch nichts erreicht und gelernt hat und schon alt ist.

ich liebe dich, sagt brigitte. die heinz nicht verlieren will. was man einmal hat, das möchte man behalten, womöglich kann man sogar mehr bekommen als man hat. vielleicht ein eigenes geschäft. sie kann fleißig mitarbeiten, was sie gewohnt ist.

ich liebe dich, sagt brigitte. endlich muß man nicht mehr fragen, ob dies die liebe ist, weil sie es sicher ist.

heinz und brigitte erschrecken vor der größe dieses gefühls. brigitte erschrickt mehr als heinz, weil gefühle mehr weiblich sind.

der beruf ist mehr männlich. er macht heinz nur wenig freude, trotzdem will und kann er vorwärtskommen, egal wohin. die liebe macht heinz zwar mehr freude, trotzdem muß er dabei vorsichtig sein, damit er nicht beruflich durch sie behindert wird. die modischen kleidungsstücke, die sich heinz von seinem lohn wird kaufen können, machen ihm sicher freude, die modischen kleidungsstücke, die er seiner frau wird kaufen müssen, machen ihm sicherlich viel weniger freude. daher: vorsicht!

die liebe tut brigitte weh. sie wartet auf einen anruf von heinz. warum kommt dieser nicht? es tut so weh zu warten. es tut deshalb weh, weil brigitte sich nach heinz sehnt. brigitte sagt, daß heinz ihre ganze welt ist. brigittes welt ist daher klein. das leben erscheint ihr sinnlos ohne ihn, das leben erscheint ihr auch mit ihm nicht sehr sinnvoll, es sieht bloß sinnvoller aus, jedenfalls sinnvoller als ihre arbeit in der büstenhalterfabrik.

komm zurück, heinz! ich liebe dich, und ich brauche dich.

heinz braucht eine gesicherte existenz. etwas in ihm sagt: strebe vorwärts, das sagen auch die erfahrenen eltern, die über die landesgrenzen noch nicht hinausgekommen sind.

laß mich nie mehr allein, bittet brigitte, mein leben ist sinnlos ohne dein leben.

brigitte muß schauen, daß sie einen mann bekommt, der nicht ins wirtshaus geht. sie muß schauen, daß sie eine schöne wohnung bekommt. sie muß schauen, daß sie kinder bekommt. sie muß schauen, daß sie schöne möbel bekommt. dann muß sie schauen, daß sie nicht mehr arbeiten gehen muß. dann muß sie vorher noch schauen, daß das auto ausbezahlt ist. dann muß sie schauen, daß sie sich jedes jahr einen schönen urlaub leisten können. dann muß sie allerdings schauen, daß sie nicht durch die finger schauen muß.

man lebt nur einmal, sagt brigittes mutter, der dieses eine mal schon zuviel ist und zu oft, weil sie keinen mann hat.

brigittes eines leben ist jedoch ausgefüllt, weil es voll von heinz ist. ihr haar glänzt wie polierte kastanien in der sonne. brigitte ist geradezu überwältigt von diesem leben, das, dank heinz, fast eine nummer zu groß für sie ist. von ihrer arbeit ist brigitte nicht überwältigt, weil sie einförmig ist. heinz ist, im gegensatz zu ihrer arbeit, überwältigend.

heinz muß noch etwas im leben erreichen, bevor er an eine familie auch nur denken darf. brigitte will heinz erreichen, der dann etwas für sie erreichen soll, weil er eine zukunft hat. die zukunft von heinz liegt in der elektrobranche, in der er tätig ist. die zukunft von brigitte liegt in heinz. gute fachleute sind mangelware.

mein gott, wie ich dich liebe, sagt brigitte zu heinz.

auch ich spüre dieses gefühl, entgegnet heinz. sein vater spürt seine bandscheiben, weil er fernfahrer ist, was er bald gewesen sein wird, wenn die bandscheiben sich nicht beherrschen. der fernfahrer glaubt, daß brigitte nichts ist und nichts hat. er glaubt, daß heinz etwas wird und jetzt schon etwas hat: nämlich begabung, ausdauer und fleiß. enttäusche deinen vater nicht, heinz! er glaubt, daß du ansprüche stellen kannst und darfst.

am besten, heinz sucht sich eine frau mit geld, damit er sich bald selbständig machen kann und ein eigenes geschäft kriegt. hübsche gesichter wie das von brigitte täuschen oft, beruflicher niedergang liegt in ihnen. die eltern wollen das beste für heinz. das ist brigitte sicher nicht: das BESTE.

ich liebe dich so sehr, sagt brigitte. mein glänzendes haar unterstützt meine liebe. was meine liebe noch unterstützt: dein beruf, der eine zukunft hat. was meine liebe außerdem unterstützt: ich selber, die ich überhaupt nichts habe.

die heinzeltern wollen, daß heinz auf das echte schaut, was brigittes haare nicht sind. sie sind gefärbt. heinz ist noch viel zu jung, um das echte zu erkennen, wenn er es sieht. für das echte sind die eltern zuständig, die ihr leben lang damit zu tun gehabt haben. der vater spürt, daß seine bandscheiben sehr sehr echt sein müssen, heinz kann ansprüche stellen, wofür er seinen beruf schließlich erlernt.

auch brigitte liebt das echte sehr. heinz, den echten mann, zum beispiel, dann echte teppiche echte sitzgarnituren und eine echte kleine hausbar.

heinz will noch etwas von seinem leben haben. heinz kann noch etwas von seinem leben haben, solange er bei seinen eltern wohnt und geld spart. außerdem ist er noch zu jung, um sich schon zu binden. brigitte, deren haar heute wieder glänzt, daß es in den augen wehtut, liebt heinz so sehr, daß etwas in ihr zerbrechen würde, wenn heinz sie wegwirft. ich liebe dich, sagt sie in der art ihrer lieblinge von film, funk, fernsehen und schallplatte. ich weiß nicht, ob es für ein ganzes leben reicht, sagt heinz, ein mann will viele frauen genießen. ein mann ist anders.

ich liebe dich doch gerade deswegen, weil du ein mann bist, sagt brigitte. du bist ein mann, der einen beruf lernt, ich bin eine frau, die keinen beruf gelernt hat. dein beruf muß für uns beide reichen. das tut er auch spielend, weil er so ein großer schöner beruf ist. du darfst mich niemals verlassen, sonst würde ich sterben, sagt brigitte.

so schnell stirbt man nicht, sagt heinz. du müßtest eben

auf einen zurückgreifen, der weniger verdient, als ich einmal verdienen werde.

ich liebe dich doch gerade deswegen, weil du mehr verdienst als einer, der weniger verdient.

außerdem liebt brigitte heinz, weil dieses gefühl in ihr ist, gegen das sie nicht ankommt. schluß.

ihr haar ist wie polierte edelkastanien.

ich werde es mir bis morgen überlegen, sagt heinz. so macht man das im modernen wirtschaftsleben, in welchem ich mich auskenne.

ich liebe dich so sehr, antwortet brigitte. morgen ist schon die zukunft, und die habe ich nicht.

mich hast du jedenfalls auch nicht, sagt heinz,

ich möchte daher nicht in deiner haut stecken.

Choderlos de Laclos
Vorsichtsmaßnahmen einer Frau

Was haben Sie denn eigentlich getan, was ich nicht tausendmal übertroffen hätte? Sie haben viele Frauen verführt, sogar zugrunde gerichtet: aber welche Schwierigkeiten haben Sie zu brechen gehabt? welche Hindernisse zu überwinden? Wo ist darin das Verdienst, das wirklich Ihnen gehört? Ein schönes Gesicht, reiner Zufall; gute Manieren, die Übung fast immer verleiht; Geist allerdings, den zur Not aber Geschwätz ersetzen würde; eine Unverschämtheit, die ziemlich lobenswert ist, die Sie vielleicht aber einzig und allein der Mühelosigkeit Ihrer ersten Erfolge verdanken – das sind, irre ich nicht, alle Ihre Hilfsmittel: denn was die Berühmtheit angeht, die Sie etwa erworben haben, werden Sie wohl nicht verlangen, daß ich die Kunst, einen Skandal hervorzurufen oder die Gelegenheit dazu wahrzunehmen, hoch anschlage.

Wegen Vorsicht, wegen Schlauheit spreche ich nicht von mir: welche beliebige Frau hätte davon nicht mehr als Sie? Achtung, doch, Ihre Präsidentin springt ja mit Ihnen um wie mit einem Kind.

Glauben Sie mir, Vicomte, man erwirbt selten die Eigenschaften, die man entbehren kann. Da Sie ohne Gefahr kämpfen, gehen Sie notwendig ohne Vorsicht zu Werke. Für euch Männer ist jede Niederlage nur ein Erfolg weniger. Bei dieser so ungleichen Partie besteht unser Glück darin, nicht zu verlieren, und euer Unglück darin, nicht zu gewinnen. Wenn ich euch so viele Anlagen zuspräche wie uns, um wieviel müßten wir euch auch dann noch übertreffen dadurch, daß wir in der Notlage sind, fortwährend davon Gebrauch zu machen!

Nehmen wir meinetwegen an, daß ihr ebensoviel Geschicklichkeit daran setzt, uns zu besiegen, als wir daran, uns zu verteidigen oder nachzugeben, so werden Sie wenigstens zugeben, daß ihr sie nach dem Erfolge nicht mehr braucht. Einzig mit eurer neuen Liebhaberei beschäftigt, überlaßt ihr euch ihr ohne Furcht und Rückhalt: nicht euch kümmert es, wie lange sie währt.

In der Tat: diese wechselweise auferlegten und entgegengenommenen Bande, um das Rotwelsch der Liebe zu reden, ihr allein könnt sie nach Gutdünken enger anziehen oder zerreißen – und glücklich sind wir noch, wenn ihr leichten Muts das Geheimnis wählt statt des Lärms, euch mit demütigendem Verlassen begnügt und nicht aus dem Idol von gestern das Opfer von morgen macht!

Wenn nun aber eine unselige Frau zuerst die Schwere der Kette fühlt, welche Gefahren hat sie nicht zu laufen, wenn sie es unternimmt, sich ihr zu entziehen, wenn sie nur wagt, sie ein wenig aufzuheben! Nur mit Beben versucht sie den Mann von sich abzuwehren, den ihr Herz mit Gewalt zurückstößt. Besteht er darauf, zu bleiben, muß sie, was sie der Liebe gewährte, der Furcht ausliefern.

Noch öffnen ihre Arme sich,
Wenn schon ihr Herz sich schloß.

Ihre Vorsicht muß mit Geschicklichkeit diese selben Bande aufknüpfen, die ihr zerrissen hättet. Auf die Gnade ihres Feindes angewiesen, ist sie ohne Rettungsmittel, wenn er ohne Großmut ist, und sie, wie sollte sie die von ihm erhoffen, da er, mag man ihn manchmal auch loben, weil er welche hat, doch niemals Tadel erfährt, weil es ihm an ihr gebricht?

Diese Wahrheiten werden Sie wohl nicht leugnen, sie liegen so offen zutage, daß sie Gemeinplätze sind. Wenn Sie gleichwohl gesehen haben, wie ich, unter willkürlicher Anordnung von Ereignissen und Meinungen, aus diesen so furchtbaren Männern das Spielzeug meiner Launen oder meiner Einfälle machte, wie ich den einen die Lust, den andern die Macht, mir zu schaden, nahm; wenn ich sie abwechselnd und meinem beweglichen Sinn gemäß an meine Gefolgschaft zu fesseln oder von mir wegzustoßen verstanden habe,

> Die Herrscher, die entthront zu meinen
> Sklaven werden;

und wenn inmitten dieser häufigen Umwälzungen mein Ruf sich dennoch rein erhalten hat: haben Sie daraus nicht schließen müssen, daß ich, dazu geboren, mein Geschlecht zu rächen und Ihres zu meistern, mir Mittel zu schaffen gewußt habe, die bis auf mich unbekannt waren?

Ach! Sparen Sie Ihre Ratschläge und Befürchtungen für jene irrsinnigen Frauen, die sich ›gefühlvoll‹ nennen, deren überspannte Einbildung den Glauben wecken könnte, daß die Natur ihre Sinnlichkeit in ihren Kopf verlegt hat, die nie nachgedacht haben und darum beständig Liebe und Liebhaber verwechseln, die in ihrer verrückten Selbsttäuschung vermeinen, der, mit dem sie das Vergnügen gesucht haben, sei sein alleiniger Inhaber, und als richtige Abergläubische für den Priester die Ehrfurcht und Gläubigkeit hegen, die nur der Gottheit geschuldet wird!

Fürchten Sie ferner für die, die, mehr eitel als klug, es nicht verstehen, nötigenfalls sich in das Verlassenwerden zu fügen.

Zittern Sie besonders für die in ihrem Müßiggang tätigen Frauen, die ihr ›gefühlvoll‹ nennt und deren die Liebe sich so leicht und mit solcher Gewalt bemächtigt; die das Bedürfnis spüren, sich mit ihr auch dann noch zu beschäftigen, wenn sie selber nichts davon haben; die rückhaltlos, ihren gärenden Träumereien hingegeben, die gewissen so süßen, aber so gefährlichen Briefe zur Welt bringen und nicht davor zurückschrecken, diese Beweise ihrer Schwäche der Person anzuvertrauen, die sie veranlaßt: als Unkluge, die in ihrem gegenwärtigen Geliebten nicht ihren künftigen Feind zu sehen wissen.

Ich aber, was habe ich gemein mit diesen unüberlegten Frauen? Wann haben Sie mich von den selbstauferlegten Regeln abweichen und mich gegen meine Grundsätze verfehlen gesehn? Ich sage *meine* Grundsätze und sage es mit Fleiß; denn sie wurden nicht, wie die der andern Frauen, aufs Geratewohl erteilt, ungeprüft aufgenommen und gewohnheitsmäßig befolgt. Sie sind die Frucht meines tiefen Nachdenkens; ich habe sie geschaffen und kann sagen, ich bin mein eigenes Werk.

In die Welt eingetreten zu der Zeit, da ich, noch als Mädchen, von Standes wegen dem Schweigen und der Untätigkeit geweiht war, habe ich dies auszunutzen verstanden für meine Beobachtungen und Überlegungen. Während man mich für gedankenlos oder zerstreut hielt, hörte ich allerdings wenig auf die Reden, die man sich mir zu halten befliß, nahm aber sorgfältig die in mir auf, die man mir zu verbergen suchte.

Diese nützliche Neugier diente dazu, mich zu bilden, und lehrte mich zugleich, mich zu verstellen. Oftmals genötigt, die Gegenstände meiner Aufmerksamkeit vor den Augen meiner Umgebung zu verheimlichen, probierte ich es, meine eigenen nach meinem Gefallen zu lenken. Schon damals erreichte ich es, daß ich beliebig den zerstreuten Blick bekam, den Sie so oft gelobt haben. Durch diesen ersten Erfolg ermutigt, trachtete ich, mein Mienenspiel ebenso zu regeln. Empfand ich etwa Kummer, befleißigte ich mich, heiter auszusehen und sogar freudig.

3. Enthüllt und verborgen: »Venus mit Spiegel« von Diego Velazquez, 1651

Ich habe den Eifer so weit getrieben, daß ich mir freiwillig Schmerz zufügte, um während dieser Zeit mich um einen vergnügten Ausdruck zu bemühen. Mit derselben Sorgfalt und mehr Anstrengung habe ich mich bearbeitet, um die Zeichen einer unerwarteten Freude zu unterdrücken. So habe ich über meine Physiognomie die Macht erlangt, über die ich Sie manchmal so in Erstaunen gesehen habe.

Ich war noch recht jung und fast ohne Interesse: aber mein eigen waren nur meine Gedanken, und es empörte mich, daß man sie mir sollte rauben oder mich auf ihnen ertappen können, wenn ich es nicht wollte. Im Besitz dieser ersten Waffen, probierte ich sie. Ich begnügte mich nicht damit, mich nicht mehr durchschauen zu lassen, ich machte mir den Spaß, mich unter verschiedenen Gestalten zu zeigen. Meiner Gebärden sicher, beobachtete ich meine Reden. Ich regelte die einen wie die andern nach den Umständen oder auch nur nach meinen Launen. Vom selben Augenblick an gehörte, was ich dachte, mir allein, und ich zeigte nur noch das, was ich mit gutem Nutzen sehen lassen konnte.

Diese Selbstbearbeitung hatte meine Aufmerksamkeit auf den Ausdruck der Gesichter und den Charakter der Physiognomien gerichtet, und ich gewann dabei diesen durchdringenden Blick, auf den die Erfahrung mich jedoch nicht ganz fest zu bauen gelehrt hat, der mich aber im ganzen selten getäuscht hat.

Ich war noch nicht fünfzehn Jahre alt und besaß schon die Talente, denen der größte Teil unserer Politiker seinen Ruf verdankt, und dabei war ich erst bei den ersten Elementen der Wissenschaft, die ich erwerben wollte.

Sie können sich denken, daß ich, wie alle jungen Mädchen, die Liebe und ihre Freuden zu erraten suchte. Da ich aber nie im Kloster gewesen war, keine gute Freundin hatte und von einer wachsamen Mutter beaufsichtigt ward, hatte ich nur unklare Einbildungen, die nirgends Anhalt fanden. Die Natur selbst, mit der ich sicher seitdem habe höchst zufrieden sein können, gab mir noch keinen Wink. Man hätte meinen sollen, sie schaffte mit Stillschweigen an der Vervollkommnung ihres Werkes. Nur mein Kopf gor. Mir stand der Sinn nicht nach Genuß, ich wollte wissen. Der Wunsch, zu lernen, gab mir die Mittel ein.

Ich fühlte, daß der einzige Mann, mit dem ich, ohne mir eine Blöße zu geben, von dem Gegenstand sprechen könne, mein Beichtvater sei. Sogleich faßte ich meinen Entschluß. Ich überwand meine kleine Scham, rühmte mich eines Vergehens, das ich nicht begangen hatte, und beschuldigte mich, ich habe ›alles gemacht, was die Frauen machten‹. Dies war mein Ausdruck; dabei wußte ich in Wirklichkeit gar nicht, welche Sache ich ausdrückte. Meine Hoffnung wurde weder ganz und gar getäuscht noch vollkommen erfüllt. Die Furcht, mich zu verraten, hielt mich ab, mir Klarheit zu verschaffen. Aber der gute Pater malte mir die Sünde so groß aus, daß ich daraus schloß, das Vergnügen müsse ungeheuer sein. Und dem Wunsch, es zu kennen, folgte der, es zu schmekken.

Ich weiß nicht, wohin der Wunsch mich gebracht hätte, und ohne alle Erfahrung, wie ich damals war, wäre vielleicht eine einzige Gelegenheit mein Verderben gewesen. Zum Glück für mich kündigte wenige Tage darauf meine Mutter mir an, ich solle mich verheiraten. Auf der Stelle löschte die Gewißheit, das Gewünschte zu erfahren, meine Neugier aus, und ich gelangte jungfräulich in Herrn von Merteuils Arme.

Ich erwartete mit Seelenruhe den Augenblick, der mich aufklären sollte, und brauchte Überlegung, um Verwirrung und Furcht zu zeigen. Diese erste Nacht, von der man sich gewöhnlich eine so grausame oder so süße Vorstellung macht, bot mir nur Gelegenheit zu Erfahrungen. Schmerz und Lust, ich beobachtete alles genau und erblickte in diesen verschiedenen Empfindungen nur zu sammelnde und zu bedenkende Tatsachen.

Diese Art von Studium fing mir bald zu gefallen an; doch meinen Grundsätzen treu und in dem vielleicht instinktiven Gefühl, daß niemand meinem Vertrauen ferner stehen müsse als mein Gatte, beschloß ich, gerade deswegen, weil ich viel empfand, mich vor seinen Augen unempfindlich zu zeigen. Diese anscheinende Kälte war in der Folge die unerschütterliche Grundlage seines blinden Vertrauens. Damit verband ich, infolge einer weiteren Überlegung, das gedankenlose Gebaren, zu dem mein Alter mich berechtigte; und nie hielt er mich für kindlicher, als in den Augenblicken, wo ich ihn mit der größten Kühnheit zum besten hielt.

Indessen, ich gestehe es, anfangs ließ ich mich vom Wirbel des Gesellschaftslebens fortreißen und gab mich ganz und gar seinen flüchtigen Zerstreuungen hin. Wie aber nach Verlauf einiger Monate Herr von Merteuil mich auf sein trauriges Landgut geführt hatte, machte die Furcht vor Langerweile, daß die Neigung zum Studium wiederkehrte; und da ich dort nur von Leuten umgeben war, deren Abstand von mir mich gegen jeden Verdacht sicherte, benutzte ich dies, meinen Versuchen ein weiteres Feld zu geben. Da war's besonders, wo ich die Gewißheit erhielt, daß die Liebe, die man uns als Ursache unserer Freuden rühmt, höchstens der Vorwand dazu ist.

Herrn von Merteuils Krankheit unterbrach diese lieblichen Beschäftigungen; ich mußte ihm in die Stadt folgen, wohin er ging, um Hilfe zu suchen. Er starb, wie Sie wissen, kurze Zeit darauf, und obwohl ich alles in allem mich nicht über ihn zu beklagen habe, fühlte ich darum nicht weniger lebhaft den Wert der Freiheit, die meine Witwenschaft mir verschaffen sollte, und gab mir das feste Versprechen, sie auszunutzen.

Meine Mutter rechnete darauf, ich würde ins Kloster gehen oder wieder mit ihr zusammenleben. Ich lehnte eines wie das andere ab, und alles, was ich der Schicklichkeit zugestand, war, daß ich auf dasselbe Landgut zurückkehrte, wo mir immerhin noch einige Beobachtungen zu machen blieben.

Ich bestärkte sie mit Hilfe der Lektüre; glauben Sie aber nicht, sie sei nur von der Art gewesen, die Sie vermuten. Ich studierte unsere Sitten in den Romanen, unsere Ansichten bei den Philosophen; ich suchte sogar bei den strengsten Moralisten, was sie von uns verlangten, und verschaffte mir dergestalt Sicherheit über das, was man tun konnte, was man denken mußte und was es zu scheinen galt. Nachdem ich mir über diese drei Dinge einmal eine feste Meinung gebildet hatte, bot nur das letzte einige Schwierigkeiten in der Ausführung. Ich hoffte sie zu besiegen und sann über die Mittel und Wege nach.

Meine ländlichen Vergnügen fingen an mich zu langweilen, sie boten meinem tätigen Kopf zuwenig Abwechslung. Ich empfand einen Drang zu kokettieren, der mich mit der Liebe aussöhnte: allerdings nicht, weil ich sie fühlen wollte, sondern weil ich sie eingeben und sie heucheln wollte. Vergebens hatte man mir gesagt und hatte ich gelesen, dies Gefühl lasse sich nicht heucheln; ich sah gleichwohl, daß es, um dahin zu gelangen, genügte, mit dem Geist eines Autors die Gaben eines Schauspielers zu verbinden. Ich übte mich in beiden Gattungen und vielleicht mit einigem Erfolg; aber anstatt leeren Beifall im Theater zu suchen, beschloß ich, für mein Glück zu verwerten, was so viele andere der Eitelkeit opferten.

Ein Jahr verging mit diesen verschiedenen Beschäftigungen. Wie mir meine Trauer dann wieder zu erscheinen gestattete, kehrte ich mit meinen großen Plänen in die Stadt zurück. Ich war nicht gefaßt auf das erste Hindernis, dem ich dort begegnete.

Diese lange Einsamkeit, diese strenge Zurückgezogenheit hatten mir einen Anstrich von Prüderie gegeben, der unsere beliebtesten jungen Leute abschreckte. Sie hielten sich abseits und überließen mich einer Menge langweiliger Menschen, die sich alle um meine Hand bewarben. Sie abzuweisen, war ich nicht verlegen; aber mehrere dieser Absagen mißfielen meiner Familie, und ich verlor mit häuslichen Plackereien die Zeit, von der ich mir eine so reizende Verwendung versprochen hatte. Ich war also, um die einen wieder herbeizurufen und die andern zu entfernen, gezwungen, ein paar kleine Seitensprünge ins Gerede zu bringen und auf die Beeinträchtigung meines Rufes die Mühe zu verwenden, die ich an seine Erhaltung zu setzen gedachte. Es glückte mir leicht, wie Sie glauben können. Da ich aber von keiner Leidenschaft hingerissen ward, tat ich nur, was ich für notwendig erachtete, und maß die Dosen meiner Unbesonnenheit vorsichtig ab.

Sobald ich an das Ziel gestoßen war, das ich erreichen wollte, kehrte ich um und schrieb die Ehre meiner Besserung einigen von den Frauen zu, die nicht imstande sind, auf Anmut Anspruch zu machen, und darum ihren Ehrgeiz auf Verdienst und Tugend werfen. Das war ein Zug im Spiel, der mir mehr eintrug, als ich von ihm erhofft hatte. Die erkenntlichen Ehrendamen traten als meine Lobredner auf, und ihr blinder Eifer für das, was sie ihr Werk nannten, ging so weit, daß beim geringsten Wort, das man sich über mich erlaubte, die ganze Prüdenpartei Skandal und Ehrenbeleidigung schrie. Dasselbe Mittel brachte mir auch die Stimmen unserer Ansprüche machenden Frauen ein, die in der Überzeugung, ich verzichte auf die von ihnen erwählte Laufbahn, mich jedesmal dann zum Gegenstand ihrer Ruhmeserhebungen nahmen, wenn sie beweisen wollten, daß sie nicht über alle Welt klatschten.

Indessen hatte mein vorhergehendes Verhalten mir die Liebhaber wieder zugeführt, und um mich sowohl mit ihnen wie mit meinen Beschützerinnen gut zu stellen, zeigte ich mich als empfindsame, aber schwierige Frau, der das Übermaß ihres Zartsinns Waffen gegen die Liebe lieferte.

Da begann ich denn auf der großen Bühne die Talente zu entfalten, die ich mir angeeignet hatte. Mein erstes Bemühen war, den Ruf der Unbesieglichen zu erwerben. Damit ich dies erreichte, waren die Männer, die mir nicht gefielen, immer die einzigen, bei deren Huldigungen ich aussah, als genehmigte ich sie. Ich verwendete sie nützlich, um mir einen ehrenvollen Widerstand zu verschaffen, während ich mich unbesorgt dem vorgezogenen Liebhaber hingab. Dem aber hat meine erheuchelte Schüchternheit nie gestattet, mich in Gesellschaft zu begleiten, und so sind die Blicke des Kreises immer auf den unglücklichen Bewerber gerichtet geblieben.

Sie wissen, wie ich mich rasch entschließe. Das kommt, weil ich beobachtet habe, daß fast immer die vorhergehenden Aufmerksamkeiten das Geheimnis der Frauen verraten. Wie man's auch anstellt, der Ton vor und nach dem Erfolg ist nie derselbe. Der Unterschied entgeht dem aufmerksamen Beobachter nicht, und ich habe es weniger gefährlich gefunden, mich in der Wahl zu irren, als sie ergründen zu lassen. Dabei habe ich noch den Vorteil, daß ich die Wahrscheinlichkeiten wegschaffe, nach denen allein man uns beurteilen kann.

Diese Vorsichtsmaßregeln sowie die, nie zu schreiben,

nie einen Beweis meiner Niederlage dahinzugeben, konnten übertrieben aussehen und sind mir nie ausreichend erschienen. Ich bin in mein Herz hinabgestiegen und habe darin das der andern erforscht. Ich habe darin gesehen, daß es niemand gibt, der dort nicht ein Geheimnis bewahrt, an dessen dauernder Verschleierung ihm liegt: eine Wahrheit, die das Altertum besser gekannt zu haben scheint als wir und für die die Geschichte vielleicht nur ein geistreiches Sinnbild ist. Eine neue Dalila, habe ich stets, wie sie, meine Macht dazu verwendet, dies wichtige Geheimnis zu erschleichen. Jawohl, von wie vielen unserer modernen Simsons halte ich das Haar unter der Schere! Und die habe ich aufgehört zu fürchten; das sind die einzigen, die zu demütigen ich mir manchmal erlaubt habe. Mit den andern war ich geschmeidiger; die Kunst, sie zur Untreue zu veranlassen, damit ich selbst nicht flatterhaft aussehe, erheuchelte Freundschaft, scheinbares Zutrauen, ein paar Bekundungen von Großmut, die schmeichelhafte Vorstellung, die noch immer ein jeder hat, als sei er mein einziger Liebhaber gewesen, haben mir ihre Verschwiegenheit verschafft. Endlich habe ich, in Ermangelung dieser Mittel, es verstanden, wenn ich den Abbruch der Beziehungen vorhersah, unter Lächerlichkeit oder Verleumdung im voraus den Glauben zu ersticken, den diese gefährlichen Männer hätten erlangen können.

Das Theater der Leidenschaft

Ovid
Der Raub der Europa

Eben beschritt den Äther Merkurius, regend die Flügel.
Jupiter ruft ihn beiseit', und der Lieb' Ursache verhehlend:
Sohn, du treuer Besteller, so redet er, meiner Befehle,
Ohne Verzug nun eil' im gewöhnlichen Laufe hinunter;
Und wo drüben das Land linksher zur Erzeugerin Maja
Aufwärts schaut (mit dem Namen Sidonia nennt's der Bewohner),
Dorthin geh; und die Rinder des Königes, welche du ferne
Weiden siehst in dem Grase des Bergs, die treib' an den Meerstrand.
  Jener sprach's, und die Rinder, sofort von dem Berge getrieben,
Gehn zum befohlenen Strand, wo des mächtigen Königes Tochter
Jugendlich pflegte zu spielen, umringt von tyrischen Jungfrau'n [...].
  Nicht vertragen sich wohl, noch hausen vereint miteinander,
Herrschergewalt und Lieb': er verläßt die Würde des Zepters,
Und der gebietende Vater der Ewigen, dem in der Rechten
Flammt dreistrahlige Glut, und vom Wink aufschaudert das Erdrund,
Hüllt sich ein in des Farren Gestalt, und gesellt zu den Rindern

Brüllt er, und herrlich von Wuchs durchwandelt er
sprießende Kräuter.
Blendend weiß ist die Farbe, wie Schnee, den weder
ein Fußtritt
Niedergestampft, noch gelöset der tauende Atem des
Südwinds.
Muskelig strotzt ihm der Hals; und dem Bug'
enthangen die Wampen.
Klein zwar ist das Gehörn, doch zierlicher, als von
des Künstlers
Händen geformt, durchsichtiger auch wie die klarste
Juwele.
Gar nicht drohet die Stirn, noch schreckt sein
leuchtendes Auge;
Friede beherrscht das Gesicht. Es staunt die Tochter
Agenors,
Daß er so herrlich erscheint, und nichts Feindseliges
vornimmt.
Aber wie sanft er tue, sie scheuet zuerst die
Berührung;
Bald dann wagt sie mit Blumen dem schimmernden
Munde zu nahen.
Froh ist der liebende Gott, und zum Vorschmack
höherer Wollust
Küßt er die Händ' inbrünstig, und kaum noch erträgt er
die Hülle.
Jetzo spielt er sie an, und durchhüpft die grünenden
Kräuter;
Jetzo streckt er den Leib schneeweiß auf gelblichem
Meersand.
Und, da die Furcht allmählich vergeht, bald reicht er
zum Klatschen
Mit jungfräulicher Hand ihr die Brust, bald beut er die
Hörner

Frischen Bekränzungen dar. Schon wagt die erhabene
Jungfrau,
Wen sie besteig', unkundig, dem Stier auf dem Rücken
zu sitzen.
Siehe der Gott schleicht leise vom Land und
trockenen Ufer,
Erst den täuschenden Tritt in der vordersten Welle
benetzend;
Weiter sodann und weiter, und ganz in die Mitte der
Meerflut,
Trägt er den Raub. Sie zagt; und zurück zum
verlassenen Ufer
Schauet sie, rechts ein Horn in der Hand, und die Linke
dem Rücken
Aufgelehnt; und es flattern, gewölbt vom Winde,
die Kleider.

Sophie von La Roche
Der Wohltäter

Mylord Derby an seinen Freund in Paris

»Heida, Brüderchen«, rufen sich die Landsleute meiner Sternheim zu, wenn sie sich recht lustig machen wollen. Und weil ich meine englischen Netze auf deutschem Boden ausgesteckt habe, so will ich Dir auch zurufen: »Heida, Brüderchen! die Schwingen meines Vögelchens sind verwickelt!« Zwar sind Kopf und Füße noch frei, aber die kleine Jagd, welche auf der anderen Seite nach ihr gemacht wird, soll sie bald ganz in meine Schlingen treiben, und sie sogar nötigen, mich als ihren Erretter anzusehen. Vortrefflich war mein Gedanke, mich nach ihrem Geiste der Wohltätigkeit zu schmiegen, und dabei das Ansehen der Gleichgültigkeit und Verborgenheit zu behalten. Beinahe hätte ich es zu lange anstehen lassen, und die beste Gelegenheit versäumt, mich ihr in einem vorteilhaften Lichte zu zeigen; aber die Geschwätzigkeit ihrer Tante half mir alles einbringen.

In der letzten Gesellschaft bei Hofe wurden wir alle durch ein langes Gespräch der Sternheim mit dem Fürsten besonders aufmerksam gemacht; ich hatte ihren Ton behorcht, welcher süß und einnehmend gestimmt war, und da ich nachdachte: was das Mädchen vorhaben möchte? sah ich den Fürsten ihre Hände ergreifen, und wie mich dünkte, eine küssen. Der Kopf wurde mir schwindlicht, ich verlor meine Karten, und legte mich voll Gift an ein Fenster; aber wie ich sie zum Spieltische ihrer Tante eilen und ihre Augen voller Bewegung und verwirrt auf das Spiel richten sah, näherte ich mich. Sie warf einen heftigen halbscheuen Blick nach mir. Ihre Tante fing an: Sie sähe ihr an, daß sie mit dem Fürsten für den Rat T* geredet habe: Das Fräulein bejahte es, sagte freudig, daß er ihr Gnade für die Familie versprochen, und setzte etwas von dem Notstande dieser Leute hinzu. Dieses faßte ich mir, um gleich den andern Tag etwas für sie zu tun, ehe der Fürst die Bitte der Sternheim erfüllte. Ich ging nach meiner Gewohnheit in dem Überrock meines Kerls an die Fenster des Speisesaals vom Grafen Löbau, weil ich alle Tage wissen wollte, wer mit meiner Schönen zur Nacht esse; kaum war ich in der Gasse, so sah ich Tragsessel kommen, die an dem Hause hielten: zwo ziemlich verkappte Frauenzimmer kamen an die Tür, und ich hörte die Stimme der Sternheim deutlich sagen, »zu Rat T* am S*** Garten«. Ich wußte das Haus, lief in mein Zimmer, holte mir Geld, und warf es, da sie noch da war, bei dem Rat T* durchs Fenster, an welchem das Fräulein saß, murmelte einige Worte von Freude über die Wohltätigkeit, und als man an die Türe kam, eilte ich davon. Zauberkraft war in meinen Worten; denn da ich zween Tage darauf dem Fräulein in Graf F*s Hause entgegenging, um ihr meine angenommene Ehrerbietung zu bezeugen, bemerkte ich, daß ihr schönes Auge sich mit einem Ausdruck von Achtung und Zufriedenheit auf meinem Gesichte verweilte; sie fing an mir etliche Worte auf englisch zu sagen, aber da sie sehr spat gekommen war, wurde ihr gleich vom jungen Grafen F* eine Karte zu ziehen angeboten; sie sah sich unschlüssig, wie durch eine Ahndung um, und zog einen König, der sie zur Partie des Fürsten bestimmte.

»Mußte ich just diese ziehen«, sagte sie mit unmutiger Stimme; aber sie hätte lange wählen können, sie würde nichts als Könige gezogen haben, dann der Graf F* hatte keine andre Karten in der Hand, und ihre Tante war mit Bedacht spat gekommen, da alle Spieltische besetzt, und der Fürst just als von ungefähr in die Gesellschaft gekommen, und so höflich war, keinem sein Spiel nehmen zu wollen, sondern dem Zufall unter der Leitung des diskreten F. die Sorge übertrug, ihm jemand zu schaffen. Der französische Gesandte und die Gräfin F* machten die Partie mit; mein Pharaon erlaubte mir manchmal hinter den Stuhl des Fürsten zu treten, und meine Augen dem Fräulein etwas sagen zu lassen; bezaubernde, unnachahmliche Anmut begleitete alles, was sie tat, der Fürst fühlte es einst, als sie mit ihrer schönen Hand Karten zusammenraffte, so stark, daß er hastig die seinige ausstreckte, einen ihrer Finger faßte, und mit Feuer ausrief: »Ist es möglich, daß in P** alle diese Grazien erzogen wurden? Gewiß, Herr Marquis, Frankreich kann nichts Liebenswürdigers zeigen.«

Der Gesandte hätte kein Franzose und kein Gesandter sein müssen, wenn er es nicht bekräftiget hätte, wäre er auch nicht davon überzeugt gewesen; und meine Sternheim glühete von Schönheit und Unzufriedenheit. Denn die Blicke des Fürsten mögen noch lebhafter gewesen sein als der Ton, mit welchem er redete. Mein Mädchen mischte die Karte mit niedergeschlagnem Auge fort. Als sie selbige austeilte; machte ich eine Wendung; sie blickte mich an; ich zeigte ihr ein nachdenkendes trauriges Gesichte, mit welchem ich sie ansah, meine Augen auf den Fürsten heftete und mit schnellem Schritte mich an den Pharao-Tisch begab, wo sie mich spielen sehen konnte. Ich setzte stark, und spielte zerstreut; meine Absicht war, die Sternheim denken zu machen, daß meine Beobachtung der Liebe des Fürsten gegen sie Ursache an der Nachlässigkeit für mein Glück, und der scheinbaren Zerstreuung meiner Gedanken sei. Dieses konnte sie nicht anders als der Stärke meiner Leidenschaft für sie zuschreiben, und es ging, wie ich es haben wollte. Sie war auf alle meine Bewegungen aufmerksam. Als die Spiele geendigt waren, ging ich schwermütig zu dem Piquet, eben da das Fräulein ihr gewonnenes Geld zusammen faßte; es war viel und alles von dem Fürsten.

»Heute noch«, sagte sie, »sollen es die Kinder des Rat T* bekommen, denen ich sagen werde, daß Euere Durchlaucht ihnen zulieb es so großmütig verloren haben.«

Der Fürst sah sie lächelnd und vergnügt an, und ich riß mich aus dem Zimmer weg mit dem Entschluß, auf sie zu lauren, wenn sie zum Rat T* ginge, um mich dort einzudringen und ihr von meiner Liebe zu reden. Den ganzen Nachmittag hatte sie mich mit Tiefsinn und Heftigkeit wechselsweise behaftet gesehen; mein Eindringen konnte auf die Rechnung meiner starken Leidenschaft geschrieben werden. Ich habe ohnehin während meinem Aufenthalt in Deutschland gefunden, daß ein günstiges Vorurteil für uns darin herrschet, kraft dessen man von unsern verkehrtesten Handlungen auf das Gelindeste urteilt; ja, sie noch manchmal als Beweise unsrer großen und freien Seelen ansieht.

Bei dieser Kunst den Anblick des Zufalls zu benutzen, habe ich mehr gewonnen als ich durch ein ganzes Jahr Seufzen und Winseln erhalten hätte. Lies diese Szene und bewundere die Gegenwart des Geistes und die Gewalt, die ich über meine sonst unbändige Sinnen in der ganzen halben Stunde hatte, die ich allein, ganz allein mit meiner Göttin in einem Zimmer war, und ihre schöne Figur in der allerreizendsten Gestalt vor mir sah. Sie war nach Hause gegangen, um ihr Oberkleid und ihren Kopfputz abzulegen, und warf nur einen großen Mantel und eine Kappe über sich, als sie sich zu Rat T* tragen ließ. Die Kappe, welche sie abzog, nahm allen Puder von ihren Kastanien-Haaren hinweg, und brachte auch die Locken etwas in Unordnung; ein kurzes Unterkleid; und die schöne erhöhete Farbe, die ihr mein Anblick und meine Unterredung gab, machten sie unbeschreiblich reizend.

Als sie einige Minuten da war, pochte ich an die Türe, und rief sachte nach der Madam T*. Sie kam; ich sagte ihr, daß ich Sekretär bei Mylord G. wäre, der mich mit einem Geschenk für ihre Familie zu dem Fräulein von Sternheim geschickt hätte, der ich es selbst übergeben solle, und mit ihr deswegen zu reden habe; die Frau hieß mich einen Augenblick warten, und lief hin, ihren Mann und ihre Kinder in ein ander Zimmer zu schaffen; sie winkte mir sodann. Ich Narr zitterte beinahe, als ich den ersten Schritt in die Türe trat; aber die kleine Angst, die das Mädchen befiel, erinnerte mich noch zu rechter Zeit an die Oberherrschaft des männlichen Geistes, und eine überbleibende Verwirrung mußte mir dazu dienen, mein gezwungenes Eindringen zu beschönen. Ehe sie sich von ihrem Erstaunen mich zu sehen erholen konnte, war ich zu ihren Füßen; machte in unsrer Sprache einige lebhafte Entschuldigungen wegen des Überfalls, und wegen des Schrekkens, den ich ihr verursacht, aber es sei mir unmöglich gewesen noch länger zu leben, ohne ihr das Geständnis der lebhaftesten Verehrung zu machen, und daß, da mir durch Mylord G. die vielen Besuche in dem Hause ihres Oncles untersagt worden, und ich gleichwohl mit Augen gesehen, daß andere die Kühnheit hätten, ihr ihre Gesinnungen zu zeigen: so wollte ich nur das Vorrecht haben, ihr zu sagen, daß ich sie wegen ihrem seltenen Geist verehrte, daß ich Zeuge von ihrer ausübenden Tugend gewesen wäre, und sie allein mich an den Ausspruch des Weisen erinnert hätte, der gesagt, daß wenn die Tugend in sichtbarer Gestalt erschiene, niemand der Gewalt ihrer Reizungen würde widerstehen können; daß ich dieses Haus als einen Tempel betrachtete, in welchem ich zu ihren Füßen die Gelübde der Tugend ablegte, welche ich durch sie in ihrer ganzen Schönheit hätte kennenlernen, daß ich mich nicht würdig schätzte, ihr von Liebe zu reden, ehe ich mich ganz umgebildet hätte, wobei ich ihr Beispiel zum Muster nehmen würde. Meine Erscheinung und der Jast der Leidenschaften, in welchem ich zu ihr sprach, hatte sie wie betäubt, und auch anfangs etwas erzürnt; aber das Wort Tugend, welches ich etlichemal aussprach, war die Beschwörung, durch welche ich ihren Zorn besänftigte, und ihr alle Aufmerksamkeit gab, die ich nötig hatte, um mir ihre Eitelkeit gewogen zu machen. Ich sah auch, wie mitten unter den Runzeln, die der Unmut der jungfräulichen Sittsamkeit über ihre Stirne gezogen hatte, da sie mich etlichemal unterbrechen und forteilen wollte, mein Plato mit seiner sichtbar gewordenen Tugend diese ernsthaften Züge merklich aufheiterte und der feinste moralische Stolz auf ihren zur Erde geschlagnen Augen saß. Diese Bemerkung war mir für diesmal genug, und ich endigte meine ganz zärtlich gewordene Rede mit einer wiederholten demütigen Abbitte meiner Überraschung.

Sie sagte mit einer etwas zitternden Stimme: sie bekenne, daß mein Anblick und meine Anrede ihr sehr unerwartet gewesen sei, und daß sie wünschte, daß mich meine Gesinnungen, wovon ich ihr redete, abgehalten hätten, sie in einem fremden Hause zu überraschen.

Ich machte einige bewegliche Ausrufungen, und mein Gesicht war mit der Angst bezeichnet ihr mißfallen zu haben; sie betrachtete mich mit Sorgsamkeit und sagte: »Mylord; Sie sind der erste Mann, der mir von Liebe redt, und mit dem ich mich allein befinde; beides macht mir Unruhe; ich bitte Sie, mich zu verlassen, und mir dadurch eine Probe der Hochachtung zu zeigen, die Sie für meinen Charakter zu haben vorgeben.«

»*Vorgeben!* O Sternheim, wenn es vorgebliche Gesinnungen wären, so hätte ich mehr Vorsicht gebraucht um mich gegen Ihren Zorn zu bewahren. Anbetung und Verzweiflung war's, die mich zu der Verwegenheit führten hieher zu kommen; sagen Sie, daß Sie mir meine Verwegenheit vergeben und meine Verehrung nicht verwerfen.«

»Nein, Mylord, die wahre Hochachtung des rechtschaffenen Mannes werde ich niemals verwerfen; aber wenn ich die Ihrige erhalten habe, so verlassen Sie mich.«

Ich erhaschte ihre Hand, küßte sie und sagte zärtlich und eifrig: »Göttliches, anbetungswertes Mädchen! Ich bin der erste Mann, der dir von Liebe redet: O wenn ich der erste wäre, den du liebtest!«

Seymour fiel mir ein, es war gut, daß ich ging; an der Tür legte ich mein Paquet Geld hin, und sagte zurück: »Geben Sie es der Familie.«

Sie sah mir mit einer leutseligen Miene nach; und seitdem habe ich sie zweimal in Gesellschaften gesehen, wo ich mich in einer ehrerbietigen Entfernung halte und nur sehr gelegen etliche Worte von Anbetung, Kummer oder so etwas sage, und wenn sie mich sehen oder hören kann, mich sehr weislich und züchtig aufführe.

Von Mylord G. weiß ich, daß man bei Hof verschiedene Anschläge macht, ihren *Kopf* zu gewinnen; das Herz, denken sie, haben sie schon; weil sie gerne Gutes tut, und ihr der Fürst alles bewilligen wird. Man hält in ihrer Gegenwart immer Unterredungen von der Liebe und galanten Verbindungen, die man leicht, und was man in der Welt »philosophisch« heißt, beurteilt. Alles dieses dient *mir*; denn je mehr sich die andern bemühen, ihre Begriffe von Ehre und Tugend zu schwächen, und sie zum Vergessen derselben zu verleiten; je mehr wird sie gereizt mit allem weiblichen Eigensinn ihre Grundsätze zu behaupten. Die trockne Höflichkeit des Mylord G., die argwöhnische und kalte Miene des Seymour beleidigt die Überzeugung, die sie von dem Werte ihrer Tugend hat. *Ich* beweise ihr Ehrerbietung; ich bewundere ihren seltnen Charakter, und achte mich nicht würdig ihr von Liebe zu reden, bis ich nach ihrem Beispiel umgebildet sein werde, und so werde ich sie, in dem Harnisch ihrer Tugend und den Banden der Eigenliebe verwickelt zum Streit mit mir untüchtig sehen; wie man die Anmerkung von den alten Kriegsrüstungen machte, unter deren Last endlich der Streiter erlag und mit seinem schönen festen Panzer gefangen wurde. Sage mir nichts mehr von der frühen Sättigung, in welche mich der so lange gesuchte Genuß der schönen frommen *** brachte, und daß mich, nach aller Mühe, mit *dieser* Tugend das nämliche Schicksal erwarte. Du bist weit entfernt eine richtige Idee von der seltenen Kreatur zu haben, von der ich Dir schreibe. Eine zärtliche Andächtige hat freilich ebenso viel übertriebne Begriffe von der Tugend als meine Sternheim, und es ist angenehm alle diese Gespenster aus einer liebenswürdigen Person zu verjagen; aber der Unterschied ist dieser; so wie die Devote bloß aus Zärtlichkeit für sich selbst den schrecklichen Schmerzen der Hölle durch Frömmigkeit zu entfliehen und hingegen den Genuß der ewigen Wonne zu erhalten sucht, folglich aus lauter *Eigennutz* tugendhaft ist, und Furcht der Hölle und Begierde nach dem Himmel, allein aus dem feinen Gefühl ihrer Sinnen quillt: So kann auch ihre Ergebung an einen Liebhaber, allein aus der Vorstellung des Vergnügens der Liebe kommen; denn wenn die Sinnen nicht so viel bei frommen Leuten gälten, woher kämen wohl die sinnlichen Beschreibungen ihrer himmlischen Freuden, und woher die entzückte Miene, mit welcher sie Leckerbissen verkäuen?

Aber meine Moralistin ist ganz anders gestimmt; sie setzt ihre Tugend und ihre Glückseligkeit in lauter Handlungen zum Besten des Nebenmenschen. Pracht, Gemächlichkeit, delikate Speisen, Ehrenbezeugungen, Lustbarkeiten – nichts kann bei ihr dem Vergnügen Gutes zu tun, die Waagschale halten, und aus diesem Beweggrunde wird sie einst die Wünsche ihres Verehrers krönen, und das nämliche Nachdenken, das sie hat, alles Übel der Gegenstände ihrer Wohltätigkeit zu erleichtern und neues Glück für sie zu schaffen, dieses Nachdenken wird sie auch zur Vergrößerung meines Vergnügens verwenden, und ich halte für unmöglich, daß man ihrer satt werden sollte. Doch in kurzer Zeit werde ich Dir Nachricht davon geben können, denn die Komödie eilt zum Schlusse, weil die Leidenschaft des Fürsten so heftig wird, daß man die Anstalten zu ihrer Verwicklung eifriger betreibt, und Feste über Feste veranstaltet.

Ludwig Tieck
Die Empfindsame

William Lovell an Eduard Burton

Paris.

Ein böser Dämon verfolgt mich in der Gestalt eines Engels, um Amaliens Bild aus meinem Herzen zu reißen; aber dieser Versuch wird in Ewigkeit nicht gelingen, ich bleibe ihr und meinen ersten, meinen schönern Gefühlen treu. – Ich spreche von der Comtesse Blainville, der Nichte des Grafen Melun; sie ist das Modell einer griechischen Grazie, ein Zauberreiz begleitet jede ihrer Bewegungen, sie darf nur lächeln, um die Göttin der Liebe zu sein – ein sanfter Blick ihres Auges – und sie ist das schönste Bild der Schwermut. – Ich kann sie nicht betrachten, ohne zu erröten, und sooft ihr Blick dem meinigen begegnet, schlägt sie ihn sogleich furchtsam nieder, sie sucht meine Gesellschaft und scheint sie doch vermeiden zu wollen; so viel Herzensgüte, Sanftmut und Verstand hab ich noch bei keinem Mädchen gefunden. Ihre Schönheit ist auffallender, ihr Auge größer und sprechender, und ihr ganzes Wesen hat, möcht ich sagen, einen gewissen Zauber durch Bizarrerie und Pracht, wogegen Amaliens stille Schönheit für die Phantasie gleichsam in den Schatten tritt. Nie wird sie aber in meinem Herzen auch nur den kleinsten Sieg über jene himmlische Erscheinung davontragen; aber darum kann ich mir ja doch gestehn, daß sie liebenswürdig ist, daß sie zu den Ersten ihres Geschlechts gehört. Auch empfindet sie wirklich tief, ihre zarte Seele ist nicht durch jenen witzigen Weltton der Franzosen verdorben; sie ist ein einfaches Kind der Natur, ohne alle Prätension und Verstellung, ich habe sie beim Anblicke des Elends gerührt gesehn.

Ich schließe; Mortimer bringt mir soeben einen Brief. – O Eduard, er ist von Amalien! – Nein, ich bin ein Elender, wenn ich sie vergessen könnte! – Welche Freude hat dann noch der Garten aufzuweisen, wenn dieser schönste Baum in mir verdorrt? – Ich bleibe ewig der ihrige, so wie der Deinige.

Die Comtesse Blainville an Rosa

Paris.

Da Sie mich itzt nur so selten besuchen, so seh ich mich genötigt, mich schriftlich mit Ihnen zu unterhalten, so ungern ich es auch tue, denn ganz Ihrem Umgange zu entsagen, wäre eine zu harte Buße für mich.

Seit Ihrem neulichen Besuche haben sich einige nicht unwichtige Vorfälle ereignet.

Der Graf wird immer freundlicher und höflicher, er ist schon zehnmal im Begriffe gewesen, mir durch Umwege einen Heiratsvorschlag zu tun, aber immer ist ihm noch sein böser Genius wieder in den Zügel gefallen. Solche Leute werden sehr langweilig, wenn sie nachher in einer Art von Verlegenheit einen andern Weg einlenken; sie sind gestolpert und haben im Schrecken die Steigbügel verloren.

Doch, Sie kennen ja den Grafen, daß er sich pikiert gerade dann am geistreichsten zu sein, wenn er die Gegenwart des Geistes am meisten vermißt. Ein Hinkender wird aber erst am meisten lächerlich, wenn er seinen Fehler verbergen will; dies Stottern, dies Jagen nach Wortspielen und Verdrehungen des Sinnes – oh, es gibt nichts Häßlicheres, wenn man soeben etwas Vernünftiges gesprochen hat.

Lovell ist mit seiner Naivität allerliebst, der Galimathias, den er zuweilen spricht, kleidet ihn recht gut, und ich habe itzt die Manier gefunden, ihn zu attachieren. Er ist eigensinnig genug, nicht durch gewöhnliche Aufmerksamkeit gefesselt zu werden; ein Franzose würde über die Art der Rolle lachen, die ich itzt spiele. Freilich sind die Weiber verdammt, immer nur Rollen auswendig herzusagen, vielleicht auch viele Männer; aber meine itzige liegt mir so entfernt, daß ich auf meine Merkworte sehr aufmerksam sein muß, wenn ich nicht zuweilen das ganze Stück verderben will. Ich bin so empfindsam, wie Rousseaus Julie, ein wenig melancholisch, eine kleine Teinture aus Young und eine so langweilige Vernunft- und Moralschwätzerin, als die Heldinnen der englischen Romane. Sie würden mich hassen, wenn Sie mich in dieser Tragödienlaune sähen; aber Lovell ist davon bezaubert; er hält mich in Gedanken für ein Ideal Richardsons, für ein himmlisches und überirdisches Geschöpf. Wir empfinden so sehr ins Feine hinein, daß mir schon oft ein Gähnen angewandelt ist, das ich nur mit Mühe verbissen habe; durch hundert Vorfälle ist es nun endlich dahin gekommen, daß er wirklich verliebt ist; er will sich zwar dies Gefühl selbst nicht gestehn, aber ich mache mich jeden Tag auf eine sehr pathetische Erklärung gefaßt; er ist schon oft auf dem Wege gewesen, aber jedesmal muß ihn noch das Bild seiner Geliebten zurückgehalten haben. –

Gestern ging er melancholisch im Garten auf und nieder, ich begegnete ihm, wie von ohngefähr. Er freute sich und erschrak zu gleicher Zeit, meine Gegenwart war ihm lieb, aber es war ihm unangenehm, selbst durch mich in seinen Träumen gestört zu werden; er geriet in eine Art von Verlegenheit. Es war ein schöner Abend, wir waren allein, ich hörte wenig von dem, was er sagte, seine Bildung, sein schöner Wuchs, sein feuriges Auge zerstreuten meine Aufmerksamkeit: er ist einer der schönsten Männer, die ich bis itzt gesehn habe. Wir kamen zu einer Laube und setzten uns.

Der Abend und die Einsamkeit luden zu mancherlei Träumen ein; ich sah es, wie Lovell schwer seufzte und ein Geheimnis auf dem Herzen hatte.

»An diese Abende«, fing er endlich an, »ich ahnde es, werd ich in der Zukunft oft mit Schmerzen zurückdenken.«

»Mit Schmerzen? – Sie verlassen uns also ungern?«

»Und Sie können noch fragen?«

»Sie werden neue Freunde und schönere Gegenden finden, und über die letzteren die ersteren vergessen.«

»Sie quälen mich«, rief er nach einer kleinen Pause etwas unwillig.

»Ich habe Ursache zu klagen«; fuhr ich leise fort, um nicht in eine Art von Zank zu fallen, der so leicht langweilig und widrig, selbst für beide Parteien, werden kann, wenn man einer sehr zärtlichen Aussöhnung nicht äußerst gewiß ist; und dies war hier nicht der Fall: – »Ich habe Ursache zu klagen«, sagt ich, »denn ich bleibe hier in dieser öden langweiligen Welt zurück, ich verliere einen Freund, der mir in so kurzer Zeit sehr viel wert geworden ist.«

Er küßte mir sehr feurig die Hand. – »Comtesse!« rief er aus – »wollen Sie mich nicht vergessen?«

»Vergessen?« seufzt ich ganz leise. – Meine Rolle ward mir hier äußerst natürlich, und ich spielte sie mit einer täuschenden Leichtigkeit. Er rührte mich, denn, wahrlich, er ist mir nicht gleichgültig. – Meine Hand lag in der seinigen, ich drückte sie ganz leise, er erwiderte es mit Heftigkeit, unsre Lippen begegneten sich –

Ich stand auf, wie erzürnt, er suchte mich zu versöhnen. – Wir fingen bald wieder ein melancholisch empfindsames Gespräch an, und so ward der Streit darüber vergessen. – Als wir zur Gesellschaft zurückkamen, stand er oft in Gedanken. –

Beim Abschiede drückte er auf meine Hand einen sehr feurigen Kuß. Itzt ist in seinem Herzen die entscheidende Epoche; indes versprech ich mir über meine unbekannte Nebenbuhlerin den Sieg. –

Jean Paul
Roquairol

Für das Verständnis der folgenden Geschichte sind einige Informationen notwendig. Roquairol, dessen eigentlicher Vorname Karl lautet, ist Freund und Gegenspieler Albanos, des Helden von Jean Pauls Roman »Titan«. Schon seit Jahren bemüht er sich um Linda, die jedoch Albano liebt.

Linda las das Blatt unzähligemal, weinte vor süßer Liebe und dachte nicht daran, zu – vergeben. Dieses Wehen der Liebe, das alle Blumen beugt und keine pflückt, hatte sie schon so lange gewünscht: und jetzt auf einmal nach der nebligen Windstille des Herzens ging es lebendig und frisch durch den Garten ihres Lebens. Sie konnte schwer acht Uhr erwarten. Sie half sich über die Zeit hinweg durch Wählen des Putzes, der zuletzt ganz in dem Schleier, Hute, Kleide und allem bestand, was sie getragen, als sie ihren Geliebten zum erstenmal auf Ischia gefunden.

Sie steckte die Paradieses- und Orangenblüten, die Zeiger jener Zeit und Welt, an ihr klopfendes Herz und ging zur bestimmten Stunde, mit dem blinden Mädchen am Arme, in den Garten hinunter. Sowohl aus Haß gegen den Tartarus als aus Willigkeit gegen den Brief nahm sie den Weg ins Flötental. Die Nacht war finster für ihr Auge, und das blinde Mädchen wurde ihre Führerin.

Oben auf dem Lilarsberg mit dem Altare stand; wie der böse Geist auf der Zinne des Paradieses, Roquairol und blickte scharf in den Garten herab, um Linda und ihren Weg zu finden. Sein Freudenpferd war unten im tiefen Gebüsch an ausländische Gewächse angebunden. Voll Ergrimmung sah er noch Dian und Chariton mit den Kindern in dem Garten gehen; und oben im Donnerhäuschen ein kleines Licht. Er verfluchte jede störende Seele, weil er entschlossen war, heute im Notfall jeden Stürmer seines Himmels zu ermorden. Endlich sah er Lindas lange rote Gestalt gegen das Flötental zugehen und das Schwellen-Gebüsch aufziehen und darhinter verschwinden.

Er eilte den langen Schneckenberg herab, warm wie eine vergiftete Leiche. Hinter sich hörte er im langen Busch-Gewinde jemand nacheilen – er entbrannte und zog seinen Stockdegen, den er nebst einem Taschenpistol bei sich hatte – endlich sah er eine häßliche Gestalt, einem bösen Geiste ähnlich, die ihm nachrannte – sie packte ihn – es war der Fürstin langarmiger Affe – Er durchstach ihn auf der Stelle, um nicht von ihm verfolgt zu werden.

Unten im freien Garten ging er langsam, um keinen Verdacht zu wecken. Er schlich leise wie der Tod, der auf dem Donnerwagen einer Wolke ungehört durch Lüfte über den Blütenbaum zieht, worunter eine Jungfrau lehnt, und versteckte den mörderischen Wetterstrahl in seine Brust. Er öffnete das hohe Pforten-Gesträuch des Flötentals; alles war darin still und dunkel; nur hoch im Himmel ging ein seltsamer brausender Sturm und jagte die Wolken-Herde, aber auf der Erde war es leise, und kein Blatt bewegte sich. »Ist jemand da?« fragte die blinde Türhüterin. »Guten Abend, Mädchen!« sagte Roquairol, um durch seinen Sprachton für Albano zu gelten.

Tief im engern laubigen Tale sang Linda leise ein altes spanisches Lied aus ihrer Kinderzeit. Endlich wurde sie erblickt – die Riesenschlange tat den giftigen Sprung nach der süßen Gestalt, und sie wurde tausendfach umwunden.

Er hing an ihr sprachlos – atemlos – die Wolke seines Lebens brach – Tränen der Glut und Pein und Wonne rannen brennend fort – alle Arme, worein der Strom seiner Liebe bisher seicht umhergelaufen war, schossen brausend zusammen und faßten und trugen *eine* Gestalt – – »Weine nicht, mein guter Mensch, wir lieben uns ja immer wieder«, sagte Linda, und die zarte schöne Lippe gab ihm den ersten innigen Kuß. Da kreisete das Feuerrad der Entzückung mit ihm reißend um, und um den darauf geflochtenen Kopf wehten die Flammen-Kreise hoch auf. Aus Furcht, erblickt zu werden, wenn er erblicke, und aus Lust hatt' er die Augen geschlossen; jetzt tat er sie auf – so nahe an sich und in seinen Armen sah er nun die hohe Gestalt, das stolze blühende Antlitz und die feuchten warmen Liebes-Augen. »Du Himmlische,« (sagt' er) »töte mich in dieser Stunde, damit ich sterbe im Himmel. Wie will ich nachher noch leben? – Könnt' ich meine Seele in meine Tränen gießen und mein Leben in deines und wäre dann nicht mehr!«

»Albano«, (sagte sie) »warum bist du heute so anders, so traurig und weich?« –

»Nenne mich« (sagt' er) »lieber bei deinem Namen, wie die Liebenden auf Otaheiti die Namen tauschen. – Vielleicht hab' ich auch etwas getrunken – aber ich bereue ja das Gestern – ich liebe dich ja neu. Ach, du, liebst du denn auch mein Innres, Linda?«

»Süßer Jüngling, kann ich es denn jetzt nicht ewig lieben? – Ich bleibe ja bei dir und du bei mir.«

»Ach du kennst mich nicht. Wenn weiß es denn der Mensch, daß gerade *er*, gerade dieses Ich gemeinet und geliebet werde? Nur Gestalten werden umfasset, nur Hüllen umarmt, wer drückt denn ein Ich ans Ich? – *Gott etwa.*« –

»Und ich dich« – sagte Linda.

»O Linda, liebst du mich fort in meinem Grabe, wenn die Spreu des Lebens verflogen ist – liebst du mich fort in meiner Hölle, wenn ich dich aus Liebe gegen dich belogen habe? – Ist denn Liebe die Entschuldigung der Liebe?« –

»Ich liebe dich fort, wenn du mich liebst. Bist du die Giftblume, so bin ich die Biene und sterbe in dem süßen Kelch.«

Die Braut sank an seinen Hals. Er umklammerte sie heftig – und wurde immer ähnlicher dem Gletscher, der durch Wärme weiterrückt und schmelzend verheert. Um ihn zogen die Freuden mit glänzenden, mit himmlischen Gesichtern, zeigten ihm aber in den Händen Furienmasken.

»Du willst sterben aus Liebe; ich bin schon gestorben aus Liebe – O du weißt nicht, wie lange ich dich schon liebte!« antwortete er.

»Glühender« (sagte sie) »denk an diese Nacht, wenn du einst Idoinen siehst!« – »So seh' ich nur meine aufgestandne *Schwester*«, sagt' er, aber sogleich über die entfahrne Wahrheit erschreckend. »Man sieht« (setzt' er eilig dazu) »das auferstandne Herkulanum, aber man wohnt im blühenden Portici darüber; ich und du sahen im Baja-Golf unter dem Meer die versunknen Bogen und Tore, und wir schifften nach lebendigen Städten weiter. – Ist mir doch auch Roquairol in so manchem so ähnlich und liebt dich so sehr und so lange und starb auch einmal wie Liane!« –

»Aber diesen hatt' ich nie geliebt, und nun bin ich deine ewige Braut.«

»Der arme Mensch! Aber ich tat, glaub ich, doch nicht recht, da ich einst in der Tartarushöhle dir Ungesehenen im voraus entsagte aus Liebe gegen den Freund.«

»Gewiß nicht; aber wie kommen wir beide auf dieses *unheimliche* Wesen?« sagte sie küssend.

»*Heimlich* möcht' ichs eher nennen«, versetzt' er, entbrennend in hassender Liebe, im Zwiespalt der Rache und Lust und entschlossen, nun den Leichenschleier über ihre ganze Zukunft zu weben. Er schlug die schwarzen Adlerschwingen um das Opfer und erstickte und erweckte Küsse, er riß die Orangenblüten von ihrer Brust und warf sie zurück. »Liebe ist Leben und Sterben und Himmel und Hölle,« (sagt' er) »Liebe ist Mord und Glut und Tod und Schmerz und Lust – Kaligula wollte seine Cäsonia foltern lassen, um nur von ihr zu wissen, warum er sie so liebe – ich wäre das auch imstand.«

»Göttlicher Albano! trinke nicht mehr so! du bist zu ungestüm, deine Augenbraunen stürmen sogar mit – wie bist du denn?«

»Alles auf einmal, wie ein Gewitter, voll Glut – und mein Himmel ist hell durch den Blitz – und ich werfe kalten Hagel – und eine Zerstörung nach der andern, und es regnet warm auf die Blumen – und Himmel und Erde verknüpft ein stiller Bogen des Friedens.«

Jetzt sah er am Himmel die Sturmwolken wie Sturmvögel zwischen den Sternen und neben dem zornigen Glutauge des Mars schon heller fliegen; der Mond, der ihn verjagte und verriet, warf bald das Richter-Auge eines Gottes auf ihn. Im Hohne gegen das Schicksal riß er für seine küssende Wut den Nonnenschleier und Heiligenglanz ihrer jungfräulichen Brust. Fern stand der Leuchtturm des Gewissens, von dicken Wolken umzogen. Linda weinte zitternd und glühend an seiner Brust. »Sei mein guter Genius, Albano!« sagte sie. – »Und dein böser; aber nenne mich nur ein einzigesmal Karl«, sagt' er voll Wut. »O heiße denn Karl, aber bleibe mein voriger Albano, mein heiliger Albano!« sagte sie. –

Plötzlich fingen im Tal die Flöten an, die der fromme Vater zu seinen Abendgebeten spielen ließ. Wie Töne auf dem Schlachtfeld riefen sie den Mord heran – da schmolz Lindas goldner Thron des Glücks und Lebens glühend nieder, und sie sank herab, und das weiße Brautkleid ihrer Unschuld wurde zerrissen und zu Asche.

4. Geheime Wünsche: »Die schönen Tage«
von Balthus, 1945-1946

»Nun die Deinige bis in meinen Tod!« sagte sie leise mit Tränenströmen. »Nur bis in meinen«, sagte er und weinte jetzt weich mit den weinenden Flöten. An der goldnen Kugel auf dem Berge glomm schon der Mond, der wie ein bewaffneter Komet, wie ein einäugiger Riese heraufdrang, den Sünder aus seinem Eden zu jagen. »Bleibe, bis der Mond kommt, damit ich in dein Angesicht sehe«, bat sie. »Nein, du Göttliche, mein Freudenpferd wiehert schon, die Todesfackel brennt herab in meine Hand«, sagte er tragisch-leise. Der Sturm war vom Himmel auf die Erde gezogen; sie fragte: »Der Sturm ist so laut, was sagtest du, Schöner?« – Er küßte wild ihre Lippe und ihren Busen wieder; er konnte nicht gehen, er konnte nicht bleiben: »Gehe morgen nicht« (sagt' er) »in den Trauerspieler, ich flehe dich, das Ende, hör' ich, ist zu erschütternd.«

»Ich liebe ohnehin dergleichen nie. O bleibe, bleibe länger, ich seh' dich ja morgen wieder nicht.« Er preßte sie an sich – deckte ihre Augen mit seinem Angesicht zu – das Gorgonenhaupt des Mondes wurde schon in den Morgen heraufgehoben – er ließ das Leben los, wenn er sie entließ – und doch zehrte jedes gestammelte Wort der Liebe an der kurzen Zeit. Der Sturm arbeitete in den gerissenen Bäumen, und die Flötentöne schlüpften wie Schmetterlinge, wie schuldlose Kinder unter dem großen Flügel weg. Roquairol, wie betäubt von solcher Gegenwart, war nahe daran, zu sagen: sieh mich an, ich bin Roquairol; aber der Gedanke stellte sich schnell dazwischen: »Das verdient sie nicht um dich; nein, sie erfahr' es erst in der Zeit, wo man den Menschen alles vergibt.« – Noch einmal heftig hielt er sie an sich gedrückt, das Mondlicht fiel schon auf beide herein, er wiederholte tausend Worte der Liebe und Scheidung, stieß sie zurück, fuhr schnell um und schritt in Albanos Kleidung durch das Tal hindurch.

»Gute Nacht, Mädchen«, sagt' er vorübergehend zur Blinden. Linda sang nicht wieder wie vorhin. Die Sterne sahen ihn an, die Sturmwinde redeten ihn an – die Freuden gingen neben ihm, hatten aber die Furienmasken nun auf den Gesichtern – aus dem Himmel griff ein Arm herab, aus der Hölle griff ein Arm herauf, und beide wollten ihn fassen, um ihn auseinanderzureißen – »Nu, nu,« (sagt' er) »ich war wohl glücklich, aber ich hätt' es noch mehr sein können, wär' ich Ihr verdammter Albano gewesen« – und schwang sich auf sein Freudenpferd und jagte noch in der Nacht nach dem Prinzengarten.

Stendhal
Erzlangweilige Pflicht

Der Tag kam Julien langweilig vor. Er verbrachte ihn damit, seinen Verführungsplan in ungeschickter Weise zu verfolgen. Jedesmal, wenn er Frau von Rênal anblickte, hatte er eine Absicht dabei. Aber er war doch nicht Narr genug, um nicht einzusehen, daß es ihm nicht glückte, ein Herzenseroberer zu sein, geschweige denn ein Verführer.

Frau von Rênal staunte ein über das andre Mal, ihn so linkisch und dreist zugleich zu sehen. »Die täppische Verliebtheit des Gelehrten!« dachte sie zu guter Letzt und freute sich nun namenlos darüber. »Ich möchte beinahe glauben, daß meine Rivalin ihn nicht geliebt hat.«

Nach dem Frühstück ging Frau von Rênal in den Salon, um den Besuch des Herrn Charcot von Maugiron, des Landrats von Bray, zu empfangen. Sie arbeitete an einer Stickerei im Rahmen. Frau Derville saß neben ihr. Bei dieser Gruppierung, am hellichten Tage, fand es Julien für angebracht, seinen Fuß vorzurücken und Frau von Rênals hübschen Halbschuh zu berühren. Augenscheinlich hatten der niedliche Fuß und die durchbrochenen Strümpfe der Hausherrin auch den Blick des galanten Landrats auf sich gezogen.

Frau von Rênal bekam einen Todesschreck. Im Moment ließ sie Schere, Wollknäuel und Sticknadel fallen, so daß Juliens Bewegung allenfalls für einen ungeschickten Versuch gelten konnte, die Schere, die er hatte fallen sehen, mit dem Fuß aufzufangen. Glücklicherweise brach die dünne kleine Schere aus englischem Stahl entzwei, und Frau von Rênal beklagte immer wieder, daß Julien ihr nicht rascher zur Hand gewesen sei. »Sie haben doch vor mir gesehen, daß sie fiel!« warf sie ihm vor. »Statt mir im blinden Eifer den Fuß zu zertreten, hätten Sie die Schere aufhalten sollen!« Der Landrat ließ sich täuschen. Nicht so Frau Derville. »Der hübsche Bursche hat recht törichte Manieren«, dachte sie bei sich. Der gute Ton der Provinz duldet dergleichen Vertraulichkeiten nicht. Sobald sich die Gelegenheit bot, flüsterte Frau von Rênal Julien zu: »Seien Sie vernünftig! Ich befehle es Ihnen!«

Julien sah seine Ungeschicklichkeit ein und bekam schlechte Laune. Lange grübelte er darüber nach, ob er sich über die Worte: *Ich befehle es Ihnen!* ärgern müsse oder nicht. In seiner Torheit geriet er auf den Gedanken: »Wo es sich um eine pädagogische Frage hinsichtlich der Kinder handelt, dann kann sie mir ›*Ich befehle*‹ sagen. In Dingen der Liebe jedoch muß sie uns beide für gleichgestellt erachten. Liebe ohne Gleichheit ist ein Unding!« Nun verlor er sich darin, Aussprüche hierüber auszudenken. Voll Bitternis wiederholte er sich einen Vers Corneilles, den ihm Frau von Rênal vor ein paar Tagen einmal hergesagt hatte:

»Die Liebe
erzeugt die Gleichheit, doch sie sucht sie nicht.«

Julien war darauf versessen, den Don Juan zu spielen: er, der noch nie eine Geliebte gehabt hatte. Er war den ganzen Tag über halb wahnsinnig. Ein einziger Gedanke beherrschte ihn. Zerfallen mit sich selbst wie mit Frau von Rênal, graute es ihm vor dem Abend, wo er im Garten sitzen würde, ihr zur Seite, im nächtlichen Dunkel. Er meldete Herrn von Rênal, er wolle nach Verrières gehen, zum Pfarrer. Gegen Abend, nach Tisch, brach er auf und kehrte erst spät in der Nacht zurück. [...]

Wäre Julien nur einigermaßen so weltgewandt gewesen, wie er dies zu sein sich schmeichelte, so hätte er sich am nächsten Morgen zu der Wirkung seines Ganges nach Verrières gratulieren können. Seine Abwesenheit hatte sein ungeschicktes Benehmen vergessen gemacht. Wiederum war er den ganzen Tag über mißlaunig. Gegen Abend verfiel er auf eine komische Idee, die er Frau von Rênal in unglaublicher Verwegenheit kundgab.

Kaum saß man, wie immer, im Garten, und noch war es nicht genügend dunkel, da näherte sich Julien mit seinem Munde Frau von Rênals Ohr und raunte ihr, ungeachtet der Gefahr, sie heillos zu kompromittieren, zu: »Gnädige Frau, heute nacht um zwei Uhr werde ich in Ihr Zimmer kommen. Ich muß Ihnen etwas sagen.«

Julien war voller Angst, sein Verlangen könne abgeschlagen werden. Seine Verführerrolle war ihm schauderhaft lästig, und es wäre seiner innersten Natur viel angenehmer gewesen, wenn er sich ein paar Tage lang in sein Zimmer hätte einschließen dürfen und die beiden Damen nicht zu sehen bekommen hätte. Es war ihm klar, daß er sich gestern durch sein dummes Betragen alle bis dahin errungenen Vorteile wieder verscherzt hatte. Er wußte wirklich nicht mehr ein noch aus.

Frau von Rênal gab ihrer Entrüstung über seinen kekken, schamlosen Antrag in natürlicher, keineswegs übertriebener Weise Ausdruck. Julien glaubte aus ihrer kurzen Antwort Verachtung herauszuhören. Es war ihm, als habe diese leise geflüsterte Abwehr das Wörtchen Pfui! enthalten. Unter dem Vorwande, den Kindern etwas mitzuteilen, ging Julien in die Kinderstube. Als er wiederkam, nahm er neben Frau Derville Platz, möglichst weit ab von Frau von Rênal. Auf diese Weise beseitigte er jede Möglichkeit, ihre Hand zu erfassen. Die Unterhaltung war ernst, und bis auf ein paar Augenblicke des allgemeinen

Stillschweigens, währenddem er sein Hirn zermarterte, spielte er seine Rolle recht gut. Einmal durchschoß ihn die Frage: »Warum bin ich unfähig, irgendeinen netten Trick zu erfinden, der Frau von Rênal zwingt, mir diesen unzweideutigen Beweis ihrer Zuneigung zu geben, damit ich wie vor drei Tagen die Überzeugung habe, daß sie mir verfallen ist?«

Julien war verzweifelt, daß er die ganze Sache offenbar verfahren hatte. Andrerseits wäre ihm nichts in der Welt peinlicher gewesen, als einem sicheren Siege entgegenzugehen.

Als man sich um Mitternacht trennte, reizte ihn sein Pessimismus zu der mißtrauischen Vermutung, Frau Derville verachte ihn und wahrscheinlich nicht minder auch Frau von Rênal.

In der übelsten Laune und arg gedemütigt, fand er keinen Schlaf. Unmöglich konnte er sich mit dem Gedanken vertraut machen, unter Verzicht auf seine planmäßige Komödie mit Frau von Rênal ins Blaue hineinzuleben und sich wie ein Kind mit dem Glücke des Zufalls zu begnügen.

Er zerbrach sich den Kopf, um irgendeine raffinierte Kriegslist auszusinnen; aber was er auch ergrübeln mochte, immer dünkte es ihn im nächsten Augenblick albern und banal. Er war der unglücklichste aller Menschen, als die Schloßuhr zwei schlug.

Ihr Schlag rüttelte ihn auf wie den Petrus der Hahnenschrei. Jetzt sah er sich Auge in Auge mit dem allerunangenehmsten Ereignis. Seit dem Augenblick, wo er den unverschämten Antrag gestellt, hatte er nicht mehr daran gedacht. War er doch eigentlich abgeblitzt!

Er sprang von seinem Lager und sagte sich: »Ich habe ihr vermeldet, daß ich um zwei Uhr zu ihr käme. Ich bin möglicherweise ein unerfahrener Tölpel, wie man dies als

Sohn eines Bauern eben ist. Frau Derville hat mir dies genug zu verstehen gegeben. Eins will ich aber keinesfalls sein: ein Schwächling!«

Julien hatte allen Grund, auf seinen Mut stolz zu sein. Nie in seinem Leben hatte er sich schlimmeren Zwang auferlegt. Als er seine Tür öffnete, zitterte er dermaßen, daß ihm die Knie wankten und er sich gegen die Wand lehnen mußte.

Er hatte keine Schuhe an. Vor der Tür des Hausherrn horchte er und hörte, wie er drinnen schnarchte. Das brachte ihn in wahre Verzweiflung. So gab es also keine Ausrede mehr, nicht zu ihr zu gehen. Aber, großer Gott! Was wollte er eigentlich dort? Er hatte keinen Plan, und hätte er einen gehabt: in seiner Verwirrung hätte er ihn doch nicht ausführen können.

Tausendmal mehr leidend, als wenn er in den Tod schritte, gelangte er endlich in den Seitengang, der zu Frau von Rênals Schlafzimmer führte. Mit bebender Hand öffnete er die Tür, wobei er schrecklichen Lärm machte.

Das Gemach war matt erleuchtet; ein Nachtlicht brannte auf dem Kamin: ein neues Unglück, auf das er nicht gefaßt war. Als Frau von Rênal ihn eintreten sah, sprang sie aus dem Bett. »Unglücklicher!« rief sie. Beide waren verwirrt. Julien vergaß seine vagen Pläne und fand sich in seine natürliche Rolle. Einem so entzückenden Weibe nicht zu gefallen, das wäre ihm jetzt das höchste Unglück gewesen. Er begegnete ihren Vorwürfen, indem er sich ihr zu Füßen warf und ihre Knie umschlang. Als sie ihm ein sehr hartes Wort sagte, brach er in Tränen aus.

Als Julien etliche Stunden später Frau von Rênals Schlafzimmer verließ, hatte er – wie es im Romanstil heißt – nichts mehr zu wünschen. Der Leidenschaft, die er erregt, und der ungeahnten Wirkung verführerischer Frauenreize verdankte er einen Sieg, zu dem ihm seine täppische Zudringlichkeit niemals verholfen hätte. Trotzdem war er dermaßen vom Teufel des Hochmuts besessen, daß er sich in den Momenten der höchsten Wonne einbildete, die Rolle eines Mannes zu spielen, der es gewöhnt ist, Frauen zu verführen. Er tat das Unglaublichste, um alles, was er Liebenswürdiges an sich hatte, häßlich zu machen. Statt sich am Sinnentaumel zu weiden, den er entfachte, und an der Gewissensnot, die all die Liebesglut noch schürte, *dachte er immerfort an die Pflicht.* Er hegte Furcht vor der gräßlichen Reue und der ewigen Lächerlichkeit, deren Beute er werden würde, wenn er dem Vorbild, das er sich in seinen Träumereien erschaffen, nicht die Treue hielt. Mit einem Worte: gerade das, was Julien zu einem höheren Wesen machte, das ließ ihn nicht zum Genusse des Glückes kommen, das sich ihm darbot. Er machte es wie jene Sechzehnjährigen, die prächtige rote Wangen haben, aber geschminkt zum Balle gehen.

Bei Juliens Erscheinen war Frau von Rênal zu Tode erschrocken. Die qualvollste Angst packte sie, und sein Schluchzen und seine Verzweiflung brachten sie vollends außer Fassung.

Sogar als sie ihm nichts mehr zu versagen hatte, stieß sie Julien von sich, um ihn im nächsten Augenblick von neuem zu umarmen. Ihr Verhalten hatte keinen Sinn und Verstand. Sie glaubte sich ohne Gnade verdammt und suchte die Hölle zu vergessen, indem sie den Geliebten auf das Zärtlichste liebkoste. Mit einem Worte: es fehlte zu Juliens Glück nichts. Er war der Verführer einer empfindsamen Frau, die sich ihm in lodernder Sinnlichkeit ergab. Nur war er unfähig zu genießen. Frau von Rênal hingegen schwelgte in Wollust, auch als Julien längst wieder weg war, so sehr sie sich dagegen wehrte und trotz der Gewissensbisse, die sie wild bestürmten.

Als Julien sein Zimmer betrat, war sein erster Gedanke

der: »Mein Gott, glücklich sein und geliebt werden! Das ist's und weiter nichts?« Er befand sich in jenem Zustande der Verwunderung und Nervosität, in den der Mensch verfällt, wenn er etwas lange Ersehntes erreicht hat. Die Sehnsucht ist einem zur Gewohnheit geworden; sie fehlt mit einemmal, und die Erinnerung, die diese Leere ausfüllen könnte, ist noch nicht reif dazu. Wie ein Soldat, der von der Parade nach Hause kommt, vergegenwärtigte sich Julien sein Verhalten bis in die Einzelheiten. »Habe ich nichts unterlassen, was ich zu tun mir schuldig war?« So fragte er sich.

»Habe ich meine Rolle gut gespielt? Die eines genialen Frauenverführers?«

Sören Kierkegaard
Geduld

d. 30.

Überall kreuzen sich unsere Wege. Heute habe ich sie dreimal getroffen. Ich weiß Bescheid über den kleinsten ihrer Ausflüge, wann und wo ich sie treffen werde; aber dieses Wissen wird nicht dazu benutzt, mir ein Zusammentreffen mit ihr zu verschaffen; im Gegenteil, ich verschwende nach einem schlimmen Maßstab. Eine Begegnung, die mich mehrere Stunden Warten gekostet hat, wird wie eine Bagatelle vergeudet; ich treffe sie nicht, ich berühre nur peripher ihre Existenz. Wenn ich weiß, daß sie zu Frau Jansen geht, dann treffe ich nicht gern mit ihr zusammen, ausgenommen, wenn es mir wichtig ist, eine einzelne Beobachtung anzustellen; ich ziehe es vor, etwas früher zu Frau Jansen zu kommen und sie möglichst in der Tür zu treffen, wenn sie kommt und ich gehe, oder auf der Treppe, wo ich achtlos an ihr vorbeigehe. Das ist das erste Netz, in das sie eingesponnen werden muß. Auf der Straße bleibe ich nicht stehen, oder ich tausche einen Gruß mit ihr aus, aber ich nähere mich ihr nie, sondern bin stets auf Abstand bedacht. Unser fortwährendes Zusammentreffen fällt ihr wohl auf, sie merkt wohl, daß sich an ihrem Horizont ein neuer Körper zeigt, der auf seinem Weg auf wunderlich ungestörte Weise störend in ihren eingreift; aber von dem diese Begegnung begründenden Gesetz hat sie keine Ahnung, sie ist eher versucht, sich nach rechts und links umzusehen, um den Punkt entdecken zu können, der das Ziel ist; daß sie es ist, das weiß sie ebensowenig wie ihr Antipode. Ihr geht es ebenso wie meiner Umgebung allgemein: man glaubt, daß ich eine Vielzahl von Geschäften habe, ich bin unaufhörlich in Bewegung und sage mit Figaro: ein, zwei, drei, vier Intrigen zur gleichen Zeit, das ist meine Lust. Bevor ich mit dem Angriff beginne, muß ich zuerst sie und ihren geistigen Zustand insgesamt kennen. Die meisten genießen ein junges Mädchen so wie sie ein Glas Champagner in seinem schäumenden Moment genießen, nun ja, das ist ganz hübsch und bei vielen jungen Mädchen ist es wohl das Höchste, was man bei ihnen erreichen kann, aber hier ist mehr. Ist die Person zu schwach, um Klarheit und Durchsichtigkeit zu vertragen, nun gut, dann genießt man das Unklare, aber sie kann es offenbar vertragen. Je mehr Hingabe man in die Liebe hineinlegen kann, desto interessanter. Der Genuß dieses Augenblicks ist, wenn auch nicht im äußerlichen, so doch im geistigen Sinn eine Vergewaltigung, und bei einer Vergewaltigung gibt es nur einen eingebildeten Genuß, sie ist, wie ein gestohlener Kuß, etwas, das keine Art hat. Nein, wenn man erreichen kann, daß ein Mädchen nur eine einzige Aufgabe für seine Freiheit sieht, die, sich hinzugeben, daß sie ihre ganze Seligkeit darin sieht, daß sie sich geradezu diese Hingabe erfleht und dennoch frei ist, erst dann ist das Genuß, doch dazu gehört stets geistiger Einfluß. [...]

Es bleibt die Frage, ob ihre Weiblichkeit stark genug ist, um sich reflektieren zu lassen, oder ob sie nur als Schönheit und Anmut zu genießen ist; die Frage ist, ob man den Bogen stärker spannen darf. Es ist schon eine große Sache, eine ganz ursprüngliche Weiblichkeit zu finden, traut man sich aber, die Verwandlung zu wagen, dann hat man das Interessante. In einem solchen Fall ist es das beste, ihr ganz einfach einen Freier zu verschaffen. Es ist ein Aberglaube, den die Leute haben, daß das einem jungen Mädchen schadet. – Ja, ist sie eine sehr schöne und zarte Pflanze, die nur einen Glanzpunkt in ihrem Leben hat: Anmut, dann ist es doch immer das beste, daß sie nie den

Namen Liebe gehört hat, ist das aber nicht der Fall, dann ist es ein Gewinn, und ich würde nie Bedenken haben, einen Freier herbeizubringen, wenn keiner da wäre. Dieser Freier darf auch keine Karikatur sein, denn damit wird nichts gewonnen; es muß ein respektabler junger Mann sein, wenn möglich auch liebenswert, aber für ihre Leidenschaft doch zu wenig. Sie sieht über einen solchen Menschen hinweg, sie bekommt eine Abneigung gegen die Liebe, sie verzweifelt nahezu an ihrer eigenen Realität, wenn sie ihre Bestimmung fühlt und sieht, was die Wirklichkeit bietet, wenn zu lieben, sagt sie sich, nichts anderes ist, dann ist es nicht weit her damit. Sie bleibt stolz in ihrer Liebe, dieser Stolz macht sie interessant, er durchstrahlt ihr Wesen mit einer höheren Inkarnation, aber zugleich ist sie ihrem Fall näher, aber das alles macht sie beständig mehr und mehr interessant. Indessen wird es aber besser sein, sich ihrer Bekanntschaften zu versichern, um zu sehen, ob es darunter nicht einen solchen Freier gibt. Zu Hause bietet sich keine Möglichkeit, denn es kommt so gut wie niemand, aber sie geht doch aus, und da könnte sich ein solcher finden. Einen herbeizuschaffen, bevor man das weiß, ist immer bedenklich; zwei Freier, jeder für sich unbedeutend, könnten durch ihre Relativität nachteilig wirken. Ich muß jetzt feststellen, ob es nicht einen sogenannten heimlich Liebenden gibt, der nicht den Mut hat, das Haus zu stürmen, einen Hühnerdieb, der in einem so klösterlichen Haus keine Gelegenheit sieht.

Es wird also das strategische Prinzip, das Gesetz für alle Bewegungen in diesem Feldzug sein, sie stets in einer interessanten Situation zu berühren. Das Interessante ist also das Gebiet, auf dem der Kampf geführt werden soll, die Potenz des Interessanten soll ausgeschöpft werden. Wenn ich mich nicht sehr irre, dann ist auch ihre ganze Art darauf angelegt, so daß das, was ich verlange, genau das ist, was sie gibt, ja das, was sie verlangt. Das ist es, worauf es ankommt, herauszubekommen, was die einzelne geben kann und was sie, als Folge davon, fordert. Meine Liebesgeschichten haben daher immer eine Realität für mich selbst, sie machen einen Moment des Lebens aus, eine Bildungs-Periode, über die ich genau Bescheid weiß, oft ist damit noch die eine oder andere Geschicklichkeit verknüpft; um des ersten Mädchens willen, das ich liebte, lernte ich tanzen, ich lernte einer kleinen Tänzerin wegen französisch zu sprechen. Damals ging ich wie alle Narren zu Markte, wurde oft genarrt. Jetzt verlege ich mich auf den Vorkauf. Vielleicht hat sie inzwischen eine Seite des Interessanten ausgeschöpft, ihr zurückgezogenes Leben scheint darauf hinzuweisen. Es gilt also eine andere Seite zu finden, die ihr auf den ersten Blick gar nicht so vorkommt, die aber gerade aufgrund dieses Anstoßes für sie interessant wird. Zu dem Zweck wähle ich nicht das Poetische, sondern das Prosaische. Hiermit also der Anfang. Zuerst wird ihre Weiblichkeit durch prosaisches Verständnis und Spott neutralisiert, nicht direkt, sondern indirekt, wie durch das absolut Neutrale: Geist. Sie verliert vor sich selbst beinahe ihre Weiblichkeit, aber in diesem Zustand kann sie nicht mit sich alleine bleiben, sie wirft sich in meine Arme, nicht als einem Geliebten, nein, noch ganz neutral, jetzt erwacht die Weiblichkeit, man lockt sie hervor bis zu ihrer höchsten Elastizität, man läßt sie gegen die eine oder andere wirkliche Grenze stoßen, sie geht darüber hinaus, ihre Weiblichkeit erreicht nahezu übernatürliche Höhe, sie gehört mir mit einer allumfassenden irdischen Leidenschaft.

d. 5.

Weit brauchte ich dafür nicht zu gehen. Sie verkehrt im Haus des Grossisten Baxter. Dort habe ich nicht nur sie gefunden, sondern auch einen Menschen, der mir ebenso gelegen kam. Edvard, der Sohn des Hauses, ist unsterblich in sie verliebt, das erkennt man schon mit halbem Auge, wenn man in seine beiden sieht. Er ist kaufmännisch tätig im Kontor seines Vaters, ein schmucker Mann, recht angenehm, etwas schüchtern, was ihm, wie ich glaube, in ihren Augen nicht schadet.

Armer Edvard! Er weiß einfach nicht, wie er es mit seiner Liebe anfangen soll. Wenn er weiß, daß sie am Abend kommt, macht er nur für sie Toilette, zieht seinen neuen schwarzen Anzug für sie an, Manschetten nur für sie, und macht so fast eine lächerliche Figur im Wohnzimmer mit der im übrigen alltäglichen Gesellschaft. Seine Verlegenheit grenzt ans Unglaubliche. Wäre es eine Maske, so wäre Edvard für mich ein gefährlicher Nebenbuhler. Verlegenheit zu benutzen, dazu gehört große Kunst, aber man erreicht auch viel damit. Wie oft habe ich nicht Verlegenheit angewandt, um eine kleine Jungfer zu narren. Im allgemeinen äußern sich junge Mädchen recht hart über verlegene Mannsbilder, und doch haben sie sie insgeheim gern. Ein wenig Verlegenheit schmeichelt der Eitelkeit eines solchen jungen Mädchens, sie fühlt ihre Überlegenheit, das ist Handgeld. Wenn man sie so eingeschläfert hat, zeigt man gerade bei einer Gelegenheit, bei der sie glauben mußten, daß man vor Verlegenheit sterben würde, daß man weit davon entfernt ist, daß man ganz gut alleine gehen kann. Mit Verlegenheit verliert man seine männliche Bedeutung, und deshalb ist sie auch ein relativ gutes Mittel, das Geschlechtsverhältnis zu neutralisieren, sie schämen sich, wenn sie merken, daß es nichts als eine Maske war, erröten innerlich, sie fühlen sehr gut, daß sie gewissermaßen ihre Grenze überschritten haben; es ist etwa so, wie wenn man zu lange fortfährt, einen Jungen als Kind zu behandeln.

d. 7.

So sind wir also Freunde, Edvard und ich; eine wahre Freundschaft, ein gutes Verhältnis besteht zwischen uns, wie es das seit Griechenlands schönsten Tagen nicht mehr gegeben hat. Wir wurden bald Vertraute, als ich ihn, nachdem ich ihn in eine Mannigfaltigkeit von Betrachtungen über Cordelia verwickelt hatte, dazu brachte, sein Geheimnis zu gestehen. Es versteht sich, wenn alle Geheimnisse zusammenkommen, kann dieses mitgehen. Armer Kerl, er hat schon lange sehnsüchtig geseufzt. Jedesmal, wenn sie kommt, putzt er sich, bringt sie dann abends nach Hause, sein Herz klopft bei dem Gedanken, daß ihr Arm auf dem seinen ruht, sie gehen nach Hause, betrachten die Sterne, er klingelt an ihrer Haustür, er verschwindet, er verzweifelt – aber er hofft auf das nächste Mal. Er hat noch nicht den Mut gehabt, den Fuß über ihre Türschwelle zu setzen, er, der so reichlich Gelegenheit dazu hat. Obwohl ich es nicht lassen kann, im stillen über Edvard zu spotten, so liegt doch etwas Schönes in seiner Kindlichkeit. Ungeachtet dessen, daß ich mir an sich einbilde, ziemlich bewandert zu sein auf dem gesamten erotischen Gebiet, habe ich doch bei mir selbst nie diesen Zustand beobachtet, diese Angst und dieses Beben der Verliebtheit, das heißt, in solchem Grad, daß er mir die Fassung rauben könnte, denn sonst kenne ich ihn schon, aber für mich ist er so, daß er mich eher stärker macht. Jemand könnte vielleicht sagen, ich wäre also nie richtig verliebt gewesen; vielleicht. Ich habe Edvard geschmäht, ich habe ihn ermuntert, sich auf meine Freundschaft zu verlassen. Morgen wird er einen entscheidenden Schritt tun, selbst hingehen und sie einladen. Ich habe ihn auf die verzweifelte Idee gebracht, mich zu bitten, mitzukommen; ich habe es ihm versprochen. Er sieht das als einen außerordentlichen Freundschaftsdienst an. Die Gelegenheit ist genau so, wie ich sie mir wünsche, nämlich mit der Tür ins Haus zu fallen. Sollte sie den leisesten Zweifel über die Bedeutung meines Auftretens haben, so soll mein Auftreten abermals alles verwirren.

Bisher war ich nicht gewohnt, mich auf meine Konversation vorzubereiten, jetzt ist es für mich eine Notwendigkeit geworden, um die Tante zu unterhalten. Ich habe nämlich die ehrenwerte Aufgabe übernommen, sie zu unterhalten und damit Edvards verliebte Regungen Cordelia gegenüber zu decken. Die Tante hat früher auf dem Land gelebt, und ich mache sowohl durch meine eigenen sorgfältigen Studien in landwirtschaftlichen Schriften wie auch durch die auf Erfahrung begründeten Mitteilungen der Tante bedeutende Fortschritte in Erkenntnis und Tüchtigkeit.

Bei der Tante mache ich vollkommen mein Glück, sie hält mich für einen gesetzten und beständigen Menschen, mit dem man sich mit Vergnügen einlassen kann, der nicht wie unsere Modejünglinge ist. Bei Cordelia scheine ich nicht besonders gut angeschrieben zu sein. Doch sie ist von zu reiner unschuldiger Weiblichkeit, um zu fordern, daß ein jeder Mann ihr seine Aufwartung machen soll, aber dennoch fühlt sie allzusehr das Aufrührerische in meiner Existenz.

Wenn ich so in dem gemütlichen Wohnzimmer sitze, wenn sie wie ein guter Engel überall Liebreiz verbreitet, über alle, die mit ihr in Berührung kommen, über Gute und Böse, dann werde ich zuweilen ungeduldig im Inneren, bin ich versucht, aus meinem Versteck hervorzustürzen; denn obgleich ich auch vor aller Augen im Wohnzimmer sitze, bin ich doch auf der Lauer; ich bin versucht, ihre Hand zu ergreifen, das Mädchen ganz zu umarmen, sie in mir zu verbergen, aus Angst, daß jemand sie mir rauben könnte. Oder wenn Edvard und ich sie am Abend verlassen, wenn sie mir zum Abschied die Hand reicht, wenn ich sie in der meinen halte, fällt es mir bisweilen schwer, den Vogel aus der Hand schlüpfen zu lassen. Geduld – *quod antea fuit impetus, nunc ratio est* – sie muß auf ganz andere Art in mein Netz eingesponnen werden, und dann lasse ich plötzlich die ganze Macht der Liebe losbrausen. Wir haben uns diesen Augenblick nicht mit Naschen verdorben, mit unzeitiger Vorwegnahme, dafür kannst Du mir danken, meine Cordelia. Ich arbeite daran, das Gegenteil zu entwickeln, ich spanne den Bogen der Liebe, um desto tiefer zu verwunden. Wie ein Bogenschütze entspanne ich die Sehne, spanne sie wieder, höre ihren Klang, der meine Kriegsmusik ist, aber ich ziele noch nicht, lege den Pfeil noch nicht auf die Sehne.

Wenn eine kleine Zahl von Personen oft in demselben Zimmer miteinander in Berührung kommt, so ergibt sich leicht eine Gewohnheit daraus, wo ein jeder seinen Platz hat, seinen Standort, es wird einem zum Bild, das man vor sich aufrollen kann, wann man will, eine Karte des Terrains. So leben wir nun auch in dem Wahlschen Haus, ein gesellschaftliches Bild. Abends trinkt man Tee. Im allgemeinen wechselt die Tante dann, die bis dahin im Sofa gesessen hat, zu dem kleinen Nähtisch, dem Platz, den Cordelia ihrerseits verlassen hat, sie rückt zum Teetisch heran vor dem Sofa, gefolgt von Edvard, ich folge der Tante. Edvard sucht Geheimnistuerei, er möchte flüstern, im allgemeinen macht er das so gut, daß er rein stumm wird, ich mache kein Geheimnis aus meinen Ergüssen vor der Tante, über Marktpreise, einer Berechnung darüber, wieviel Kellen Milch für ein Pfund Butter gebraucht werden, durch das Medium der Sahne und der

Dialektik des Butterfasses hindurch, das sind wirklich Dinge, von denen ein jedes junges Mädchen nicht nur hören kann, ohne Schaden zu nehmen, sondern was weit seltener ist, es ist eine solide und erbauliche Unterhaltung, gleich veredelnd für Kopf und Herz. Gewöhnlich sitze ich mit dem Rücken zum Teetisch und zu Edvards und Cordelias Schwärmerei, ich schwärme mit der Tante. Und ist nicht die Natur groß und weise in ihren Erzeugnissen, welch köstliche Gabe ist nicht die Butter, welch herrliches Ergebnis von Natur und Kunst. Die Tante wird gewiß nicht hören können, was zwischen Edvard und Cordelia gesprochen wird, vorausgesetzt, daß wirklich etwas gesagt wird, das habe ich Edvard versprochen, und ich halte immer mein Wort. Hingegen kann ich ausgezeichnet jedes einzelne Wort hören, das gewechselt wird, jede einzelne Bewegung wahrnehmen. Das ist wichtig für mich, denn man weiß nie, auf welches Wagnis ein Mensch in seiner Verzweiflung verfallen kann. Die vorsichtigsten und verzagtesten Menschen wagen zuweilen die verwegensten Sachen. Obgleich ich somit nicht das mindeste mit den beiden einsamen Menschen zu tun habe, kann ich Cordelia doch gut anmerken, daß ich ständig zwischen ihr und Edvard unsichtbar zugegen bin.

Das ist doch ein eigenes Bild, das wir vier zusammen abgeben. Wollte ich an bekannte Bilder denken, so könnte ich wohl eine Analogie finden, insofern ich für mich selbst an *Mephistopheles* denke; die Schwierigkeit dabei ist nur, daß *Edvard* kein *Faust* ist. Mache ich mich selbst zu Faust, so ergibt sich wieder die Schwierigkeit, daß Edvard gewiß kein Mephistopheles ist. Auch ich bin kein Mephistopheles, am allerwenigsten in Edvards Augen. Er hält mich für den guten Geist seiner Liebe, und daran tut er gut, zumindest kann er dessen sicher sein, daß niemand fürsorglicher über seine Liebe wachen kann als ich. Ich habe ihm versprochen, mich mit der Tante zu unterhalten, und ich führe diese ehrenwerte Aufgabe mit allem Ernst aus. Die Tante verschwindet fast vor unseren Augen in lauter Landwirtschaft; wir gehen durch Küche und Keller, auf den Dachboden, sehen nach den Hühnern und Enten, Gänsen usw. All das verachtet Cordelia. Was ich eigentlich will, kann sie natürlich nicht begreifen. Ich bleibe ein Rätsel für sie, aber ein Rätsel, das zu lösen sie nicht reizt, sondern sie verbittert, ja sie entrüstet. Sie fühlt sehr wohl, daß die Tante fast lächerlich wird, und doch ist die Tante eine so ehrwürdige Dame, daß sie das gewiß nicht verdient. Auf der anderen Seite mache ich es so gut, daß sie sehr wohl fühlt, daß es vergeblich sein würde, wollte sie versuchen, mich ins Wanken zu bringen. Zuweilen treibe ich es so weit, daß ich Cordelia dazu bringe, in aller Heimlichkeit über die Tante zu lächeln. Das sind Studien, die gemacht werden müssen. Nicht, daß ich sie zusammen mit Cordelia machte, keineswegs, dann brächte ich sie nie dazu, über die Tante zu lächeln. Ich bleibe unverändert ernsthaft gründlich; aber sie kann das Lächeln nicht lassen. Das ist die erste falsche Lehre: wir müssen sie lehren, ironisch zu lächeln; aber dieses Lächeln trifft fast ebenso sehr mich wie die Tante, denn sie weiß einfach nicht, was sie von mir halten soll. Es wäre doch möglich, daß ich einer von diesen jungen Menschen bin, die zu früh alt geworden sind, das wäre möglich; ein anderes wäre auch möglich, ein drittes auch usw. Wenn sie dann über die Tante gelächelt hat, so entrüstet sie sich über sich selbst, ich drehe mich um, und während ich fortfahre, mit der Tante zu sprechen, sehe ich ganz ernst zu ihr hin, dann lächelt sie über mich, über die Situation.

Unser Verhältnis ist nicht das zärtlicher und aufrichtiger Umarmungen des Verstehens, es ist nicht das gegenseitiger Anziehungskraft, es ist das Zurückweisen von Mißverständnissen. Mein Verhältnis zu ihr ist eigentlich gar keins; es ist rein geistig, was natürlich im Verhältnis zu einem jungen Mädchen schlechthin gar nichts ist. Die Methode, die ich jetzt befolge, hat jedoch ihre außerordentlichen Bequemlichkeiten. Ein Mensch, der als Kavalier auftritt, weckt Mißtrauen und richtet vor sich selbst einen Widerstand auf; von all dem bin ich befreit. Man bewacht mich nicht, im Gegenteil, man wird mich eher als einen zuverlässigen Menschen ansehen, der geeignet ist, das junge Mädchen zu bewachen. Die Methode hat nur den einen Fehler, daß sie langsam ist, man kann sie deshalb und nur mit Vorteil bei Individuen anwenden, bei denen es das Interessante zu gewinnen gilt.

Walter Serner
Mizzis Verführung

war keine Kleinigkeit. Seit sieben Monaten und neunundzwanzig Tagen bemühte sich der Student Krutzinger mit Hinzuziehung sämtlicher, Verführungen betreffenden Hör- und Lesefrüchte und mit bewundernswerter Ausdauer, aber erfolglos.

Endlich, als er gerade den Truc Casanovas, eine Freundin zuzuziehen, um in deren Anwesenheit das Opfer eitel und deshalb gefügig zu machen, mit einem Kostenaufwand von fünfzig Kronen und gänzlicher Ergebnislosigkeit ausgeführt hatte, verfiel er auf den so naheliegenden Gedanken, sich selbständig zu machen.

Daß jeder Mensch eine besondere Schwäche besitzt, wußte Krutzinger; und seit wenigen Stunden, daß die besondere Schwäche Mizzis eine gewisse romantische Vorliebe für Geistesgegenwart war.

Krutzinger schätzte diese Eigenschaft nicht: Geistesgegenwart begründe nur den paraten gesunden Menschenverstand, pflegte er zu sagen, obgleich sie zweifellos jedem besseren Berufsmenschen sehr schätzenswert sein dürfte; aber wen eine Situation wortlos mache, der sei wahrscheinlich ein feinerer Kopf, als wer sie blitzend zu beherrschen meine.

Krutzinger lernte nun zwar nicht um, aber er hielt diese Fähigkeit nicht länger in stolzer Verachtung bei sich zurück, sondern zeigte sie auf eine Weise, die ihm nicht nur bald den Ruf eines außerordentlich geistreichen und interessanten Menschen eintrug, sondern auch die restlose Gunst Mizzis.

Das kam so: Während eines Spazierganges mit Mizzi durch die Wiedener Hauptstraße hatte Krutzinger absichtslos erzählt, wie er vor einem Jahr seinen Onkel Poldi Schleier vor einem furchtbaren Debâcle gerettet hatte. Als er mit Onkel Poldi, der unter dem Namen Klinger mit einem Fräulein aus Berlin-Rixdorf in einem kleinen Hotel logierte, eines Nachmittags im Vestibül saß, war ein Kellner an den Tisch getreten und hatte mit lauter Stimme gemeldet: »Herr Schleier wird am Telephon verlangt.« Sekundenlang hatten sie einander verzweifelt angestarrt, bis schließlich Krutzinger, dessen Name im Hotel unbekannt war, wortlos aufsprang und ans Telephon lief, wo er einer Dame, die sich nachher als Onkel Poldis Schwägerin herausstellte, mitteilte, daß ein Herr Schleier nicht im Hotel wohne.

Über die Veränderung, die diese Geschichte auf dem sonst ziemlich unbewegten Gesicht Mizzis hervorbrachte, war Krutzinger sehr erstaunt gewesen. Ihre vollen roten Lippen hatten sich sonderbar schwermütig verzogen, die Augen waren gleichsam aufgeglüht und hatten ihn schwärmerisch betrachtet.

Diese unerwartete Wirkung beschäftigte Krutzinger lange und intensiv, bis er in der auf dieses Ereignis folgenden Nacht plötzlich langsam das Bett verließ, sich auf einen Stuhl setzte und beschloß, von nun an bei jeder Gelegenheit Geistesgegenwart zu entwickeln.

Da sich während der nächsten Woche keine Gelegenheiten einstellten, zögerte er nicht länger, solche herbeizuführen. Er verschmähte diesmal die Hinzuziehung von Büchern und Freunden, versteckte sich in der Ecke seines Stamm-Cafés hinter eine Zeitung und grübelte stundenlang.

Schon sein erster Coup war meisterlich.

Er führte Mizzi an einem trüben Herbstabend, der eine sehr schwarze Nacht versprach, in die Währinger Volksoper, überdies zu einer Aufführung des »Freischütz«, und auf dem Heimweg durch die schmale menschenleere dunkle Pflanzergasse. Hier begann er, der ohnehin sehr wortkarg war, völlig zu schweigen, jedoch lauter aufzutreten, als wollte er den düsteren Eindruck des Weges verscheuchen. Ein flüchtiger Blick in Mizzis Gesicht ließ ihn denn auch eine bereits vorgeschrittene Unruhe agnozieren.

Plötzlich tauchte vor ihnen aus einer Seitengasse ein Mann auf, der langsam vor ihnen herging.

Krutzinger wies Mizzi schweigend, mit einer Kopfbewegung, auf den unheimlichen Spaziergänger hin.

Mizzi erschauerte.

Der Mann ging immer langsamer: kein Zweifel, er wollte die beiden herankommen lassen.

Krutzinger zeigte sich vorsichtig aufs äußerste bestürzt, verlangsamte den Schritt und ergriff Mizzis Arm, der sofort erzitterte.

Mit einem Mal aber warf er sein Haupt rückwärts, flüsterte: »Na warte, Bürscherl! Kommen Sie, Mizzi!« und ging rascher.

Er wußte es so einzurichten, daß er kurz vor einer Laterne dem unheimlichen Menschen nahe kam.

In dem Augenblick, als sein riesenlanger Schatten bis zu den Knien über jenen Mann hinausfiel, nahm Krutzinger die Hand vom Rücken und senkte sie, indem er sie zur Faust ballte und nur Zeige- und Mittelfinger steif wegstreckte.

Der Mann zuckte zusammen, zögerte ein paar Sekunden, rannte dann aber in den Schatten der Häuser und verschwand. Er hatte Krutzingers Zeige- und Mittelfinger für einen Revolverlauf gehalten.

Mizzi preßte Krutzingers Arm fest an sich. Sie atmete hörbar.

Als sie endlich auf die Währinger Straße kamen, sagte

sie leise: »Auf was für Ideen Sie kommen, Rudi!« und sah ihm tief in die Augen.

Krutzinger schloß selig, aber auch mit unsäglicher Befriedigung die Lider: der unheimliche Mensch hatte ihn zwanzig Kronen gekostet und drei Stunden, während welcher er, ununterbrochen redend, ein hartnäckiges Mißtrauen hatte vernichten müssen.

Zwei Tage später ging Krutzinger mit Mizzi zu Dehmel. Als man eben aufbrechen wollte, stellte Krutzinger ärgerlich fest, daß er kein Geld bei sich habe. Mizzi öffnete lächelnd ihr Handtäschchen. Das Portemonnaie fand sich jedoch nicht vor. Krutzinger hatte es kurz vorher herausgenommen. Was tun? Nach kurzem verkniffenen Überlegen zwang er Mizzi, stehend den Kellner zu erwarten. Nachdem dieser drei Kronen achtzig Heller verlangt hatte, trat ihm Krutzinger gewaltig auf den Fuß. Der Mann schrie fast. Krutzinger entschuldigte sich herzlich und bemühte sich noch herzlicher um den Wankenden, dem er, als er von Schmerz und Schreck einigermaßen sich erholt hatte, auf die Schulter klopfte und herablassend sagte: »Ich gab Ihnen fünf Kronen. Behalten Sie den Rest als Schmerzensgeld. Auf Wiederschaun!«

Auf der Straße betrachtete ihn Mizzi bereits mit unverhohlener Bewunderung. Er war für sie nicht viel weniger als ein erstklassiger Abenteurer.

Inzwischen aber hatte sich Krutzinger tatsächlich verändert. Er war nicht nur mutig geworden, sondern auch frech, und zwar derart, daß auch dazu Mut gehörte.

So rief er einmal einem Bekannten, der Mizzi schüchtern begrüßte, laut zu: »Mensch, nimm dich wieder mit nach Hause und laß dich nie mehr allein herumlaufen!«; einem bekannten Maler, der, Mizzi zeichnend, im Café am Tisch gegenübersaß: »Das Brautkleid seiner Mutter um den Hals zu tragen, finde ich lieblos«; dem ›Ober‹:

»Eigentlich sehen Sie aus wie die Nachgeburt von Ihrem Bruder!«; und einem alten, sehr beliebten, aber gänzlich glatzköpfigen Schauspieler über drei Tische hinweg: »Kerl, setz doch den Hut auf! Wie kann man nur seinen Unterleib so nackt herumlaufen lassen!«

Ohne Krutzingers vorhergegangene Heldentaten hätte Mizzi wahrscheinlich schon nach der ersten dieser Frechheiten sich entrüstet gezeigt; jetzt sah sie in diesen Äußerungen den Ausdruck einer starken, hemmungslosen, kurz in jeder Hinsicht überlegenen Persönlichkeit.

Krutzinger, seiner Sache nunmehr völlig sicher, hätte sich ohne weiteres zum Sturm anschicken können. Von allen Seiten aber als gefürchtet mit besonderem Respekt behandelt und mit Elogen bedacht, wollte er die holde Vorbereitungszeit so lange wie möglich ausgenießen.

Eines Abends aber, als er bei Mizzi erschien, hatte er, die Folgen nicht bedenkend, ein blondes Frauenhaar angelegt. Es fiel diskret von der Schulter in die Rocktasche und war dem Stubenmädchen seiner Eltern ausgerissen worden.

Kaum hatte Mizzi dieses Haar erblickt, als sie es mit einem Ausruf der höchsten Überraschung ablöste, gegen den Luster hielt und teils schlecht versteckt-boshaft, teils noch schlechter arrangiert-schelmisch um den Finger wickelte: »Ei, ei, Herr Rudi hat blonde Damenbekanntschaften.«

Worauf Krutzinger ein wenig betreten tat, dann aber folgendes präpariertes Märchen erzählte: er sei in der vergangenen Nacht Zeuge der Mißhandlung eines jungen Mädchens durch einen betrunkenen Studenten gewesen, hätte sich des Mädchens angenommen und, da es ohne Wohnung gewesen sei und sich weigerte, in ein Hotel zu gehen, zu sich geführt. Das wäre alles gewesen.

»Aber das Haar auf der Schulter?« rief Mizzi gereizt.

»Ach, sie weinte sehr. Ich konnte sie doch nicht fortstoßen!«

»Sie haben sie geküßt, Rudi.« Mizzi leckte, schnell atmend, ihre vollen Lippen.

Krutzinger wandte und drehte sich sehr geschickt. »Nein. Sie – mich.«

»Und dann? Was geschah dann?«

»Nichts weiter. Ich *wollte* nicht.« Krutzinger gelang es, Mizzi mit wildverbissener Leidenschaft ins Gesicht zu blicken.

Mizzi senkte dunkel errötend das Köpfchen. Ihr Busen flog. Ihre Hände rissen an ihrer Schürze.

Und plötzlich warf sie sich aufschluchzend Krutzinger an den Hals.

Da die Eltern im Theater waren, ging Mizzis Verführung vor sich.

Am Ziel

Longus
Ergötzlicher Unterricht

Nun lebte in seiner Nachbarschaft auf eigener Scholle ein Bauer namens Chromis, der schon über die besten Jahre hinaus war. Er hatte sich ein Frauchen aus der Stadt mitgebracht, jung, blühend und für das Leben auf dem Lande viel zu fein; sie hieß Lykainion. Diese Lykainion hatte schon immer beobachtet, wie Daphnis jeden Tag die Ziegen früh an ihrem Hause vorbei auf die Weide und am Abend von der Weide wieder nach Hause trieb, und wünschte, ihn durch Geschenke an sich zu fesseln und als Liebhaber zu gewinnen. So lauerte sie ihm eines Tages auf, als er allein kam, und schenkte ihm eine Syrinx, Honigwaben und eine Tasche aus Hirschleder. Zu sagen wagte sie noch nichts, da sie seine Liebe zu Chloë ahnte; sah sie doch, wie sehr er an dem Mädchen hing. Bisher hatte sie das nur aus der Art, wie sie sich zuwinkten, und aus ihrem Lachen erschlossen; nun aber gab sie Chromis gegenüber den Besuch bei einer Nachbarin vor, die Mutterfreuden entgegensehe, und ging in früher Morgenstunde den beiden nach, versteckte sich, um nicht gesehen zu werden, in einem Gebüsch und hörte alles, was sie sprachen, sah alles, was sie taten; auch daß Daphnis weinte, entging ihr nicht. Die Armen taten ihr leid, und in der Überzeugung, die Zeit zu beidem sei gekommen, zur Rettung der Unglücklichen und zur Erfüllung des eigenen Liebesverlangens, ersann sie folgende List: Am nächsten Tag begab sie sich, wieder unter dem Vorwande des Besuches bei der gebärenden Frau, ganz unverholen zu der Eiche, an deren Fuße Daphnis und Chloë saßen, und rief, täuschend ähnlich die Bestürzte spielend: »Hilf mir Unglücklichen, Daphnis! Ein Adler hat mir von meinen zwanzig Gänsen gerade die schönste geraubt, und da er sich eine zu große Last aufgeladen hatte, konnte er sie nicht in der Luft zu seinem hohen Felsenhorst bringen, den du dort siehst, sondern ist mit seiner Beute in dieses niedrige Gehölz eingefallen. Komm also mit mir in das Gehölz, ich bitte dich bei den Nymphen und dem Pan dort – allein fürchte ich mich –, und rette mir die Gans; laß es nicht zu, daß mir an der Zahl meiner Gänse eine fehlt! Vielleicht wirst du auch den Adler selbst erlegen, und er wird euch nicht mehr in großer Zahl Lämmer und Böckchen rauben. Deine Herde wird Chloë inzwischen hüten; die Ziegen kennen sie ja genau, da sie immer mit dir zusammen weidet.«

Ohne zu ahnen, was ihn erwartete, sprang Daphnis sofort auf, nahm seinen Hirtenstock und folgte Lykainion nach, die ihn möglichst weit von Chloë wegführte. Als sie dorthin gekommen waren, wo das Gebüsch am dichtesten war, ließ sie ihn nahe bei einer Quelle niedersitzen und sprach: »Du liebst Chloë, Daphnis; ich erfuhr das in der Nacht von den Nymphen. Im Traum erzählten sie mir von den Tränen, die du gestern geweint hast, und geboten mir, dir zu helfen und dich die Kunst der Liebe zu lehren. Die besteht nicht in Küssen, Umarmungen und in dem, was Widder und Böcke tun. Es sind das ›Sprünge‹ besonderer Art, und sie sind süßer als die, die du bei jenen sahst; denn es ist ihnen Dauer und längerer Genuß eigen. Willst du also deinen Nöten enthoben sein und die ersehnten Freuden kennenlernen, dann überlaß dich mir als gefälligen Schüler; ich will dich den Nymphen zuliebe die süße Kunst lehren!«

Daphnis konnte sich vor Freude nicht fassen. Harmloser Ziegenhirt, der er war, verliebt und jung, fiel er Lykainion zu Füßen und bat sie, ihn so rasch wie möglich die Kunst zu lehren, die ihm zur Erfüllung seiner Wünsche bei Chloë verhelfen könne. Und als ob er eine große und gottgesandte Lehre empfangen sollte, versprach er, ihr ein zartes Böckchen zu schenken und feine Käse von der fettesten Milch und die Ziege mit dazu. Als Lykainion so bei dem harmlosen Hirten auf eine unerwartete Bereitwilligkeit stieß, begann sie mit dem Unterricht in folgender Weise. Sie hieß ihn, sich möglichst nahe bei ihr niederzulassen und ihr Küsse zu geben, wie er sie zu geben pflegte, und so viele, wie er wolle, sie beim Küssen zu umarmen und sich dabei auf den Boden fallen zu lassen. Als er sich nun niedergelassen, sie geküßt hatte und zu Boden gesunken war und Lykainion merkte, daß er die Liebe zu üben vermochte und voller Verlangen war, da richtete sie ihn aus der Seitenlage auf, schob sich ihm mit Geschick unter und brachte ihn auf den so lange gesuchten Weg. Was das Weitere anlangte, so brauchte sie sich nicht weiter viel zu bemühen; die Natur selbst lehrte ihn, was noch zu geschehen hatte. – Als der Unterricht in der Liebe abgeschlossen war, wollte Daphnis, noch immer wie ein einfältiger Hirt gesinnt, zu Chloë laufen und sofort anwenden, was er gelernt hatte, als fürchte er, er könne es vergessen, wenn er zögere. Aber Lykainion hielt ihn zurück und sprach so: »Auch das mußt du noch lernen, Daphnis! Ich bin eine Frau und habe jetzt nicht weiter viel ausgestanden. Denn es ist schon eine ganze Weile her, daß mich ein anderer Mann das gelehrt und meine Jungfrauenschaft dafür zum Lohn erhalten hat. Wenn Chloë dieses Ringen mit dir besteht, wird sie jammern und weinen und wie ermordet im Blute schwimmen. Aber du brauchst wegen des Blutes keine Angst zu haben. Hast du sie dazu beredet, sich dir hinzugeben, dann führe sie nur an diesen Platz, damit keiner es hört, wenn sie schreit, keiner es sieht, wenn sie weint, und sie sich in der Quelle waschen kann, wenn sie blutet. Und vergiß nicht, daß ich es war, die dich vor Chloë zum Manne gemacht hat!«

Crébillon der Jüngere
Die Probe

Folgende Geschichte wird aus der Perspektive eines Sofas erzählt.

›Sie werden niemals erraten‹, sagte er, ›welch eine Neugier mich plagt; ich wage nicht, sie Ihnen einzugestehen, weil ich dadurch den Anstand zu verletzen fürchte, und dennoch kann ich ihr nicht widerstehen. Ich möchte wissen, ob Ihnen jemals gewisse Anträge gemacht worden sind, ob Sie, mit einem Wort (um Ihnen meine Neugier unverhohlen zu zeigen) jemals das Liebesungestüm eines Mannes, sei es aus freien Stücken, sei es widerwillig, über sich haben ergehen lassen?‹

Auf diese Frage hin, deren Almaïde nicht gewärtig gewesen war, saß sie verwundert da, Röte im Antlitz, und schien versonnen. Endlich faßte sie einen Entschluß.

›Freilich‹, sagte sie beklommen, ›und da Sie es denn wissen wollen, gestehe ich Ihnen ohne Umschweife, daß mir eines Tages, als er mich allein antraf, ein junger Draufgänger, der (denn ich will Ihnen nichts vorenthalten) trotz meines Widerwillens gegen die Männer mir ziemlich liebenswürdig vorkam, jene Galanterien sagte, die die Männer uns Frauen zu schulden glauben, wenn wir noch nicht in das glückliche Alter gelangt sind, das ihnen lediglich Achtung einflößt, oder wenn wir uns in der betrüblichen Lage befinden, ein Gesicht zu haben, das uns ihrer Begierde aussetzt. Wir waren allein. Ich antwortete ihm getreu den Grundsätzen, die ich mir erkoren hatte. Weit entfernt, daß meine Antwort ihm Eindruck machte, glaubte er, ich trachtete weniger danach, ihm seine Eroberung streitig zu machen, als ihren Wert zu erhöhen. Er wagte mir sogar zu versichern, ich würde ihn eines Tages

5. Nebliger Verführer: »Jupiter und IO« von Correggio, 1530

lieben. Sie können sich wohl denken, daß ich ihn heftig des Gegenteils versicherte. Ich weiß nicht, mit was für Frauen dieser Draufgänger für gewöhnlich Umgang pflog. Jedenfalls hatten sie ihn nicht an Ehrerbietung gewöhnt. Er näherte sich mir, nahm mich unversehens in die Arme und warf mich rücklings auf ein Sofa. Erlassen Sie mir bitte den Schluß eines Berichts, der mein Schamgefühl verletzen und der vielleicht noch immer meine Sinne in Aufruhr versetzen würde. Es genüge Ihnen zu erfahren ...‹

›Nein‹, unterbrach Mokles sie, ›Sie müssen mir alles sagen; wie ich sehe, (und ich sehe es nicht, ohne Ihretwegen zu erbeben) ist es weniger die Furcht, Ihre Sinne zu erregen oder Ihr Schamgefühl zu verletzen, was Ihnen den Mund verschließt, als die Schande einzugestehen, Sie seien zu empfänglich gewesen, und dieser Beweggrund ist alles andere als löblich; er verdient vielmehr strengsten Tadel. Ich kann, ich glaube sogar, ich muß dem, was ich Ihnen sage, noch hinzufügen, daß, wenn Sie tatsächlich fürchten, der Bericht, den ich von Ihnen verlange, könne Sie in eine gefährliche Erregung stürzen, Sie ihn weder unterdrücken noch bemänteln dürfen, ohne eine Schuld auf sich zu laden. Bedeutet es Ihnen denn so wenig, in Unkenntnis darüber zu sein, was gewisse Gedanken über Sie vermögen? Wagen Sie es, sich selbst zu vertrauen, wenn Sie sich nicht auf die Probe gestellt haben? Wenn Sie also beständig Ihre Seele schonen, erfahren Sie nie etwas über deren Kräfte! Almaïde, glauben Sie mir, man fürchtet eine Gefahr, die man nicht kennt, nie genug und kommt für gewöhnlich nur dann zu Fall, wenn man zuviel Vertrauen in sich selber gesetzt hat. Sie können gar nicht genug Gewicht auf alle Einzelheiten Ihrer Geschichte legen; nur an der Wirkung, die diese heute auf Sie ausüben, vermögen Sie zu ermessen, wie weit Sie auf dem

Weg der Tugend vorangekommen sind, oder (und das ist noch viel wesentlicher) was zu zerstören Ihnen noch übrigbleibt, um zur gänzlichen Verabscheuung der Lüste zu gelangen, die allein tugendhaft macht.‹

Dieser Rat überraschte mich aus Mokles' Munde; ich kannte ja doch seine Rechtschaffenheit und seinen Verstand, und ich begriff nicht, was ihn in diesem Augenblick auf eine Weise urteilen ließ, die seinen Grundsätzen so sehr widersprach.

›Wie?‹ fragte ich mich erstaunt. ›Ist dies Mokles, der sittsame, tugendhafte Mokles, der da Almaïde rät, Gewicht auf Einzelheiten zu legen, die das Schamgefühl gröblich verletzen und zur Verderbtheit führen können?‹

Meine Begierde, Aufklärung über Mokles' Beweggründe zu erhalten, ließ mich ihn aufmerksam betrachten, und ich gewahrte in seinen Augen so viel Verstörtheit, daß ich zu glauben begann, ich könne meine Befreiung an der Stätte der Welt finden, wo sie zu erwarten ich am wenigsten gewagt hatte.

Während ich so süße Hoffnungen sowohl auf die Vorstellung, die ich mir von Almaïdes und Mokles' Tugend gebildet hatte, als auf die Verwirrung gründete, in die sie sich beide allmählich versetzten, fuhr Almaïde mit ihrer Geschichte fort.

›Ich will Ihnen blindlings gehorchen‹, antwortete Almaïde dem Mokles, ›Sie haben mich zu der Einsicht gebracht, daß einzig Eitelkeit mir den Mund verschloß, und dafür bestrafe ich mich jetzt dadurch, daß ich Ihnen, ohne etwas zu verhehlen, diejenigen Umstände meines Abenteuers anvertraue, die mich am tiefsten kränken. Wie mir scheint, habe ich Ihnen gesagt, der junge Mann, von dem ich Ihnen erzählte, habe mich rückwärts auf ein Sofa geworfen. Noch hatte ich mich nicht von meinem Erstaunen erholt, als er sich auf mich stürzte. Obwohl meine außerordentliche Überraschung mir kaum gestattete, ihm meinen Zorn auszudrücken, konnte er ihn ohne weiteres aus meinen Augen lesen, und da er sich gegen meine Schreie sichern wollte, gelang es ihm trotz meines Widerstands, mir den Mund mit dem dreistesten aller Küsse zu schließen. Unmöglich könnte ich Ihnen sagen, wie empört ich anfangs darüber war. Statt dessen muß ich zugeben: Mein Unwille war nicht von langer Dauer. Mich verriet die Natur; sie ließ jenen Kuß nur zu bald bis auf den Grund meines Herzens dringen, und plötzlich mischten sich in meinen Zorn Regungen, die ihn nur noch schwach aufwallen ließen. Alle meine Sinne gerieten in Aufruhr, ein unbekanntes Feuer durchströmte sämtliche Adern; ein gewisses Lustgefühl, das ich verabscheute, während es mich zugleich fortriß, erfüllte unmerklich meine ganze Seele; meine Schreie verwandelten sich in Seufzer; Empfindungen zogen mich in ihren Bann, gegen die ich trotz meines Zorns machtlos war; ich seufzte über meine Lage, besaß aber keine Kraft, mich aufzulehnen.‹

›Welch eine entsetzliche Lage!‹ rief Mokles. ›Und weiter?‹ fügte er hinzu und blickte sie mit entflammten Augen an.

›Was soll ich Ihnen sagen?‹ fuhr sie fort. ›Als ich es konnte, machte ich ihm Vorwürfe; aber das geschah mechanisch. Ich glaube, ich habe auf ihn eingeredet, ich habe ihn mit der Verachtung behandelt, die er verdiente; ich sage, ich glaube es, denn es zu versichern wage ich nicht. Je mehr diese grausige Verwirrung zunahm, um so mehr spürte ich meine Kräfte und meine Wut hinschwinden; ein seltsames Durcheinander herrschte in all meinen Gedanken. Allein ergeben hatte ich mich noch nicht. Doch wie schwach war mein Widerstand geworden! Und mochte er noch so schwach sein: Was hat er mich gekostet! Mokles, ich denke an das alles nur mit Entsetzen zurück, und die Scham, die es in mir wachruft, macht es mir so gegenwärtig, daß mir ist, als ächzte ich noch immer in den Armen dieses verwegenen Menschen. Welch ein Augenblick für meine Tugend! Ach, Mokles, wie konnte ich, da ich den vollen Wert der Unschuld empfand, die mir geraubt werden sollte, da ich nichts so sehr fürchtete, sogar inmitten der Wirrnis, der ich preisgegeben war, als das Unglück, sie zu verlieren – wie konnte ich soviel Süße in der Wollust finden, die sich meiner bemächtigt hatte? Wieso haben mich die heftigen Ängste nicht den Lustgefühlen entrissen, oder warum ließen die Lustgefühle der Tugend noch soviel Macht über mein Herz? Ich wünschte (aber mit welcher Anstrengung! Wie litt ich unter diesem Wunsche!), es möge jemand kommen und mich meinem drohenden Verhängnis entreißen. Als ich diesen Gedanken faßte, ließ gleichzeitig eine entgegengesetzte Regung, die mit äußerster Heftigkeit auf mich einwirkte und die mir dabei weniger mißfiel als die erste, mich lebhaft wünschen, daß nichts sich meiner Niederlage entgegenstellen möge. Ich errötete über das, was ich dachte, und brannte dabei vor Verlangen, es noch stärker zu empfinden; ohne mir neue Lustgefühle vorstellen zu können, wünschte ich sie herbei; die Glut, die mich verzehrte, begann mir zur Qual zu werden und meine Sinne zu schwächen. Wie mächtig der Rausch mich auch umfing, ich hatte doch noch nicht die lästige Stimme zum Schweigen bringen können, die aus der Tiefe meines Herzens rief und die, da sie mich meiner Schwäche nicht hatte entheben können, fortfuhr, sie mir vorzuwerfen, als der junge Mann, der wohl merkte, welchen Eindruck er auf mich gemacht hatte, endlich den Schimpf, den er mir antat, bis zum Äußersten trieb. Er ... Aber wie könnte ich etwas in Worten ausdrücken, über das ich noch heute erröte? Ich befaßte mich einzig und allein damit, soweit meine Benommenheit es mir gestattete, mich gegen die Küsse zu sträuben, mit denen er mich unablässig bedeckte, und so hatte ich anderswo keinerlei Vorsichtsmaßnahmen gegen ihn ergriffen. Trotz des grauenhaften Zustands, in dem ich mich befand, erweckte diese neue Beleidigung meine Wut. Leider hielt sie nicht lange an. Bald spürte ich, wie meine innere Wirrnis wuchs; selbst die Anstrengungen, die ich unternahm, um mich dem Verwegenen zu entziehen oder um ihn wenigstens zu behindern – alles trug dazu bei, alles bewirkte meine endgültige Verführung. Schließlich fiel ich einem unsäglichen Überschwang anheim, einer Verzückung, von der Ihnen eine Vorstellung zu geben mir unmöglich wäre; kraftlos, reglos sank ich in die Arme des Grausamen, der mir so bitteren Schimpf antat.‹

›Welch ein Zustand!‹ rief Mokles aus. ›Und wie fürchte ich die Folgen!‹

›Dabei waren sie ganz anders, als Sie meinen‹, antwortete Almaïde. ›Mitten in einer Notlage, die ich um so mehr zu fürchten hatte, als ich darin nichts mehr fürchtete, war es plötzlich, ich weiß nicht, weshalb, mit dem Ungestüm und dem Unternehmungsgeist meines Gegners aus. Durch ein Wunder, das ich niemals habe begreifen können und das Sie vielleicht nicht glauben werden, so ungewöhnlich ist es, wandelten sich in dem Augenblick, da ich nichts mehr gegen ihn unternehmen konnte und da er selber auf dem Gipfel der Verwirrung angelangt zu sein schien, seine Augen, deren Glanz und Ausdruck ich nicht mehr hatte ertragen können; etwas wie ein Ermatten herrschte jetzt darin und bannte ihre Leidenschaft; er taumelte, schloß mich in die Arme, aber zärtlicher und weniger gewaltsam als zuvor, und wurde (gerechte Strafe für das Böse, das er mir angetan hatte!) genauso schwach, wie ich selber es war. Jetzt begann meine Verwirrung nachzulassen, und ich war recht glücklich, die ganze Demütigung meines Gegners genießen zu können. Nachdem ich diese mit erdenklicher Freude betrachtet und Brahma für seinen mir sichtbar gewährten Schutz gedankt hatte, stand ich rasch auf. In dem Maße, wie meine Sinne sich beruhigten und meine Gedanken klarer wurden, empfand ich meine Schmach immer lebhafter. Wohl zwanzigmal tat ich meine Lippen auf, um den Tollkühnen mit den Vorwürfen zu überhäufen, die er verdient hatte; aber die geheime Verwirrung, der ich noch immer unterworfen war, schloß sie mir stets wieder, und nachdem ich ihn mit all dem Unwillen angeschaut hatte, den sein unverschämtes Vorgehen verdiente, verließ ich ihn jäh. Um Ihnen die Wahrheit zu sagen, war es mir lieber, Schweigen zu bewahren, als auf Einzelheiten einzugehen, die mich hätten erröten und die mich die Schwäche, deren ich mich unmittelbar zuvor fähig gezeigt, hätte fürchten lassen. Das‹, fuhr sie fort, ›ist das einzige Mal gewesen, daß ich mich in jener Gefahr befand, vor der ich stets so große Angst gehabt habe, ehe ich sie kennenlernte, und die ich nur kennengelernt habe, um ihr fortan mit größerer Sorgfalt denn je aus dem Wege zu gehen. Ich glaubte mich sogar um so mehr verpflichtet, sie zu fliehen, als ich nach den Regungen, die ich verspürt hatte, gewiß war, daß ich mehr Neigung zur Liebe besaß, als ich vermutet hatte.‹

›Da sehen Sie‹, sagte jetzt Mokles, ›wie wichtig es ist, seine Seele zu erproben. Aber, da wir gerade dabei sind, wie ist es um die Ihre bestellt? Hat Ihre Erzählung auf Sie tatsächlich den Eindruck gemacht, den Sie befürchteten?‹

›Nun ja‹, antwortete sie und errötete, ›sie ist nicht mehr so ruhig, wie sie es war.‹

›So daß also‹, fuhr er fort, ›wenn sich jetzt ein Verwegener fände, Sie sicherlich ein wenig in Verlegenheit geraten würden?‹

›Oh, sprechen Sie nicht länger davon!‹ rief sie aus. ›Es wäre das größte Unglück, das mir zustoßen könnte!‹

›Ja‹, antwortete er zerstreut, ›das ist leicht zu begreifen.‹

Nach diesen Worten verfiel er in tiefe Grübelei; von Zeit zu Zeit blickte er Almaïde sprachlos an, mit Augen, die seine Begierde und seine Unentschlossenheit spiegelten. Das Geständnis, sie sei verwirrt, das Almaïde ihm soeben abgelegt hatte, gab ihm Mut, aber da ihm in seiner Unerfahrenheit das Wissen, wie er es sich zunutze machen könne, abging, wäre es beinahe umsonst gewesen. Die Art, wie er sich verhalten müsse, um Almaïde vollends zu verführen, war nicht das einzige, worüber er nachgrübelte. Die Erinnerung an seinen bisherigen Lebenswandel hielt ihn zurück, die Vorstellung der Liebeswonnen beherrschte ihn; bald verlockten sie ihn, bald nicht; ich sah ihn abwechselnd bereit, davonzulaufen oder alles zu wagen.

Während er solcherlei Kämpfe ausfocht, befand sich Almaïde in keinem ruhigeren Zustand. Die Erzählung, um die Mokles sie gebeten, hatte alle Wirkungen hervorgerufen, die sie befürchtet hatte. Ihre Augen hatten sich belebt; ein Erröten – ganz anders als das, welches die Scham auslöst –, unterbrochene Seufzer, Unruhe, Sehnsucht, all das zeigte mir besser, als sie es wußte, wie stark die Verwirrung war, der sie anheimgefallen. Voller Ungeduld wartete ich, wie die Situation sich entwickeln würde, auf die zwei so zuchtvolle Menschen sich so unbedacht eingelassen hatten. Eine Zeitlang fürchtete ich sogar, sie würden sich des Irrtums bewußt werden, in den ihre allzu große Selbstsicherheit sie verstrickt hatte, und er werde in tugendgewohnten Herzen nicht eben die Fortschritte machen, die zu wünschen mein Zustand und Brahmas Verheißungen mich zwangen.

Endlich glaubte ich aus Almaïdes und Mokles' Blicken, die mit jeder Sekunde an Scheu einbüßten und an Wollust gewannen, zu erkennen, daß weniger die Angst zu unterliegen, sie hemmte, als die Verlegenheit, wie sie ihre Niederlage herbeiführen sollten. In beiden war die Versuchung gleich stark; beide schienen mir das gleiche Begehren und den gleichen Erkenntnisdrang zu besitzen. Für zwei Menschen, die sich ein wenig in Welt und Leben ausgekannt hätten, wäre diese Lage nicht eben beklemmend gewesen; Almaïde und Mokles nun aber ahnten nicht das mindeste von der Kunst, sich gegenseitig zu helfen; sie wagten es weder, einander anzuvertrauen, wie es um sie bestellt war, noch einander anders als durch noch dazu recht unsichere Blicke die Glut zu bezeigen, die sie in sich brennen fühlten. Auch wenn jeder bei dem anderen die gleichen Gedanken vermutet hätte, wußten sie dann auch, bis zu welchem Grad sie schon verführt waren? Wie schmachvoll wäre es für den gewesen, der als erster gesprochen, wenn er im Herzen des anderen noch Reste der Tugend vorgefunden hätte; und wie hätten sie sich Klarheit schaffen können, da doch alle beide so viele Gründe hatten, das Schweigen nicht zu brechen? Auch wenn man annimmt, Almaïde sei noch schwächer gewesen als Mokles, so wäre sie deshalb nicht minder gezwungen gewesen, auf sein Wort zu warten. Der Sittsamkeit, zu der sie sich von je bekannt, gesellten sich die Scham und die für ihr Geschlecht geltenden Gesetze der Schicklichkeit zu, die ihr nicht erlaubten, ihr Verlangen zu bekunden; und obwohl nicht für jedermann dieses Gesetz unantastbar ist, fürchtete Almaïde, die ganz unerfahren war oder von Natur aus nur wenig zur Galanterie neigte, die Verachtung, die gerechtermaßen mit einem Schritte dieser Art verknüpft ist. Wußte sie überdies, wie Mokles ihn aufnehmen würde? Vielleicht hätte sie sich, wenn sie sicher gewesen wäre, daß er sie zwar verachten, aber dennoch nachgeben würde, darüber hinweggesetzt; aber wenn er es nun einfach bei der Verachtung bewenden ließ?

Denis Diderot
Die Nonne

Ich sah, wie die Zärtlichkeit, die unsere Oberin für mich empfand, mit jedem Tag zunahm. Ich war beständig in ihrer Zelle oder sie in der meinen; bei der kleinsten Unpäßlichkeit verordnete sie mir das Krankenzimmer, dispensierte mich von den Übungen, schickte mich früh ins Bett oder untersagte mir die Frühmette. Auf dem Chor, im Refektorium, während der Rekreation fand sie immer einen Weg, mir Beweise ihrer Freundschaft zu geben. Wenn auf dem Chor ein Vers vorkam, der irgendeine rührende und zärtliche Empfindung ausdrückte, so wandte sie sich mir zu, während sie ihn sang, oder sah mich an, wenn er von einer anderen gesungen wurde. Im Refektorium schickte sie mir immer etwas von dem zu, was man ihr Köstliches auftrug. Während der Rekreation faßte sie mich mitten um den Leib und sagte mir die süßesten und vertraulichsten Dinge. Man machte ihr kein Geschenk, das sie nicht mit mir teilte: Schokolade, Zucker, Kaffee, Liköre, Tabak, Wäsche, Taschentücher, was es immer sein mochte. Sie hatte ihre Zelle von Kupferstichen, Gerätschaften, Möbeln und einer unendlichen Menge angenehmer und zur Bequemlichkeit dienender Dinge entblößt, um meine damit auszuschmücken; kaum konnte ich mich auf einen Augenblick aus meiner Zelle entfernen, ohne daß ich mich bei meiner Rückkunft durch einige Geschenke bereichert fand. Ich ging zu ihr, um ihr meinen Dank abzustatten, und sie hatte eine unaussprechliche Freude daran; sie umarmte mich, liebkoste mich, nahm mich auf ihren Schoß, erzählte mir von den geheimsten Angelegenheiten des Hauses und meinte, wenn ich sie liebte, werde sie ein tausendmal glücklicheres Leben haben, als sie es in der Welt geführt haben würde. Dann hielt sie inne, blickte mich zärtlich an und fragte: »Schwester Susanne, lieben Sie mich?«

»Wie könnte ich Sie nicht lieben? Da müßte ich wirklich ein sehr undankbares Herz haben.«

»Das ist wahr.«

»Sie sind so gütig zu mir.«

»Besser gesagt, ich hab' Sie lieb ...«

Und indem sie das sagte, schlug sie die Augen nieder. Ihre Hand, mit der sie mich umfangen hielt, drückte mich fester, die andere Hand, die sie auf mein Knie gestützt hatte, wurde schwerer, und sie zog mich an sich. Mein Gesicht war auf diese Weise über ihrem; sie seufzte und ließ sich auf dem Stuhl nach hinten sinken. Sie zitterte so, daß man meinen konnte, sie hätte mir etwas anzuvertrauen und brächte es nicht über sich. Sie vergoß Tränen und sagte schließlich: »Ach, Schwester Susanne, Sie lieben mich nicht!«

»Ich liebe Sie nicht, ehrwürdige Mutter?«

»Nein.«

»So sagen Sie mir doch, was ich tun soll, um es Ihnen zu beweisen.«

»Das müssen Sie selber erraten.«

»Ich suche, aber mir fällt nichts ein.«

Unterdessen hatte sie ihr Brusttuch abgenommen und eine meiner Hände auf ihre Brust gelegt. Sie schwieg, ich schwieg auch, und sie schien das größte Vergnügen daran zu empfinden. Sie forderte mich auf, ihr die Stirn, die Wangen, die Augen und den Mund zu küssen, und ich gehorchte ihr. Daran war, glaube ich, nichts Sündhaftes. Doch ihre Lust steigerte sich, und weil ich nichts lieber tat, als auf unschuldige Weise zu ihrem Glück beizutragen, küßte ich ihr noch einmal die Stirn, die Wangen, die Augen und den Mund. Ihre Hand, die sie auf meinem

Knie hatte, glitt nun über meine Kleidung, von den Füßen bis zum Gürtel, und drückte mich bald an dieser, bald an jener Stelle. Mit leiser, ganz veränderter Stimme bat sie mich stammelnd, meine Liebkosungen intensiver fortzusetzen, was ich auch tat. Endlich kam ein Augenblick, da sie vor Lust oder Schmerz, ich könnte es nicht sagen, totenbleich wurde. Ihre Augen schlossen sich, ihr ganzer Körper bäumte sich heftig auf, ihre fest aufeinandergepreßten Lippen waren wie von einem leichten Schaum befeuchtet. Dann öffnete sich ihr Mund halb, und sie schien mit einem tiefen Seufzer zu sterben. Ich stand rasch auf, weil ich glaubte, ihr sei nicht wohl; ich wollte hinauslaufen und Hilfe herbeirufen. Sie öffnete trotz ihrer Schwäche die Augen und sagte mit erloschener Stimme zu mir: »Sie Unschuldslamm! Das hat nichts zu bedeuten. Wo wollen Sie hin? Bleiben Sie...« Ich blickte sie bestürzt an und war unschlüssig, ob ich bleiben oder gehen sollte. Sie machte ihre Augen noch einmal auf, und da sie nicht sprechen konnte, gab sie mir ein Zeichen mit der Hand, ich solle wieder zu ihr kommen und mich auf ihr Knie setzen. Ich weiß nicht, was in mir vorging; ich hatte Angst, ich zitterte, das Herz klopfte mir, ich atmete nur mit Mühe, ich fühlte mich verwirrt, beengt, erregt und furchtsam; ich glaubte, meine Kräfte würden mich verlassen, so daß ich ohnmächtig niedersinken müßte. Dennoch kann ich nicht behaupten, daß ich dieses Gefühl als schmerzlich empfand. Ich ging zu ihr, sie machte noch einmal eine Handbewegung, ich solle mich auf ihre Knie setzen, und ich tat es. Sie war wie tot und ich wie sterbend. Wir blieben beide ziemlich lange in diesem eigenartigen Zustand. Wenn eine Nonne hereingekommen wäre, hätte sie sich gewiß sehr erschrocken; denn sie hätte glauben müssen, wir seien ohnmächtig geworden oder eingeschlafen. Aber die gute Oberin (denn man kann nicht so starke Gefühle haben, ohne gut zu sein) schien endlich wieder zu sich zu kommen. Sie hing immer noch über dem Sessel, und ihre Augen waren geschlossen, doch ihr Gesicht war von frischen Farben belebt. Sie nahm eine meiner Hände und küßte sie, und ich sagte zu ihr: »Ach, ehrwürdige Mutter, wie haben Sie mich erschreckt...« Sie lächelte sanft, ohne die Augen zu öffnen.

»Haben Sie denn keine Schmerzen gehabt?«

»Nein.«

»Ich habe es geglaubt.«

»Das Unschuldslamm! Ach, das süße Unschuldslamm! Wie lieb ich Sie habe!«

Heinrich Heine
Der fliegende Holländer

Die Fabel von dem Fliegenden Holländer ist Euch gewiß bekannt. Es ist die Geschichte von dem verwünschten Schiffe, das nie in den Hafen gelangen kann, und jetzt schon seit undenklicher Zeit auf dem Meere herumfährt. Begegnet es einem anderen Fahrzeuge, so kommen einige von der unheimlichen Mannschaft, in einem Boote, herangefahren, und bitten ein Paket Briefe gefälligst mitzunehmen. Diese Briefe muß man an den Mastbaum festnageln, sonst widerfährt dem Schiffe ein Unglück, besonders wenn keine Bibel an Bord oder kein Hufeisen am Fockmaste befindlich ist. Die Briefe sind immer an Menschen adressiert, die man gar nicht kennt, oder die längst verstorben, so daß zuweilen der späte Enkel einen Liebesbrief in Empfang nimmt, der an seine Urgroßmutter gerichtet ist, die schon seit hundert Jahr im Grabe liegt. Jenes hölzerne Gespenst, jenes grauenhafte Schiff, führt seinen Namen von seinem Kapitän, einem Holländer, der einst bei allen Teufeln geschworen, daß er irgendein Vorgebirge, dessen Namen mir entfallen, trotz des heftigsten Sturms, der eben wehte, umschiffen wolle, und sollte er auch bis zum Jüngsten Tage segeln müssen. Der Teufel hat ihn beim Wort gefaßt, er muß bis zum Jüngsten Tage auf dem Meere herumirren, es sei denn, daß er durch die Treue eines Weibes erlöst werde. Der Teufel, dumm wie er ist, glaubt nicht an Weibertreue, und erlaubte daher dem verwünschten Kapitän alle sieben Jahr einmal ans Land zu steigen, und zu heuraten, und bei dieser Gelegenheit seine Erlösung zu betreiben. Armer Holländer! Er ist oft froh genug von der Ehe selbst wieder erlöst und seine Erlöserin loszuwerden, und er begibt sich dann wieder an Bord.

Auf diese Fabel gründete sich das Stück, das ich im Theater zu Amsterdam gesehen. Es sind wieder sieben Jahr verflossen, der arme Holländer ist des endlosen Umherirrens müder als jemals, steigt ans Land, schließt Freundschaft mit einem schottischen Kaufmann, dem er begegnet, verkauft ihm Diamanten zu spottwohlfeilem Preise, und wie er hört, daß sein Kunde eine schöne Tochter besitzt, verlangt er sie zur Gemahlin. Auch dieser Handel wird abgeschlossen. Nun sehen wir das Haus des Schotten, das Mädchen erwartet den Bräutigam, zagen Herzens. Sie schaut oft mit Wehmut nach einem großen verwitterten Gemälde, welches in der Stube hängt und einen schönen Mann in spanisch niederländischer Tracht darstellt; es ist ein altes Erbstück und nach der Aussage der Großmutter ist es ein getreues Konterfei des Fliegenden Holländers, wie man ihn vor hundert Jahr in Schottland gesehen, zur Zeit König Wilhelms von Oranien. Auch ist mit diesem Gemälde eine überlieferte Warnung verknüpft, daß die Frauen der Familie sich vor dem Originale hüten sollten. Eben deshalb hat das Mädchen, von Kind auf, sich die Züge des gefährlichen Mannes ins Herz geprägt. Wenn nun der wirkliche Fliegende Holländer leibhaftig hereintritt, erschrickt das Mädchen; aber nicht aus Furcht. Auch jener ist betroffen bei dem Anblick des Porträts. Als man ihm bedeutet, wen es vorstelle, weiß er jedoch jeden Argwohn von sich fernzuhalten; er lacht über den Aberglauben, er spöttelt selber über den Fliegenden Holländer den ewigen Juden des Ozeans; jedoch unwillkürlich in einen wehmütigen Ton übergehend, schildert er, wie Mynheer auf der unermeßlichen Wasserwüste die unerhörtesten Leiden erdulden müsse, wie sein Leib nichts anders sei als ein Sarg von Fleisch, worin seine Seele sich langweilt, wie das Leben ihn von sich stößt und auch der Tod ihn abweist: gleich einer leeren Tonne, die sich die

Wellen einander zuwerfen und sich spottend einander zurückwerfen, so werde der arme Holländer zwischen Tod und Leben hin und her geschleudert, keins von beiden wolle ihn behalten; sein Schmerz sei tief wie das Meer, worauf er herumschwimmt, sein Schiff sei ohne Anker und sein Herz ohne Hoffnung.

Ich glaube dieses waren ungefähr die Worte womit der Bräutigam schließt. Die Braut betrachtet ihn ernsthaft und wirft manchmal Seitenblicke nach seinem Konterfei. Es ist als ob sie sein Geheimnis erraten habe, und wenn er nachher fragt: Katharina, willst du mir treu sein? antwortet sie entschlossen: Treu bis in den Tod.

Bei dieser Stelle, erinnere ich mich, hörte ich lachen, und dieses Lachen kam nicht von unten, aus der Hölle, sondern von oben, vom Paradiese. Als ich hinaufschaute, erblickte ich eine wunderschöne Eva, die mich mit ihren großen blauen Augen verführerisch ansah. Ihr Arm hing über der Galerie herab, und in der Hand hielt sie einen Apfel, oder vielmehr eine Apfelsine. Statt mir aber symbolisch die Hälfte anzubieten, warf sie mir bloß metaphorisch die Schalen auf den Kopf. War es Absicht oder Zufall? Das wollte ich wissen. Ich war aber, als ich ins Paradies hinaufstieg, um die Bekanntschaft fortzusetzen, nicht wenig befremdet, ein weißes sanftes Mädchen zu finden, eine überaus weiblich weiche Gestalt, nicht schmächtig aber doch kristallig zart, ein Bild häuslicher Zucht und beglückender Holdseligkeit. Nur um die linke Oberlippe zog sich etwas, oder vielmehr ringelte sich etwas, wie das Schwänzchen einer fortschlüpfenden Eidechse. Es war ein geheimnisvoller Zug, wie man ihn just nicht bei den reinen Engeln, aber auch nicht bei häßlichen Teufeln zu finden pflegt. Dieser Zug bedeutete weder das Gute noch das Böse, sondern bloß ein schlimmes Wissen; es ist ein Lächeln welches vergiftet worden von jenem Apfel der Erkenntnis, den der Mund genossen. Wenn ich diesen Zug auf weichen vollrosigen Mädchenlippen sehe, dann fühl ich in den eigenen Lippen ein krampfhaftes Zucken, ein zuckendes Verlangen jene Lippen zu küssen; es ist Wahlverwandtschaft.

Ich flüsterte daher dem schönen Mädchen ins Ohr: Juffrow! ich will deinen Mund küssen.

Bei Gott, Mynheer, das ist ein guter Gedanke! war die Antwort, die hastig und mit entzückendem Wohllaut aus dem Herzen hervorklang.

Aber nein – die ganze Geschichte, die ich hier zu erzählen dachte, und wozu der Fliegende Holländer nur als Rahmen dienen sollte, will ich jetzt unterdrücken. Ich räche mich dadurch an die Prüden, die dergleichen Geschichten mit Wonne einschlürfen, und bis an den Nabel, ja noch tiefer, davon entzückt sind, und nachher den Erzähler schelten, und in Gesellschaft über ihn die Nase rümpfen, und ihn als unmoralisch verschreien. Es ist eine gute Geschichte, köstlich wie eingemachte Ananas, oder wie frischer Kaviar, oder wie Trüffel in Burgunder, und wäre eine angenehme Lektüre nach der Betstunde; aber aus Ranküne, zur Strafe für frühere Unbill, will ich sie unterdrücken. Ich mache daher hier einen langen Gedankenstrich –

Dieser Strich bedeutet ein schwarzes Sofa, und darauf passierte die Geschichte, die ich nicht erzähle. Der Unschuldige muß mit dem Schuldigen leiden, und manche gute Seele schaut mich jetzt an mit einem bittenden Blick. Je nun, diesen Besseren will ich im Vertrauen gestehn, daß ich noch nie so wild geküßt worden, wie von jener holländischen Blondine, und daß diese das Vorurteil, welches ich bisher gegen blonde Haare und blaue Augen hegte, aufs siegreichste zerstört hat. Jetzt erst begriff ich, warum ein englischer Dichter solche Damen mit gefrorenem Champagner verglichen hat. In der eisigen Hülle lauert der heißeste Extrakt. Es gibt nichts Pikanteres als der Kontrast jener äußeren Kälte und der inneren Glut, die bacchantisch emporlodert und den glücklichen Zecher unwiderstehlich berauscht. Ja, weit mehr als in Brünetten, zehrt der Sinnenbrand in manchen scheinstillen Heiligenbildern, mit goldenem Glorienhaar und blauen Himmelsaugen und frommen Lilienhänden. Ich weiß eine Blondine aus einem der besten niederländischen Häuser, die zuweilen ihr schönes Schloß am Zuidersee verließ, und inkognito nach Amsterdam und dort ins Theater ging, jedem der ihr gefiel Apfelsinenschalen auf den Kopf warf, zuweilen gar in Matrosenherbergen die wüsten Nächte zubrachte, eine holländische Messaline.

– – Als ich ins Theater noch einmal zurückkehrte, kam ich eben zur letzten Szene des Stücks, wo auf einer hohen Meerklippe das Weib des Fliegenden Holländers, die Frau Fliegende Holländerin, verzweiflungsvoll die Hände ringt, während auf dem Meere, auf dem Verdeck seines unheimlichen Schiffes, ihr unglücklicher Gemahl zu schauen ist. Er liebt sie und will sie verlassen, um sie nicht ins Verderben zu ziehen, und er gesteht ihr sein grauenhaftes Schicksal, und den schrecklichen Fluch, der auf ihm lastet. Sie aber ruft mit lauter Stimme: Ich war dir treu bis zu dieser Stunde, und ich weiß ein sicheres Mittel wodurch ich dir meine Treue erhalte bis in den Tod!

Bei diesen Worten stürzt sich das treue Weib ins Meer, und nun ist auch die Verwünschung des Fliegenden Holländers zu Ende, er ist erlöst, und wir sehen wie das gespenstische Schiff in den Abgrund des Meeres versinkt.

Die Moral des Stückes ist für die Frauen, daß sie sich in acht nehmen müssen, keinen Fliegenden Holländer zu heuraten; und wir Männer ersehen aus diesem Stücke, wie wir durch die Weiber, im günstigsten Falle, zugrunde gehn.

Gustave Flaubert
Wilde Kutschenfahrt

Am nächsten Tag stand Léon trällernd am offenen Balkonfenster und wichste eigenhändig seine Tanzschuhe mehrmals hintereinander. Er zog eine weiße Hose an, feine Socken, einen grünen Rock und schüttete auf sein Taschentuch alles, was er an Duftwässern besaß, dann, nachdem er sich das Haar hatte kräuseln lassen, brachte er es wieder in Unordnung, um seiner Frisur mehr natürliche Eleganz zu verleihen.

Es ist noch zu früh! dachte er nach einem Blick auf die Kuckucksuhr des Perückenmachers, die neun Uhr anzeigte.

Er las ein altes Modejournal, trat hinaus, rauchte eine Zigarre, ging drei Straßen entlang, und als er dachte, daß es nun an der Zeit sei, steuerte er langsam dem Platz Notre Dame zu.

Es war ein schöner Sommermorgen. Silberne Geräte schimmerten in den Läden der Goldschmiede, und das auf die Kathedrale einfallende Licht brachte die Bruchflächen der grauen Steine zum Blitzen; eine Vogelgesellschaft kreiste im blauen Himmel um die Türmchen mit den Dreipaßfenstern; der von Geschrei widerhallende Platz duftete nach den Blumen, Rosen, Jasmin, Nelken, Narzissen und Tuberosen, deren in ungleichen Abständen von saftigem Gras, Katzenminze und Vogelmiere unterbrochene Beete ihn umrandeten; und zwischen Pyramiden von Wassermelonen wickelten unter breiten Schirmen barhäuptige Marktfrauen Veilchensträuße in Papier.

Der junge Mann kaufte ein Bukett. Es war das erste Mal, daß er für eine Frau Blumen kaufte, und als er an ihnen roch, schwoll seine Brust vor Stolz, so als ob die

Huldigung, die er einer anderen darbringen wollte, auf ihn zurückfiele.

Er fürchtete jedoch, gesehen zu werden und trat entschlossen in die Kirche.

Mitten auf der Schwelle des linken Portals, unter der *tanzenden Marianne*, stand der Schweizer, Federhut auf dem Kopf, Degen an der Seite, Stab in der Faust, majestätischer als ein Kardinal und glänzender als ein Hostienkelch.

Er näherte sich Léon und sagte mit jenem Lächeln honigsüßer Harmlosigkeit, das die Geistlichen aufsetzen, wenn sie Kindern Fragen stellen:

»Monsieur ist wohl nicht von hier? Wünscht Monsieur die Sehenswürdigkeiten der Kirche zu besichtigen?«

»Nein«, sagte der andere.

Und er machte zuerst einen Rundgang durch die Seitenschiffe. Dann schaute er über den Platz. Emma kam nicht. Er ging wieder bis zum Chor.

Mit dem unteren Teil der Spitzbogen und einigen Fensterabschnitten spiegelte sich das Schiff in den vollen Weihwasserbecken. Der Widerschein der Glasmalereien aber brach sich am Rand des Marmors und setzte sich auf den Steinfliesen wie ein bunter Teppich fort. In drei gewaltigen Strahlen drang das helle Tageslicht durch die drei offenen Portale in die Kirche. Dann und wann ging hinten ein Küster vorbei und machte vor dem Altar die seitliche Kniebeuge der Frommen, die in Eile sind. Die Kristallüster hingen unbewegt herab. Im Chor brannte eine silberne Lampe; und aus den Seitenkapellen, den dunklen Teilen der Kirche, drang manchmal etwas wie Seufzen, zusammen mit dem Geräusch eines zufallenden Gitters, dessen Echo in den hohen Gewölben widerhallte.

Gemächlichen Schrittes ging Léon an den Mauern entlang. Nie war ihm das Leben so schön erschienen. Gleich würde sie kommen, bezaubernd, lebhaft, der Blicke gewiß, die ihr folgten – in ihrem mit Volants besetzten Kleid, mit ihrem goldenen Lorgnon, in ihren dünnen Stiefelchen, ausgestattet mit vielerlei Köstlichkeiten, die er nie gekostet hatte, und der unsäglichen Verführungskraft der erliegenden Tugend. Gleich einem gigantischen Boudoir würde sich die Kirche um sie herum ordnen, die Gewölbe würden sich senken, um im Dunkel die Beichte ihrer Liebe zu empfangen, die Fenster glänzen, um ihr Gesicht zu beleuchten, und die Weihrauchfässer würden brennen, auf daß sie wie ein Engel in einer Wolke von Wohlgerüchen erschiene.

Doch sie kam nicht. Er setzte sich auf einen Stuhl, und seine Augen begegneten einer blauen Glasscheibe, auf der Körbe tragende Schiffer zu sehen sind. Er betrachtete sie lange aufmerksam und zählte die Schuppen der Fische und die Knopflöcher der Wämser, während seine Gedanken auf der Suche nach Emma umherirrten.

Der abseits stehende Schweizer ärgerte sich im stillen über dieses Subjekt, das es sich herausnahm, die Kathedrale allein zu bewundern. Er fand sein Benehmen ungeheuerlich, fand, daß es ihn gewissermaßen bestahl und nahezu ein Sakrileg beging.

Doch da, ein seidiges Rascheln auf den Fliesen, der Rand eines Huts, ein schwarzer Umhang... Sie war es! Léon stand auf und eilte ihr entgegen.

Emma war blaß und kam rasch auf ihn zu.

»Lesen Sie!« sagte sie und reichte ihm ein Papier... »O nein!«

Und sie zog brüsk ihre Hand zurück und trat in die Marienkapelle, wo sie sich auf einen Betschemel kniete und zu beten begann.

Den jungen Mann ärgerte die bigotte Laune, dann

empfand er es als doch reizvoll, sie mitten in einem Rendezvous in Anbetung versunken zu sehen wie eine andalusische Marquise, schließlich aber langweilte er sich, denn sie fand kein Ende.

Emma betete, vielmehr bemühte sie sich zu beten, in der Hoffnung, der Himmel werde ihr einen plötzlichen Entschluß eingeben, und um den göttlichen Beistand herbeizulocken, füllte sie sich die Augen mit dem Glanz des Tabernakels, atmete den Duft der in großen Vasen stehenden voll erblühten weißen Nachtviolen ein und lauschte der Stille der Kirche, die den Aufruhr ihres Herzens nur steigerte.

Sie erhob sich wieder, und beide waren im Begriff zu gehen, als der Schweizer rasch herankam und sagte:

»Madame ist wohl nicht von hier? Wünscht Madame die Sehenswürdigkeiten der Kirche zu besichtigen?«

»Aber nein!« rief der Kanzlist aus.

»Warum nicht?« entgegnete sie.

Denn ihre schwankende Tugend klammerte sich an die heilige Jungfrau, an die Skulpturen, die Grabsteine, an alles, was sich bot.

Um *der Reihe nach* vorzugehen, führte der Schweizer die beiden daraufhin zum Eingang zurück, an eine Stelle in der Nähe des Platzes, und wies mit seinem Stab auf ein großes Rund von schwarzen Fliesen, das weder Inschrift noch Verzierungen zeigte.

»Dies hier«, sprach er majestätisch, »ist der Umfang der schönen Glocke von Amboise. Sie wog vierzigtausend Pfund und hatte in ganz Europa nicht ihresgleichen. Der Handwerker, der sie gegossen hat, ist vor Freude darüber gestorben ... «

»Gehen wir weiter«, sagte Léon.

Der gute Mann setzte sich wieder in Bewegung; dann, erneut bei der Marienkapelle angekommen, streckte er mit umfassender, demonstrativer Gebärde die Arme aus und sagte, stolzer als ein Gutsbesitzer, der seine Spaliere zeigt:

»Diese einfache Steinplatte bedeckt Pierre de Brézé, Grundherr von Varenne und Brissac, Großmarschall von Poitou und Statthalter der Normandie, gefallen in der Schlacht von Montlhéry, am 16. Juli 1465.«

Léon biß sich auf die Lippen und trat von einem Fuß auf den anderen.

»Und rechts dieser Ritter im Harnisch auf dem sich bäumenden Pferd ist sein Enkel Louis de Brézé, Grundherr von Breval und Montchauvet, Graf de Maulevrier, Baron de Mauny, Kammerherr des Königs, Ordensritter und ebenfalls Statthalter der Normandie, gestorben am 23. Juli 1531, einem Sonntag, wie die Inschrift besagt, und der Mann darunter, der sich anschickt, ins Grab zu steigen, stellt Ihnen gleichfalls den nämlichen dar. Ist es nicht schlechterdings unmöglich, eine vollkommenere Darstellung des Nichts zu finden?«

Madame Bovary nahm ihr Lorgnon. Léon sah sie regungslos an, und er versuchte nicht einmal mehr, auch nur ein einziges Wort zu sagen, eine einzige Bewegung zu machen, so sehr fühlte er sich von dieser doppelten Unvermeidbarkeit von Geschwätz und Gleichgültigkeit entmutigt.

Der unermüdliche Führer fuhr fort:

»Die kniende Frau ihm zur Seiten, die weint, ist seine Gemahlin Diane de Poitiers, Gräfin de Brézé, Herzogin de Valentinois, geboren 1499, gestorben 1566, und die links davon, die ein Kind auf dem Arm hat, ist die heilige Jungfrau. Nun wenden Sie sich bitte hierhin: das sind die Gräber derer von Amboise. Beide sind Kardinäle und Erzbischöfe gewesen. Dieser da war ein Minister König Louis XII. Er hat der Kathedrale viel Gutes getan. In seinem Testament hat er den Armen dreißigtausend Goldtaler vermacht.«

Und ohne abzusetzen, drängte er sie weiterschwatzend in eine Kapelle, die mit Geländern vollgestellt war, schob einige beiseite und machte so eine Art Block frei, der eine schlecht ausgeführte Statue gewesen sein mochte.

»Sie zierte einst«, sagte er mit einem langen Seufzer, »das Grab des Richard Löwenherz, des Königs von England und Herzogs der Normannen. Es waren die Kalvinisten, Monsieur, die sie so zugerichtet haben. Aus purer Bosheit hatten sie sie unter dem Bischofssitz des hochwürdigsten Herrn vergraben. Da sehen Sie, das ist die Tür, durch welche der hochwürdigste Herr sich in seine Gemächer zu begeben pflegt. Gehen wir nun zu den Kirchenfenstern von Gargouille.«

Doch Léon zog flugs ein Silberstück aus der Tasche und faßte Emma beim Arm. Der Schweizer war verblüfft, er begriff die Großzügigkeit nicht: sie war ungerechtfertigt, da es für den Fremden doch noch so viel zu besichtigen gab. Er rief ihm denn auch nach:

»Oh, aber Monsieur! Der Turm! der Vierungsturm! . . .«

»Danke«, sagte Léon.

»Monsieur sollte ihn sich nicht entgehen lassen! Er ist einhundertundvierzig Fuß hoch, neun weniger als die große Pyramide von Ägypten. Er ist ganz aus Gußeisen, er . . . «

Léon lief davon, denn ihm war, als ob seine Liebe, die seit der bald zwei Stunden in der Kirche bewegungslos geworden war wie die Steinquadern, sich nun wie ein Rauch verflüchtigen werde durch diese Art stumpfe Röhre, länglichen Käfig, durchbrochenen Kamin, der sich als groteskes Wagestück auf der Kathedrale ausnahm, wie der verstiegene Einfall eines eigenwilligen Kesselschmieds.

»Wohin gehen wir denn nun?« fragte sie.

Er schritt rasch weiter, ohne zu antworten, und Madame Bovary tauchte schon den Finger ins Weihwasser, als sie hinter sich ein regelmäßig vom Aufsetzen eines Stabs unterbrochenes schweres Keuchen vernahmen. Léon drehte sich um.

»Monsieur!«

»Was ist?«

Und er erkannte den Schweizer, der etwa zwanzig dicke broschierte Bücher mit dem Arm an den Leib gepreßt hielt. Es waren die Werke, die *von der Kathedrale handelten.*

»Dummkopf!« brummte Léon und stürzte aus der Kirche.

Ein Junge trieb sich auf dem Vorplatz herum.

»Geh, hol mir eine Droschke!«

Das Kind schoß wie eine Kugel durch die rue des Quatre-Vents davon; sie blieben deshalb einige Minuten allein, Auge in Auge und ein wenig verlegen.

»Oh! Léon! ... Wirklich ... ich weiß nicht ... ob ich ...«

Sie zierte sich. Dann sagte sie mit ernster Miene:

»Das ist sehr unschicklich, wissen Sie.«

»Inwiefern?« entgegnete der Kanzlist. »In Paris ist das üblich.«

Und dieses Wort gab für sie gleich einem unumstößlichen Argument den Ausschlag.

Die Droschke kam jedoch nicht. Léon fürchtete, daß Emma wieder in die Kirche gehen würde. Endlich erschien die Droschke.

»Treten Sie wenigstens durch das Nordportal hinaus!« rief der Schweizer, der beim Eingang stehengeblieben war, ihnen zu, »damit Sie die *Auferstehung* sehen, das *Jüngste Gericht*, das *Paradies*, den *König David* und die *Verdammten* in den Flammen der Hölle.«

»Wohin wünscht Monsieur zu fahren?« fragte der Kutscher.

»Wohin Sie wollen!« sagte Léon und schob Emma in den Wagen.

Und das schwerfällige Gefährt setzte sich in Bewegung.

Es fuhr durch die rue Grand-Pont, überquerte die Place des Arts, den Quai Napoléon, den Pont Neuf und blieb mit einem Ruck vor der Statue Pierre Corneilles stehen.

»Weiterfahren!« befahl eine Stimme aus dem Inneren. Der Wagen fuhr wieder an, geriet an der Kreuzung La Fayette durch das Gefälle in schnellere Fahrt und bog im Galopp in den Bahnhof ein. »Nein, geradeaus!« rief dieselbe Stimme.

Die Droschke verließ die Gitterabsperrung und fuhr, auf dem Ring angelangt, alsbald in gemächlichem Trab unter großen Ulmen dahin. Der Kutscher trocknete sich die Stirn, klemmte sich seinen Lederhut zwischen die Beine und lenkte den Wagen aus den Seitenalleen hinaus zu den Wiesen am Rand des Wassers.

Er fuhr über den trockenen Kies des Treidelwegs am Fluß entlang und bis über die Inseln hinaus nach Oyssel zu.

Doch plötzlich stürmte er los, in einem Anlauf durch Quatremares, Sotteville, die Grande-Chaussée und die rue d'Elbœuf und hielt vor dem Jardin des Plantes zum dritten Mal.

»Fahren Sie doch!« rief die Stimme nun wütender.

Und sofort setzte er sich wieder in Bewegung und fuhr durch Saint-Sever, über den Quai des Curandiers, den Quai aux Meules, abermals über die Brücke, die Place du Champ-de-Mars und hinter den Gärten des Spitals vorbei, wo alte Männer in schwarzen Jacken auf einer efeubewachsenen Terrasse in der Sonne spazierengingen. Er fuhr über den Boulevard Bouvreuil, den Boulevard Chauchoise, dann den ganzen Mont Riboudet entlang bis zur Anhöhe von Deville.

Er kehrte wieder um, und fuhr jetzt ohne Plan und Ziel aufs Geratewohl drauflos. Man sah ihn in Saint-Pol, in Lescure, am Mont Gargan, an der Rouge-Mare und auf der Place du Gaillardbois, in der rue Maladrerie, der rue Dinanderie, vor Saint-Romain, Saint-Vivien, Saint-Maclou, Saint-Nicaise – vor dem Zollamt –, bei der Basse-Vieille-Tour, den Trois-Pipes und am Cimetière Monumental. Von Zeit zu Zeit warf der Kutscher von seinem Bock aus den Kneipen verzweifelte Blicke zu. Er verstand nicht, welche Fortbewegungswut diese Individuen dazu trieb, nicht mehr anhalten zu wollen. Er versuchte es einige Male und hörte dann sofort hinter sich zornige Ausrufe losgehen. Dann schlug er noch ärger auf seine schweißbedeckten Gäule ein, aber achtete nicht mehr auf die Unebenheiten des Wegs, kümmerte sich nicht mehr darum, wenn er da und dort anstieß, mutlos und fast weinend vor Durst, Ermüdung und Traurigkeit.

Und am Hafen zwischen Wagen und Karren, und auf den Straßen in den Winkeln der Toreinfahrten sperrten die Bürger vor Staunen die Augen auf beim Anblick dieses in der Provinz so ungewöhnlichen Dings, eines Wagens mit zugezogenen Vorhängen, der so immer wieder erschien, verschlossener als ein Grab und schwankend wie ein Schiff.

Einmal, um die Mittagszeit, mitten auf dem Feld, als die Sonne am heißesten auf die alten versilberten Wagenlaternen brannte, streckte sich unter den kleinen gelben Leinwandgardinen eine bloße Hand hervor und warf Papierschnitzel hinaus, die im Wind davonflatterten und sich ein wenig weiter gleich weißen Schmetterlingen auf einem rotblühenden Kleefeld niederließen.

Dann, gegen sechs Uhr, hielt der Wagen in einer Gasse des Beauvoisine-Viertels, und eine Frau stieg aus. Sie hatte den Schleier über das Gesicht gezogen und ging, ohne sich umzusehen, davon.

James Joyce
Das Feuerwerk

Kanonikus O'Hanlon stellte das Gesegnete Sakrament zurück in das Tabernakel, und der Chor sang *Laudate Dominum omnes gentes*, und dann verschloß er die Tabernakeltür, weil der Segen vorbei war, und Pater Conroy reichte ihm seinen Hut zum Aufsetzen, und das Luder Edy fragte, ob sie nicht mitkäme, aber da rief Jacky Caffrey laut:

– Oh, kuck doch mal da, Cissy!

Und sie blickten alle auf, ob das wohl Wetterleuchten wäre dort, aber Tommy sah es auch, drüben über den Bäumen neben der Kirche, blau und dann grün und purpurn.

– Es ist ein Feuerwerk, sagte Cissy Caffrey.

Und sie alle rannten hinunter zum Strand, um über die Häuser zu schauen und die Kirche, holterdipolter, Edy mit dem Kinderwagen und Baby Boardman darin, Cissy mit Tommy und Jacky an der Hand, damit sie nicht hinfielen beim Laufen.

– Komm doch mit, Gerty, rief Cissy. Es ist das Basar-Feuerwerk!

Doch Gerty war diamantenhart. Sie hatte nicht die Absicht, nach der beiden Pfeife zu tanzen. Wenn die wie die Irren rannten, dann konnte sie sitzen bleiben, und so sagte sie, daß sie ganz gut sehen könnte von da, wo sie war. Die Augen, die auf sie geheftet waren, ließen ihre Pulse summen. Sie sah ihn einen Moment an und begegnete seinem Blick, und ein Licht brach über sie herein. Weißheiße Leidenschaft war in jenem Gesicht, Leidenschaft, so schweigend wie das Grab, und diese Leidenschaft hatte sie zu der seinen gemacht. Endlich waren sie allein, ohne die andern, die immer nur spähten und anzügliche Bemerkungen machten, und sie wußte, er verdiente Vertrauen bis in den Tod, unerschütterlich, ein echter rechter Mann, ein Mann von unbeugsamer Ehre bis in die Fingerspitzen. Seine Hände und sein Gesicht arbeiteten, und bei diesem Anblick überlief sie ein Zittern. Sie lehnte sich weit zurück, um hinaufzublicken, wo das Feuerwerk war, und sie umschlang ihr Knie mit den Händen, damit sie nicht umfiel nach hinten beim Aufblicken, und es war ja auch niemand da, der hinsehen konnte, nur er, und sie, als sie nun ganz ihre anmutigen schöngeformten Beine enthüllte, geschmeidig weich und zart gerundet, und es war ihr, als höre sie das Klopfen seines Herzens, sein heiseres Atmen, denn sie wußte von der Leidenschaft solcher Männer, solch heißblütiger Männer, weil Bertha Supple ihr einmal unter dem Siegel der Verschwiegenheit und sie mußte schwören daß sie niemals von dem Herrn erzählt hatte der zur Untermiete bei ihnen wohnte aus dem Congested Districts Board daß er sich Bilder ausgeschnitten hätte aus Zeitungen von diesen Serpentintänzerinnen und so welchen die beim Tanzen die Beine ganz hoch schmissen und sie sagte er hätte dann immer etwas gar nicht Schönes gemacht was sie sich wohl denken könnte manchmal in seinem Bett. Aber dies hier war doch etwas ganz ganz anderes weil ja ein großer Unterschied dabei war eben weil sie fast fühlen konnte wie er ihr Gesicht zu dem seinen hinüberzog und die erste schnelle heiße Berührung seiner schönen Lippen. Im übrigen bekam man ja auch die Absolution solange man nicht das andere tat bevor man verheiratet war und eigentlich sollte es doch weibliche Priester geben die verstanden auch ohne daß man ihnen lange erzählen mußte und auch Cissy Caffrey hatte ja manchmal diese träumerische Art von träumerischem Blick in den Augen so daß sie wohl ebenfalls, ach du lieber Gott, und Winny Rippington war ja wie versessen auf Schauspieler-Photographien und außerdem war es wegen dem andern was da am kommen war jetzt.

Und Jacky Caffrey schrie, sie sollte doch kucken, da wäre schon wieder eine, und sie lehnte sich zurück, und die Strumpfbänder waren blau, richtig passend, wegen den Durchsichtigen, und alle sahen sie hinauf und schrien, kuckt doch, kuckt doch mal, da, und sie lehnte sich noch weiter zurück, um das Feuerwerk zu sehen, und etwas Seltsames flog herum durch die Luft, ein weiches Etwas, dunkel her und hin. Und sie sah eine lange Leuchtkugelröhre aufsteigen über den Bäumen, hoch, hoch hinauf, und in der gespannten Stille waren sie alle atemlos vor Erregung, wie sie da höher stieg und immer höher, und sie mußte sich weiter und immer weiter zurücklehnen, um ihr nachzusehen dort oben, hoch, hoch, außer Sichtweite fast, und ihr Gesicht ward von einer göttlichen schier die Sinne benehmenden Röte überflutet vor lauter angestrengtem Zurücklehnen, und er konnte nun auch ihre anderen Sachen alle sehen, die Kniehöschen aus Nainsook, dem hautsympathischen Gewebe, die viel besser waren als die andern Schlüpfer, die grünen, für vierelf, weil sie nämlich weiß waren, und sie ließ ihn, und sie sah, daß er sah, und dann stiegs so hoch, daß es einen Augenblick lang ganz außer Sicht geriet, und sie zitterte an allen Gliedern, weil sie so weit zurückgebeugt war, und er hatte freien Blick voll hoch hinauf über ihr Knie, so weit wie noch keiner, nicht einmal in der Schaukel oder beim Waten, und sie schämte sich nicht und er ebenfalls nicht, in so unanständiger Weise so hinzusehen, weil er dem Anblick der wundervollen Enthüllung nicht zu widerstehen vermochte, die sich ihm halb bot wie bei diesen Serpentintänzerinnen, die sich so unanständig aufführten vor zukuckenden Herren, und er sah weiter herüber und immer weiter. Sie hätte gern nach ihm geschrien, erstik-

6. »*An jenem Tage lasen wir nicht mehr*«:
»*Paolo und Francesca*« *von Dominique Ingres, 1819*

kend fast, hätte gern die schneeigen schlanken Arme ausgestreckt nach ihm, daß er käme, daß sie seine Lippen auf ihrer weißen Stirne fühlte, eines jungen Mädchens Liebesschrei, einen kleinen unterdrückten Schrei, der sich ihr entrungen, jenen Schrei, der geklungen ist durch die Zeitalter alle. Und dann sprang eine Rakete hoch und schoß peng blind und O! dann barst die Leuchtkugelröhre auseinander und es war wie ein seufzendes O! und alles schrie O! und O! in Verzückung und es ergoß sich daraus ein Strom goldregnender Haarfäden und sie schimmerten auseinander und ah! da warens auf einmal lauter grünliche tauige Sterne die niederfielen mit güldenen, O so lebendig! O so sanft, süß, sanft!

Dann schmolz alles tauig dahin in der grauen Luft: alles war still. Ah! Und sie blickte hinüber zu ihm, als sie sich nun vorbeugte, schnell, mit einem rührenden kleinen Blick des kläglichen Protests, des scheuen Vorwurfs, unter dem er rot wurde wie ein Mädchen. Er hatte sich wieder zurückgelehnt an den Felsen hinter sich. Leopold Bloom (denn er ist es) steht still, gebeugten Haupts vor jenen arglosen jungen Augen. Welch ein Unhold war er gewesen! Wieder das alte Lied? Eine schöne lautere Seele hatte ihn gerufen, und wie hatte er, der Elende, geantwortet? Ein ganz gemeiner Kerl war er gewesen. Ausgerechnet er! Aber es lag eine unendliche Fülle von Erbarmen in jenen Augen, und so winkte auch ihm wohl ein Wort der Verzeihung, selbst wenn er ein Sünder war und in die Irre gegangen und ruhelos gewandert. Würde ein Mädchen etwas weitersagen? Nein, nein und tausendmal nein. Es war ihrer beider Geheimnis, einzig ihrs, die sie allein waren im verbergenden Dämmerlicht, und keiner war da, der es wußte oder erzählen konnte, außer der kleinen Fledermaus, die so sanft durch den Abend flog, her und hin, und kleine Fledermäuse, die plaudern nicht.

Robert Walser
Das Eisenbahn-Abenteuer

Einmal machte ich eine Eisenbahnfahrt, wobei ich ganz allein in einem Wagenabteil saß wie der gedankenreiche Eremit in seiner schweigsamen, weltabgelegenen Klause. Auf irgendeiner Station hielt der Zug an, die Türe wurde mit beamtenhafter Schroffheit aufgerissen, und zu mir hinein in das sonderbare, auf Rädern gestellte Zimmer stieg eine Frau. Es war mir nicht anders, als wenn der Sonnenschein ins nächtlich-schwärzliche Kupee einstiege, so hell mutete mich die liebe frauliche Erscheinung an, die wie auf Besuch zu mir kam. Freundlich sagte sie guten Abend. Wer als ich war glücklicher darüber? Der Zug setzte sich alsbald wieder in Bewegung, und hinaus in die Nacht und ins unbekannte Land wurde die Kammer getragen, in welcher nun zwei Personen saßen, die sich gegenseitig freundlich anschauten. Ein Lächeln ergab ein Wort, und indes die Räder fleißig fort und fortrasselten, hatte ich wie ein Schelm und Dieb die passende Gelegenheit wahrgenommen, saß schon an ihrer Seite und legte den Arm um ihre reizende Figur. Emsig arbeiteten die Räder, und Gegenden, die ich nicht kannte, flogen draußen in der stillen Mitternacht an uns beiden glücklichen Leuten vorüber. Emsig arbeitete ich mit meinen Lippen auf den ihrigen, die köstlich waren, wie Lippen eines Kindes. Ein Kuß lockte den andern hervor, ein Kuß folgte auf den andern. Ich ließ mir bei dem süßen Geschäft so recht Zeit, und da wurde ich zum Künstler im Küssen, zum Künstler in der Liebkosung. O wie die Liebe, die Süße lächelte mit dem schönen Mund und mit den schönen dunklen Augen, welche, indem sie in die meinigen schauten, mich küßten. Paradieseslüsternheit lag auf ihren Lippen, und Paradieseslust glänzte ihr aus den Augen. Ich unterdessen hatte es so recht schön gelernt, wie man es anstellen muß, um dem Kuß den höchsten Reiz abzugewinnen und ihm die tiefste Wonne mitzugeben. Unter unserem lusterfüllten Liebesgemach rasselten immerfort die Räder, und der Zug sauste durch die Länder, und wir zwei hielten uns umschlungen wie die Seligen in den überirdischen Gefilden, Wange an Wange gedrückt und Körper an Körper, als seien wir vorher zwei verschiedene Gedanken gewesen, doch jetzt nur noch ein einziger. Wie beglückte es mich, daß sich das süße Geschöpf durch das, was ich tat, glücklich fühlte. Ihren wonnigen Liebesdurst zu stillen machte mich zum Glücklichsten der Sterblichen, machte mich zum Gott. Doch jetzt blieb der Eisenbahnzug wieder stehen, die reizendste der Frauen stieg aus, während ich weiterfahren mußte.

Vladimir Nabokov
Lolita

Die Tür des erleuchteten Badezimmers stand halboffen; dazu fiel von den Bogenlampen draußen das Licht gerippt wie ein Skelett durch die Jalousien; diese Helligkeiten überkreuzten das Dunkel des Schlafzimmers und ließen folgende Situation erkennen:

In einem ihrer alten Nachthemden lag meine Lolita auf der Seite, den Rücken mir zugekehrt, in der Mitte des Bettes. Ihr leicht verhüllter Körper und die nackten Glieder bildeten ein Z. Sie hatte beide Kissen unter ihrem dunklen, zerzausten Kopf; ein blasser Lichtstreif fiel über ihren obersten Halswirbel.

Ich muß in der Art jener phantastischen Plötzlichkeit, mit der in einer Filmszene die Prozedur des Aus- und Anziehens übersprungen wird, aus meinen Sachen heraus und in den Pyjama geschlüpft sein, und ich hatte bereits mein Knie auf dem Bettrand, als Lolita den Kopf wandte und mich durch die gestreiften Schatten anstarrte.

Das war nun allerdings etwas, das der Eindringling nicht erwartet hatte. Das ganze Pillenspiel (eine recht üble Sache, *entre nous soit dit*) hatte auf einen Schlaf gezielt, der so tief sein sollte, daß ein ganzes Regiment ihn nicht hätte stören können; und hier lag sie, starrte mich an und nannte mich mit schwerer Zunge »Barbara«. Barbara, in meinem Schlafanzug, der ihr viel zu eng war, stand regungslos über die kleine Schlaf-Rednerin gebeugt. Weich, mit einem hoffnungslosen Seufzer, wandte Dolly sich ab und nahm ihre ursprüngliche Lage wieder ein. Ich wartete mindestens zwei Minuten gespannt am Bettrand, wie jener Schneider mit seinem selbstfabrizierten Fallschirm vor vierzig Jahren, als er im Begriff stand, vom Eiffelturm abzuspringen. Ihr sanfter Atem hatte den Rhythmus des Schlafs. Endlich streckte ich mich auf meinem schmalen Bettstreifen aus, zog verstohlen an den diversen Laken und Decken, die südlich von meinen eiskalten Fersen aufgehäuft waren – da hob Lolita den Kopf und sah mich staunend an.

Wie ich später von einem hilfsbereiten Apotheker erfuhr, gehören die Purpurpillen nicht einmal zu der großen, edlen Familie der Barbiturate; und obgleich sie einem Neurotiker, der sie für ein wirksames Mittel hält, Schlaf bringen können, waren sie doch eine zu schwache Droge für ein lebhaftes, wenn auch übermüdetes Nymphchen. Ob der Arzt in Ramsdale ein Scharlatan war oder ein durchtriebener alter Gauner, fällt nicht ins Gewicht. Ins Gewicht fiel lediglich, daß ich betrogen worden war. Als Lolita zum zweitenmal die Augen öffnete, wurde mir klar, daß, selbst wenn die Wirkung später in der Nacht eintreten sollte, die Sicherheit, mit der ich gerechnet hatte, trügerisch war. Langsam wandte sich ihr Kopf weg und sank auf ihre ungerecht üppige Kissenmenge zurück. Ich lag ganz still an meiner Bettkante, spähte nach ihrem verwuschelten Haar, nach dem Schimmer von Nymphchenfleisch, wo es als halber Schenkel und halbe Schulter bloßlag, und versuchte, die Tiefe ihres Schlafes am Tempo ihrer Atemzüge zu messen. Einige Zeit verging, nichts änderte sich, und ich beschloß, das Risiko auf mich zu nehmen und diesem lockenden, verrücktmachenden Schimmer etwas näher zu rücken. Kaum aber war ich in seinen warmen Umkreis vorgedrungen, als ihr Atem stockte, und ich hatte das abscheuliche Gefühl, daß die kleine Dolores hellwach sei und in Gekreisch ausbrechen würde, wenn ich sie mit irgendeinem Teil meiner Erbärmlichkeit berührte. Bitte, Leser: Wie sehr Sie auch über den zartfühlenden, krankhaft empfindsamen, unendlich vorsichtigen

Helden meines Buches außer sich sein mögen, überschlagen Sie diese wesentlichen Seiten nicht! Sehen Sie mich in Gedanken vor sich; wenn Sie mich nicht vor sich sehen, existiere ich nicht. Versuchen Sie, in mir das scheue Reh zu erkennen, das im Wald seines eigenen Frevels zittert; lassen Sie uns sogar ein wenig lächeln. Schließlich kann ein Lächeln nichts schaden. Zum Beispiel hatte ich keine Stütze für meinen Kopf, und ein Anfall von Sodbrennen (sie nennen ihr in Fett Gebratenes »französische Küche«, *grand Dieu!*) trug zu meinem Unbehagen bei.

Es schlief wieder fest, mein Nymphchen, und doch wagte ich nicht, mich auf meine verzauberte Reise zu begeben. *La Petite Dormeuse ou l'Amant Ridicule.*

Morgen würde ich sie mit den altbewährten Pillen füttern, die ihre Mammi so gründlich betäubt hatten. Steckten sie im Handschuhfach – oder im Handkoffer? Sollte ich eine gute Stunde warten und dann wieder herankriechen? Nympholepsie ist eine exakte Wissenschaft. Die direkte Berührung würde es in knapp einer Sekunde schaffen. Ein Zwischenraum von einem Millimeter in zehn. Abwarten.

Nichts ist lauter als ein amerikanisches Hotel; und dabei, bitte schön! galt dieses hier für eine besonders ruhige, gepflegte, altmodische Gaststätte – »wie-bei-sich-zu-Hause«, »für verwöhnte Ansprüche« und so weiter. Das Geklapper des Fahrstuhlgitters – ungefähr vierzig Meter nordöstlich meines Kopfes, aber so vernehmbar, als wäre es in meiner linken Schläfe – wechselte mit dem Bummern und Rattern der diversen Manöver dieser Maschine und hielt bis lange nach Mitternacht an. Östlich von meinem linken Ohr – (immer unter der Voraussetzung, daß ich auf dem Rücken liege und nicht wage, meine gemeinere Seite dem undeutlich sichtbaren Schenkel meiner Bettgenossin zuzuwenden) – hörte man hin und wieder auf dem Korridor schallende, herzliche, alberne Zurufe, die in einem Geprassel von Gute-Nacht-Wünschen untergingen. Als das aufhörte, meldete sich nördlich von meinem Kleinhirn eine Toilette; eine männliche, energische, rauhkehlige Toilette, die oft benutzt wurde. Ihr Gegurgel und Gerausche und der langanhaltende Nachfluß erschütterten die Wand hinter mir. Dann war jemandem in südlicher Richtung speiübel, er würgte mitsamt dem Alkohol fast sein ganzes Leben aus; und sein Wasserschwall kam wie ein richtiger Niagara dicht hinter unserm Badezimmer heruntergeschossen. Und als endlich alle Wasserfälle aufgehört hatten und die »Verzauberten Jäger« in tiefem Schlaf lagen, artete die Allee unter dem Fenster meiner Schlaflosigkeit, westlich meiner Rückseite – eine gesetzte, hochherrschaftliche, würdevolle Allee mit riesigen Bäumen – zum erschreckenden Tummelplatz gewaltiger Lastautos aus, die durch die nasse, windige Nacht röhrten.

Und knapp fünfzehn Zentimeter von mir und meinem brennenden Leben befand sich, nebelhaft, Lolita! Nach einer langen, regungslosen Wache bewegten sich meine Fühlhörner wieder auf sie zu, und diesmal weckte das Knarren der Matratze sie nicht. Es gelang mir, ihr meine hungrige Masse so nah zu bringen, daß ich die Aura ihrer nackten Schulter wie einen warmen Atem an meiner Wange spürte. Und dann setzte sie sich auf, starrte mich an, murmelte mit irrsinniger Geschwindigkeit etwas über Boote, zerrte an den Laken und fiel in ihre dunkle, junge Unbewußtheit zurück. Als sie sich in diesem überquellenden Schlafstrom hin- und herwarf – eben noch kastanienbraun, jetzt mondblaß – schlug ihr Arm über mein Gesicht. Einen Augenblick lang umschlang ich sie. Sie befreite sich aus dem Schatten meiner Umarmung. Sie tat es unbewußt, nicht heftig, nicht mit persönlichem Unwillen, sondern mit dem neutralen, klagenden Gemurmel eines Kindes, das seine berechtigte Ruhe haben will. Und wieder blieb die Lage die gleiche: Lolita, ihr gekrümmtes Rückgrat Humbert zugewandt, Humbert, den Kopf auf die Hand gestützt, brennend vor Verlangen und Magensäure.

Die letztere erforderte einen Gang ins Badezimmer, um dort Wasser zu trinken, was für mich das beste mir bekannte Linderungsmittel ist, außer vielleicht Milch mit Rettich; und als ich die seltsame, strahlengegitterte Feste wieder betrat, wo Lolitas alte und neue Kleidungsstücke in verschiedenen Posen der Verzücktheit über den Möbeln hingen, die vage umherzufließen schienen, setzte sich meine unmögliche Tochter auf und verlangte mit klarer Stimme ebenfalls etwas zu trinken. Sie nahm den nachgiebigen, kalten Pappbecher in ihre schattenhafte Hand und goß seinen Inhalt dankbar hinunter, die langen Wimpern becherwärts geneigt; und dann, mit einer kindlichen Bewegung, die mehr Reiz enthielt als jede sinnliche Liebkosung, wischte die kleine Lolita ihre Lippen an meiner Schulter ab. Sie fiel auf ihr Kissen zurück (ich hatte ihr meines, während sie trank, weggezogen) und schlief sofort wieder ein.

Ich hatte nicht gewagt, ihr eine zweite Portion der Droge zu verabreichen, weil ich die Hoffnung nicht aufgab, daß die erste doch noch ihren Schlaf festigen würde. Auf Enttäuschungen gefaßt, wohl wissend, daß Warten besser sei, aber unfähig zu warten, begann ich wieder, mich ihr zu nähern. Mein Kopfkissen roch nach ihrem Haar. Ich rückte auf meinen schimmernden Liebling zu, hielt inne, zog mich zurück, so oft ich das Gefühl hatte, sie rege sich oder sei im Begriff, sich zu regen. Ein leichter Wind aus Wunderland wirkte auf meine Gedanken, so daß sie wie in Kursivschrift abgefaßt waren – so, als ob die

Oberfläche, die meine Gedanken spiegelte, vom Zauber dieser Brise gekräuselt war. Hin und wieder blätterte mein Bewußtsein falsch um, mein gleitender Körper geriet in die Schlafsphäre, glitt wieder heraus, und ein oder zweimal ertappte ich mich beim Abrutschen in ein melancholisches Schnarchen. Nebel der Zärtlichkeit umfingen Berge der Sehnsucht. Ab und zu schien mir, als komme die verzauberte Beute dem verzauberten Jäger entgegen, als bewege sich ihr Schenkel – unter dem weichen Sand eines fernen, märchenhaften Strandes – vorsichtig auf mich zu; und dann regte sich das schwimmend Verschwommene, und ich wußte, sie war mir entrückter denn je.

Wenn ich so ausgiebig bei dem ängstlichen Tasten jener fernen Nacht verweile, so geschieht es, weil ich unbedingt beweisen muß, daß ich kein brutaler Schurke bin, noch es je war, noch es jemals hätte sein können. Die milden, träumerischen Regionen, durch die ich kroch, waren die Gefilde der Poesie – nicht die Jagdgründe des Verbrechens. Hätte ich mein Ziel erreicht, so wäre meine Verzückung ganz sanft vor sich gegangen; ein Fall innerer Verbrennung, dessen Hitze sie sogar im Wachzustand kaum gespürt hätte. Aber ich hoffte noch immer, daß sie nach und nach in völlige Betäubung sänke, die mir erlauben würde, mehr als nur einen Schimmer von ihr zu genießen. Und so, zwischen versuchsweisen Annäherungen und verwirrten Wahrnehmungen, die sie entweder in Mondgeflimmer oder in ein flauschig blühendes Gebüsch verwandelten, träumte ich ein Erwachen des Bewußtseins, träumte, ich läge auf der Lauer.

In den ersten Nachmitternachtsstunden senkte sich Stille über das ruhelose Hotel. Gegen vier rauschte die Kaskade der Korridortoilette, und ihre Tür schlug zu. Kurz nach fünf setzte ein schallender Monolog in mehreren Raten ein, der von einem Hof oder einem Parkplatz herkam. Es war nicht eigentlich ein Monolog, denn der Sprecher schwieg alle zwei Sekunden, vermutlich um einen andern Kerl anzuhören; aber die zweite Stimme erreichte mich nicht, und so konnte dem, was an mein Ohr drang, kein Sinn entnommen werden. Der sachliche Tonfall jedoch tat ein übriges, den Tag heraufdämmern zu lassen, und das Zimmer lag bereits in lila-grauem Zwielicht, als etliche eifrige Toiletten sich eine nach der anderen an die Arbeit machten, und der klappernde, winselnde Fahrstuhl stieg auf und nieder, um Frühaufsteher nach unten zu befördern, und ein paar Minuten lang döste ich unglücklich vor mich hin, und Charlotte war eine Nixe in einer grünlichen Zisterne, und draußen auf dem Korridor sagte Dr. Knabe mit salbungsvoller Stimme: »Schönen guten Morgen wünsch ich!«, und Vögel raschelten geschäftig in den Bäumen, und dann gähnte Lolita.

Frigide Damen Geschworenen! Ich hatte gedacht, daß Monate, vielleicht Jahre vergehen würden, ehe ich den Mut aufbrächte, mich Dolores Haze zu entdecken; aber um sechs war sie hellwach, und um Viertel nach sechs waren wir, technisch gesehen, ein Liebespaar. Ich werde Ihnen etwas sehr Merkwürdiges mitteilen. Sie war es, die mich verführte.

Als ich ihr erstes Morgengähnen hörte, wandte ich ihr mein wirkungsvolles Profil zu und stellte mich schlafend. Mir fiel einfach nichts Besseres ein. Würde sie schockiert sein, mich an ihrer Seite vorzufinden und nicht in einem Extrabett? Würde sie ihre Sachen nehmen und sich im Badezimmer einschließen? Würde sie verlangen, sofort nach Ramsdale gebracht zu werden – an das Krankenbett ihrer Mutter? Zurück ins Camp? Aber meine Lo war keine Spielverderberin. Ich fühlte ihre Augen auf mir, und als sie endlich den geliebten triumphierenden Kicherlaut ausstieß, wußte ich, daß ihre Augen gelacht hatten. Sie rollte sich zu mir herüber, und ihr warmes braunes Haar streifte mein Schlüsselbein. Ich mimte eine recht mittelmäßige Nachahmung des Erwachens. Wir lagen still. Ich streichelte sanft ihr Haar, und wir küßten uns sanft. In ihrem Kuß, der mich in einen Taumel der Verwirrung stürzte, lag eine drollige flatternde und sondierende Kunstfertigkeit, aus der ich schloß, daß sie in sehr jungen Jahren von einer kleinen Lesbierin in die Lehre genommen worden war. Kein Charlie hätte ihr *das* beibringen können. Als wollte sie sehen, ob ich zufrieden sei und meine Lektion gelernt hätte, bog sie sich zurück und schaute mich prüfend an. Ihre Wangen hatten sich gerötet, ihre volle Unterlippe glänzte, ich war nah am Verströmen. Plötzlich, mit einem Ausbruch jungenhafter Fröhlichkeit (Kennzeichen des Nymphchens), legte sie ihren Mund an mein Ohr – aber eine ganze Weile konnte mein Verstand den heißen Donner ihres Geflüsters nicht in Worte gliedern, und sie lachte, strich sich das Haar aus dem Gesicht und versuchte es wieder, und allmählich, als mir klar wurde, was sie vorschlug, überkam mich das sonderbare Gefühl, in einer absolut neuen, verrückt neuen Traumwelt zu leben, in der alles erlaubt ist. Ich sagte, ich wisse nicht, welches Spiel sie mit Charlie gespielt habe. »Willst du behaupten, daß du nie –?« Ihr Gesicht verzog sich zu einer Grimasse angewiderter Ungläubigkeit. »Du hast nie –«. Sie fing wieder an. Um Zeit zu gewinnen, beschnüffelte ich sie ein bißchen. »Wirst du das gleich lassen«, sagte sie scharf und unwirsch und entzog ihre braune Schulter hastig meinen Lippen (es war merkwürdig, wie sie – noch lange Zeit hindurch – alle Liebkosungen, außer Küssen auf den Mund und dem nackten Liebesakt – für »romantischen Quatsch« oder »anormal« hielt).

»Du behauptest«, beharrte sie und kniete sich über mich, »daß du es als Junge nie gemacht hast?«

»Nie«, antwortete ich ganz wahrheitsgetreu.

»Gut«, sagte Lolita, »dann fangen wir mal an.«

Ich werde meine gebildeten Leser nun aber nicht mit einem ausführlichen Bericht über die Voraussetzungen langweilen, die Lolita mitbrachte. Es genügt zu sagen, daß ich keine Spur von Schamhaftigkeit in diesem schönen, eben erst reifenden kleinen Mädchen entdeckte, das von der modernen Koedukation, den jugendlichen Sitten, dem Campfeuertrubel und so fort unrettbar verdorben worden war. Sie betrachtete den Geschlechtsakt lediglich als Zubehör der heimlichen Jugendwelt, von der Erwachsene nichts wissen. Was die Erwachsenen zum Zweck der Zeugung trieben, war nicht ihre Angelegenheit. Mein Leben wurde von Klein-Lo auf so energische, sachliche Weise gehandhabt, als sei es ein fühlloser mechanischer Apparat ohne Beziehung zu mir. So bemüht sie auch war, mir mit ihrer forschen Kind-Welt zu imponieren, so war sie doch auf gewisse Mißverhältnisse zwischen dem Leben eines Knaben und dem meinen nicht gefaßt. Nur ihr Stolz hinderte sie, es aufzugeben; denn in meiner sonderbar heiklen Lage spielte ich den Unwissenden und ließ sie gewähren – wenigstens, solange ich es noch ertragen konnte. Aber das sind Belanglosigkeiten; mir liegt überhaupt nichts am sogenannten »Sexuellen«. Jeder kann sich die Elemente des Animalischen selbst vorstellen. Eine größere Aufgabe lockt mich: ein für allemal den gefährlichen Zauber der Nymphchen festzuhalten.

Fehlschläge

Ernst Weiß
Schachpartie

Wharf war durch den bewußten Minister in ein vornehmes Haus gekommen, das seines Bruders, eines Bankiers, der ebenso wegen seines maßlosen Ehrgeizes als wegen seines großen Reichtums stadtbekannt war. Es hieß, daß er zwei ›berauschend schöne‹ Töchter habe. Dieser Mann war mit Hilfe seines Bruders geadelt worden, der Minister hatte aber (vielleicht um sich von dem Parvenu zu unterscheiden) seinen bürgerlichen Namen beibehalten.

Wharf war auf der Suche nach jungen Herren, die gesellschaftsfähig waren und gut tanzen konnten. Außer mir hatte er einen meiner entfernten Bekannten aufgetrieben, einen Freiwilligen bei den Windischgrätz-Dragonern. Zu dritt kamen wir in die schöne Villa. Da wir alle keineswegs übertrieben gute Gesellschafter waren, (in diesem Punkte war man in Wien sehr verwöhnt), ist es möglich, daß wir ein klein wenig enttäuschten. Aber die ältere Tochter des Hauses enttäuschte auch mich. Ich fand Eugenies Züge kalt, den Blick abwesend, arrogant, die Bewegungen einstudiert, die Haltung und Kleidung prüde. Tatsächlich wurde sie von der Erzieherin kaum aus den Augen gelassen. Vor mir war Eugenie sicher. Höchstens ihre Unnahbarkeit hätte mich gereizt. Wir wollten uns bald verabschieden, (wohl zu bald?) sie nickte uns zu, oder vielmehr, sie hob etwas den Kopf und sah uns mit einer Art herablassender Güte an, während sie mit ihrer etwas großen, knochigen Hand ihr Haar fester steckte. Ich hatte dieses Haar bis jetzt nicht gewürdigt, es war herrlich. Blauschwarz, in zwei dichten Flechten um den Kopf gewunden, in natürlichen Wellen erglänzend, die den Haarnadeln sich nur widerwillig fügten. Die Musik setzte ein, ich konnte der

Versuchung nicht widerstehen, sie wenigstens um diesen Tanz zu bitten und es bei dem langsamen Walzer so einzurichten, daß eine ganz kleine, gewichtlose, seidige Haarflechte meine Wange streifte: nur ein einzigesmal, sicherlich gegen ihren Willen. Beim letzten Takt entließ sie mich endgültig ohne Dank und Gruß, sie wandte höchstens den Kopf etwas nach meiner Seite. Ihre Schwester kam gerade hinzu, in bunter Seide, ein blondes, kindliches Geschöpf, sie hatte nur Augen für den Dragoner, der sie sporenklirrend für den nächsten Tanz auffordern mußte, während Wharf und ich die Villa verließen, ohne die Bekanntschaft des Hausherrn zu machen, der erst zum Souper zu der Gesellschaft stoßen wollte.

Als wir die schöne Freitreppe hinabliefen, glücklich, dem Zeremoniell zu entfliehen und entschlossen, den Abend wie in alter Zeit beim Wein in Döbling zu beschließen, dachte ich Eugenie nie wieder zu sehen. Und doch kam es dazu. Es war das erste große gastfreie Haus, das sich uns auftat, und von jetzt an bekamen wir mehr Einladungen, als wir annehmen konnten. Ich blieb diesem Haus durch Monate treu. Ich hatte mich mit der strengen Form, der gemessenen Haltung Eugeniens abgefunden, ich fand sogar, daß man innerhalb dieser Formen viel Genuß finden kann. Ich konnte mit dem jungen Mädchen, das angeblich nur auf Wunsch des Vaters mit einem älteren, sehr vornehmen, reichen Mann verlobt war, sprechen wie mit einem Freund. Sie konnte ohne Verstimmung ertragen, daß man schwieg. Meinen Widerspruch fand sie meist notwendig und anregend. Wenn sie aber etwas nicht verstand, fragte sie. Hatte ich mich in irgend einer Sphäre unwissend gezeigt, belehrte sie mich ohne Dünkel. Sie war Herrin ihrer selbst. Sie gab selten Urteile ab. Tat sie es, mußte man ihr fast immer zustimmen. Sie schwärmte nicht für mich, sie lächelte nur selten über mich, und sogar dies tat mir wohl. Ich vertraute ihr. Nichts konnte sie den Gesetzen ihrer Erziehung untreu machen. Ihr Vater wollte höher hinaus. Sie mit ihm. Ich hatte immer geglaubt, wohlerzogene Menschen müßten langweilig, öde, lähmend sein. Leider war es nicht so. Bei ihr umgab sich trotz allem die Natur mit einem Geheimnis. Ihre Schönheit wirkte mit jedem Tage stärker auf mich. Ich wußte, daß man diese Blüte nicht einfach pflükken konnte. Ich hätte um sie werben, hätte sie erobern müssen. Ich hätte meine Laufbahn ändern, etwas in der Welt erreichen (und noch größere Hoffnungen in den Augen meines Schwiegervaters erwecken) müssen, um sie zu gewinnen. Gerade das Gehegte, das Unberührte, das Untadelige achtete und liebte und begehrte ich in ihr. Aber ein kurzer Augenblick genügte, alles zu zerstören.

Wir waren niemals allein. Einmal traf ich sie zum Beispiel mit der Schwester und der Gesellschaftsdame. Die Erzieherin stickte, Eugenie und die Schwester spielten Schach. Ich stand ruhig hinter ihr. Ich sah von oben auf ihren schönen Kopf und dann auf das Brett mit den merkwürdig geschnitzten Elfenbein- und Ebenholzfiguren hinab. Sie hatte an diesem Tage das Haar anders geflochten als sonst, nämlich in einem dicken schweren Knoten im Nacken. Warum befand sich nur diese Masse prachtvollen Haars so nah bei meiner Hand? Zuerst berührte ich das Haar nicht, ich umfaßte es nur scheu von außen mit der hohlen Hand. Aber es reizte mich, ich konnte nicht widerstehen, und mit der Spitze des kleinen Fingers lokkerte ich die oberste, ganz feine Schicht. Wie zitterte ich, als Eugenie zusammenzuckte. Aber es kam kein Ton aus ihrem Mund, ihre Finger ergriffen ruhig den Königsläufer an seinem runden Kopf und schoben ihn in der Diagonale gegen einen exponierten Bauer. Ich faßte neuen Mut. Ich drang vorsichtig mit dem Zeigefinger zwischen die einzelnen Lagen der Zöpfe, die Haarnadeln sorgsam vermeidend. Immer tiefer nistete ich mich ein in das knisternde, lebende, duftende Gewühl, bis ich an die nackte Haut des Kopfes gelangte, die der Fingernagel gerade noch streifte. Alles, was mir das Mädchen mit dem Goldfaden gegeben hatte, war nichts im Vergleich mit dieser halben Sekunde. Es hob mich von der Erde. Ich sah und fühlte unter rasendem Herzklopfen, in wütender Glut, nichts als diesen winzigen Punkt, wo mein Nagel ihre Haut berührte, wo meine Hand ringsum bis an die Wurzeln umgeben war von dem warmen Fell ihres Haares. Zum Glück oder Unglück ließ die Schwester eine Figur auf den Teppich fallen. Ich mußte mich danach bücken. So schnell ich mich erhob, – nachher war alles zu Ende. Eugenie verlor die Partie. Sie stand auf in ihrer stolzen dunklen keuschen Schönheit, sie hielt den Blick auf das Brett gesenkt, als studiere sie die letzten Züge noch einmal, um aus ihren Fehlern zu lernen. Dann blickte sie mich mit einem drohenden und doch verlorenen Blick an. Zwischen welchen Empfindungen mochte sie schwanken? Aber jetzt schüttelte sie wie im Zorn den herrlichen Kopf, das Haar löste sich, in gewaltigen, wie Erz glänzenden Schlangenwindungen rollte es ihr an den blutleeren, festen, glatten Wangen hinab über die Schulter, fast bis auf den Boden zu der Asche meiner Zigarette. Die Schwester mit ihren kurzen blonden Zottelhaaren und ihren bunten Kämmen lachte, die Erzieherin entsetzte sich, meinte es aber nicht ernst. Aber Eugeniens bitterer Blick verfolgte mich bis zur Tür. Sie lud mich nicht mehr ein. Auch Wharf und der junge Dragoner besuchten das Haus nicht mehr. Es war ihnen zu förmlich. Die Leute waren ihnen zu reich und zu wohlgesittet, zu ehrgeizig, zu frisch geadelt.

Thomas Mann
Potiphars Weib

Man weiß, wie der ägyptische Joseph, seit zehn Jahren entrückt ins Totenland, ein eingefleischter Ägypter mit seinen siebenundzwanzig – nach seiner bürgerlichen, wenn auch nicht nach seiner geistlichen Person – und schon seit dreien davon mit einem ganz ägyptischen Leibrock bekleidet, so daß die Joseph-Form nunmehr von ägyptischem Stoff bewahrt und bestritten wurde, – man weiß, wie er, angepaßt, wenn auch innerlich abgerückt, ein Kind und Mitbewohner des ägyptischen Jahres, seine schrulligen Bräuche und Götzenfeste freundlich-weltläufig, wenn auch mit Maß und einiger Ironie, mitfeierte im Vertrauen auf das Augenzudrücken des Mannes, der das Kalb auf diesen Acker gebracht. Das Neujahrsfest, der große Amunstag vor allem war solch ein Anlaß zur Leutseligkeit, zum Leben und Lebenlassen; Jaakobs Sohn beging ihn wie irgendeiner hier unten, im Feierkleid unterwegs von morgens an, ja, indem er – andeutungsweise, dem Volksbrauch zu Ehren und um eben dabei zu sein – sogar ein wenig über den Durst trank. Dies aber erst später am Tage, denn anfangs hatte er dienstliche Pflichten. Als Hausmeier eines Groß-Titelträgers nahm er im Gefolg des Gefolges am Königszuge vom westlichen Hause des Horizontes nach Amuns Großer Wohnung teil und fuhr mit im Wasserzuge von dort zum Opettempel. Die Rückreise der göttlichen Familie besaß nicht mehr ganz die Genauigkeit der Fahrt stromaufwärts; man konnte sich allenfalls davon drücken, und Joseph verbrachte den Tag, wie Tausende es taten, als schlendernder Neugieriger und Hospitant bei allerlei Tempelmessen, Opferschmäusen und Gottestheaterspielen – allerdings in dem Gedanken, daß er rechtzeitig vor Abend, eigentlich schon am späteren Nachmittag, *vor* allem übrigen Gesinde, wieder zu Hause sein müsse, um seiner Pflicht als Wirtschaftshaupt und verantwortlicher Mann des Überblicks zu genügen und sich im langen Anrichteraum (wo er einst vom Schreiber des Schenktisches das Labsal für Huij und Tuij in Empfang genommen) und im Saale der Gästespeisung von der Bereitschaft des Hauses zur Neujahrsgeselligkeit und Beförderungsfeier zu überzeugen.

In seinen Gedanken und Absichten legte er Wert darauf, diese Kontrolle und Nachprüfung allein, ungestört, im noch leeren Hause zu tätigen, bevor noch das ihm unterstellte Personal, Schreiber und Diener, vom Feste heimgekehrt wäre. So, urteilte Joseph, gehöre es sich, und zur Begründung und Stütze seines Entschlusses bewegte er Sittensprüche bei sich, die es eigentlich gar nicht gab, sondern die er selbst zu diesem Zweck erdichtete, indem er aber so tat, als handle es sich um geprägte Volksweisheit, wie zum Beispiel: ›Hohe Würde – Goldne Bürde‹; ›Hast du Ehr, hast du Beschwer‹; ›Der Letzte zur Schicht – der Erste zur Pflicht‹ und dergleichen goldene Regel mehr. Daß er sie sich ausdachte und vorsagte, geschah, seit er unterwegs, auf dem Wasserzuge, erfahren hatte, daß seine Herrin ihre Teilnahme am Hathorentanz wegen Unmusternheit abgesagt hatte und allein das Haus hütete, – denn ehe er das gewußt, hatte er der Reimchen nicht gedacht, noch sich eingeredet, daß sie Volksprägungen seien, und nicht war ihm bewußt gewesen, was er nun desto klarer erkannte, daß er laut dieser geflügelten Wahrheit anständigerweise als erster vor allem Dienstvolk ins leere Haus zurückkehren müsse, um nach dem Rechten zu sehen.

Er gebrauchte bei sich diese Redensart: ›Nach dem Rechten sehen‹, obschon sie ihm etwas ominös vorkam und eine innere Stimme ihm riet, sie als gefährlich zu meiden. Überhaupt machte Joseph als ehrlicher junger Mann sich kein X für ein U darüber, daß mit der Befolgung der alten Lehrreime für ihn eine große, herzaufstörende Gefahr verbunden sei, – herzaufstörend jedoch nicht nur als Gefahr, sondern, freudigerweise, auch als große Gelegenheit. – Als Gelegenheit wozu? – Als Gelegenheit, wisperndes Gottliebchen, eine Sache, die zu einer Ehrensache zwischen Gott und Amun geworden, so oder so endgültig zum Austrag zu bringen, den Stier bei den Hörnern zu nehmen und es in Gottes Namen auf alles ankommen zu lassen. *Dazu*, zitterndes Freundchen, ist es die große, die herzaufstörende Gelegenheit, und alles übrige ist kleines Gefasel. ›Pflegt noch das Volk der Rast – trägt schon der Herr die Last‹; mit so körnig-altehrwürdigen Prägungen hält es Jungmeier Joseph, und er wird sich darin weder durch undienliches Zwergengezirp noch durch die verfängliche Hauseinsamkeit seiner Herrin beirren lassen. –

Soviel sollte man abnehmen aus seinen Gedankengängen, daß kein Grund ist, sich seinetwegen in Sicherheit zu wiegen. Kennte man nicht den Ausgang der Geschichte, weil sie sich ihrer Zeit schon geschehend zu Ende erzählt hat und dieses hier nur ihre festliche Wiederholung und Nacherzählung, sozusagen Tempeltheater, ist, so könnten einem vor Besorgnis um ihn die Schweißtropfen auf der Stirne stehen! Was aber heißt ›Wiederholung‹? Die Wiederholung im Feste ist die Aufhebung des Unterschiedes von ›war‹ und ›ist‹; und so wenig man, als die Geschichte sich selber erzählte, zu dieser Geschehensstunde darüber beruhigt sein konnte, daß ihr Held mit einem blauen Auge davonkommen und nicht vielmehr alles verderben werde, indem er es mit Gott verdarb, so wenig ist jetzt und hier vorwitzige Sorglosigkeit am Platze. Die Klage der Frauen, die den schönen Gott in der Höhle begraben, tönt nicht minder schrill, weil die Stunde kommt, da er erstehen wird. Denn für jetzt einmal ist er tot und zerrissen, und einer jeden Feststunde des Geschehens gebührt die volle Ehre und Würde ihrer Gegenwart in Jammer und Jubel, in Jubel und Jammer. Feierte nicht auch Esau seine Ehrenstunde, hochgebläht, und warf die Beine im Schreiten, daß es ein Jammer und Jux war mit seinem Prahlen? Denn daß er schon hätte heulen und weinen sollen, so weit war die Geschichte für ihn noch nicht vorgerückt. So ist sie es auch für uns noch immer nicht weit genug, daß uns bei Josephs Gedankengängen und goldenen Reimchen der Schweiß der Besorgnis nicht sollte perlenweis auf der Stirne stehen.

Ihn uns noch heftiger auszutreiben, genügt ein Blick in Potiphars festverwaistes Haus. Die Frau, die dort einsam zurückgeblieben und deren Teil es ist, die Mutter der Sünde zu spielen, – hält sie nicht in der Feststunde ihrer glühendsten Zuversicht? Glaubt man, daß sie weniger entschlossen ist als Jaakobs Sohn, es aufs Äußerste ankommen zu lassen, und hat sie nicht allen Anlaß, des bitter-seligen Triumphes ihrer Leidenschaft sicher zu sein, – nicht jederlei Grund zu der düster-innigen Hoffnung, bald ihren Jüngling in naher Beiwohnung zu umschließen? Nicht nur, daß ihr Verlangen sich ermächtigt weiß von höchster geistlicher Stelle, im Schutze steht von Amuns Ehre und Sonnenmacht, so ist ihm auch Erfüllung verbürgt von unten her, kraft scheußlichen Höllenzwanges, mit dem des Gaufürsten Tochter freilich unter ihren Stand hinabgestiegen, dessen erniedrigenden Bedingungen sie aber im Innersten hofft ein Schnippchen zu schlagen, in der weibesschlauen Erwägung, Körper und Seele seien wohl in der Liebe nicht so genau auseinanderzuhalten und in körpersüßer Umschließung werde es ihr schon gelingen, auch noch die Seele ihres Jünglings dazu zu erwerben und zur Lust auch das Glück. Da die Geschichte wieder geschieht in unseren Worten, so ist Potiphars Weib hier und jetzt so gut wie ›damals‹ (welches zum Jetzt geworden) an die Geschehensstunde gebunden und kann nicht das Kommende wissen. Aber daß Joseph zu ihr kommen wird ins leere Haus, das weiß sie – inbrünstig ist sie dessen gewiß. [...] Den Blick auf Jaakobs verstorbenen Sohn zurückzuwenden, so kam er nach Hause vor allem Ingesinde – man weiß es ja ohnedies. Er kam und mochte daran gewahr werden, daß er hatte kommen wollen, oder daß es ihn getrieben hatte, zu kommen – gleichviel! Die Umstände hatten nicht vermocht, ihn irrezumachen an seiner Pflicht und an dem Dafürhalten, daß es ihm anstehe und seine Sache sei, früher als jedermann sein Vergnügen abzubrechen und seine Aufmerksamkeit dem Hause zuzuwenden, über das er gesetzt war. Immerhin hatte er gezögert und es länger, als man denken sollte, anstehen lassen mit der Erfüllung einer durch soviel Spruchweisheit verbürgten und vorgezeichneten Pflicht. Zwar kam er in das noch leere Haus; aber gar viel fehlte nicht mehr, daß nicht auch bald schon die andern vom Feste heimkehrten, wenigstens soweit sie nicht Stadturlaub hatten auf den Abend, sondern zur Aufwartung gebraucht wurden in Hof und Haus – etwa nur noch eine Winterstunde, oder weniger sogar, fehlte daran, wobei noch in Anschlag zu bringen, daß Winterstunden viel kürzer sind als Stunden des Sommers in diesem Lande.

Ganz anders hatte er den Tag verbracht als die Harrende: in Sonne und Lärm, im bunten Trubel des Götzenfestes. Hinter seinen Wimpern drängten sich die Bilder der Prunkzüge, der Schauspiele, des Volksgewimmels. In seiner Rahelsnase trug er den Geruch der Opferbrände, der Blumen, der Ausdünstung vieler erregter, von Freudensprüngen und Sinnenschmaus erhitzter Menschen. Pauken- und Zinkenlärm, rhythmisches Händeklatschen und das Geschrei brünstiger Hoffnungsseligkeit füllten noch seine Ohren. Er hatte gegessen und getrunken, und ohne seiner Verfassung Übertriebenes nachzusagen, kennzeichnet man sie am besten mit der Feststellung, daß sie die eines Jünglings war, der in einer Gefahr, welche zugleich eine Gelegenheit ist, mehr die Gelegenheit als die Gefahr zu sehen bereit ist. Er hatte einen blauen Lotuskranz auf dem Kopf und noch eine Extrablume im Munde. Aus dem Handgelenk schnellte er sich das weiße Roßhaar seines bunten Fliegenwedels um die Schultern, indem er vor sich hin trällerte: »Macht der Troß sich gute Tage – Wählt der Meister sich die Plage« – in der Meinung, das sei altgeprägtes Volksgut und nur die Tonweise erfinde er sich selber dazu. So langte er an, als der Tag sich neigte, im Eigentum seines Herrn, öffnete sich die Haustür aus gegossener Bronze, überquerte das Sternbildermosaik der Flurhalle und trat ein in den schönen Estradensaal der Geselligkeit, wo im voraus schon alles zierlich und üppig bestellt war zu Petepré's Abendfeier.

Die Vollständigkeit der Vorbereitung zu prüfen, zu sehen, ob nicht der Schreiber des Schenktisches, Cha'ma't, einen Verweis verdiene, war Jungmeier Joseph gekommen. Er ging umher im Pfeilersaal zwischen den Sesseln, den Tischchen, den Weinamphoren in ihren Ständern, den pyramidenförmig mit Früchten und Backwerk beladenen Anrichten. Er sah nach den Lampen, der Tafel mit Kränzen, Blumenkrägen und Eßbukett-Salbbüchsen und klirrte ein wenig auf den Kredenzen mit goldenen Bechern, die er ordnend verrückte. Und da er eine Weile so sich meisterlich umgeschaut und auch wohl einmal oder zweimal geklirrt hatte, schrak er zusammen; denn eine Stimme tönte aus einiger Weite zu ihm herüber, von läutendem Klang, eine Sangesstimme, die seinen Namen rief, den Namen, den er sich zugelegt in diesem Lande: »Osarsiph!«

Sein ganzes Leben lang vergaß er nicht diesen Augenblick, wie im leeren Haus von fernher dies Namensgeläut an sein Ohr schlug. Er stand, den Wedel unter dem Arm, zwei goldne Becher in den Händen, deren Glanz er geprüft und mit denen er allenfalls etwas geklirrt hatte, und lauschte, denn ihm schien, daß er meine, er habe nicht recht gehört. Doch schien ihm das wohl nur so, denn er harrte sehr lange aus mit seinen Bechern in lauschender Reglosigkeit, da es sehr lange nicht wieder rufen wollte. Endlich aber läutete es abermals sanghaft durch die Räume:

»Osarsiph!«

»Hier bin ich«, antwortete er. Da aber seine Stimme heiser war und ihm versagte, so räusperte er sich und wiederholte:

»Ich höre!«

Wieder blieb's eine Weile still, während welcher er reglos verharrte. Dann aber sang und klang es herüber:

»Bist also du es, Osarsiph, den ich im Saale höre, und bist du vor allen andern schon heimgekehrt vom Fest in das leere Haus?«

»Du sagst es, Herrin«, erwiderte er, indem er die Becher an ihren Ort stellte und durch die offene Tür in Peteprê's Nordhalle trat, um besser ins rechts anstoßende Zimmer reden zu können.

»Ja, so ist es, ich bin schon da, um im Haus nach dem Rechten zu sehen. Übersicht – will viel Verzicht. Gewiß kennst du den Kernspruch, und da mich mein Herr nun einmal übers Haus gesetzt hat und sich um nichts kümmert vor mir als um die Mahlzeit, die er hält, denn vertrauensvoll hat er alles in meine Hand gegeben, ohne sich etwas vorzubehalten vor mir und wollte buchstäblich nicht größer sein als ich in diesem Hause, – so hab' ich dem Troß noch ein wenig gute Zeit gegönnt, daß sie's auskosten, mir aber fand ich's anständig, Verzicht zu tun auf des Tages restliche Lust, daß ich mich beizeiten im Haus wieder einfände, gemäß dem Satze: ›Gönne der Menge und wähle die Strenge!‹ Übrigens will ich mich nicht loben vor dir, denn nicht gar lange bin ich vor den andern gekommen, und kaum noch der Rede wert ist mein Vorsprung vor ihnen – es ist nicht viel damit anzufangen, und beinahe jeden Augenblick schon können sie einströmen und kann auch Peteprê heimkehren, das Gottes Einziger Freund, dein Gemahl und mein edler Herr –«

»Und nach mir«, klang die Stimme aus dem Dämmergemach, »da du dich umsiehst nach allem im Hause, willst du dich nicht umsehen, Osarsiph, und hörtest doch, daß ich allein zurückblieb und leide? Tritt über die Schwelle zu mir!«

»Gern täte ich das«, erwiderte Joseph, »und machte, Herrin, über die Schwelle Besuch bei dir, wenn nur nicht mehrere Kleinigkeiten im Feiersaal sich noch in völliger Unordnung befänden, die eben geschwind noch mein Augenmerk erheischen –«

Aber die Stimme läutete:

»Tritt herein zu mir! Die Herrin befiehlt es.«

Und Joseph ging über die Schwelle zu ihr hinein.

Hier schweigt die Geschichte. Das will sagen: Sie schweigt in gegenwärtiger Fassung und Festaufführung, denn als sie im Original geschah und sich selbst erzählte, schwieg sie keineswegs, sondern ging weiter dort drinnen im Dämmergemach als bewegte Wechselrede oder sogar als Zwiegespräch in dem Sinn, daß beide Handelnden zugleich redeten, worüber wir aber den Schleier des Zartgefühls und menschlicher Rücksichtnahme werfen. Damals nämlich begab sie sich auf eigene Hand und ohne Zeugen, während sie sich hier und heute vor einem großen Publikum abspielt, – ein entscheidender Unterschied für das Taktgefühl, wie niemand leugnen wird. Namentlich war es Joseph, der durchaus nicht schwieg und nicht schweigen durfte, sondern in einem Zuge und Atem unglaublich flüssig und gewandt dahinredete, indem er die ganze Anmut und Klugheit seines Geistes gegen das Begehren der Frau ins Feld führte, um es ihr auszureden. Gerade hier aber liegt der Hauptgrund unserer Zurückhaltung. Denn er verwickelte sich dabei in einen Widerspruch – oder vielmehr ein Widerspruch entwickelte sich dabei, höchst bemühend und peinlich ergreifend für das Menschengefühl: der Widerspruch zwischen Geist und Körper. Ja, unter den Erwiderungen des Weibes, den gesprochenen und den stummen, stand sein Fleisch auf gegen seinen Geist, so daß er unter den geläufigsten und gescheitesten Reden zum Esel wurde; und was für ein erschütternder, zu erzählerischer Schonung anhaltender Widerspruch ist das: die redende Weisheit, die, schrecklich Lügen gestraft durch das Fleisch, das Bild des Esels bietet!

Für das Weib bedeutete der totengöttliche Zustand, in dem er floh (man weiß ja, daß es ihm zu fliehen gelang), einen besonderen Anlaß zur Verzweiflung und rasender Enttäuschungswut; denn schon hatte ihr Verlangen ihn in Mannesbereitschaft erfunden, und der Jammer- und Jubelruf, unter dem die Verlassene das in ihren Händen gebliebene Gewandstück (man weiß ja, daß er einen Teil seines Kleides zurückließ) im Paroxysmus begeisterten Schmerzes mißhandelte und liebkoste, – dieser einmal übers andere ausgestoßene Ruf der Ägypterin lautete: »Me'eni nachtef!« »Ich habe seine Stärke gesehen!«

Was ihn aber vermochte, sich loszureißen und von ihr hinauszufliehen im letzten, äußersten Augenblick, war dies, daß Joseph das Vaterantlitz sah – alle genaueren Fassungen der Geschichte berichten es, und hier sei es als die Wahrheit bestätigt. Es ist so: Als es, all seiner Redegewandtheit zum Trotz, beinahe schon mit ihm dahingehen wollte, erschien ihm das Bild des Vaters. Also Jaakobs Bild? Gewiß, das seine. Aber es war kein Bild mit geschlossen-persönlichen Zügen, das er da oder dort gesehen hätte im Raum. Er sah es vielmehr in seinem Geiste und mit dem Geiste: Ein Denk- und Mahnbild war es, das Bild des Vaters in weiterem und allgemeinerem Verstande, – Jaakobs Züge vermischten sich darin mit Potiphars Vaterzügen, Mont-kaw, dem bescheiden Verstorbenen, ähnelte es in einem damit, und viel gewaltigere Züge noch trug es alles in allem und über diese Ähnlichkeiten hinaus. Aus Vateraugen, braun und blank, mit Drüsenzartheiten darunter, blickte es in besorgtem Spähen auf Joseph.

Dies rettete ihn; oder vielmehr (wir wollen vernünftig urteilen und nicht einer Geistererscheinung, sondern denn doch ihm selbst das Verdienst an seiner Bewahrung zuschreiben): oder vielmehr, er rettete sich, indem sein Geist das Mahnbild hervorbrachte. Aus einer Lage, die man nur als weit vorgeschritten bezeichnen kann, und die der Niederlage sehr nahe gewesen, riß er sich los – zum unerträglichen Kummer des Weibes, wie man um gerecht verteilten Mitgefühls willen hinzufügen muß, – und es war nur ein Glück, daß seine körperliche Behendigkeit seiner Redegewandtheit gleichkam, denn so vermochte er sich eins, zwei, drei aus seiner Jacke (dem ›Mantel‹, dem ›Obergewande‹) zu winden, an der man ihn in verzweifelter Liebesnot festhalten wollte, und, wenn auch in wenig meierlicher Verfassung, das Weite, die Halle, den Gästesaal, die Vordiele dann, zu gewinnen.

Hinter ihm raste die Liebesenttäuschung, halb selig

schon – »Me'eni nachtef!« – doch unerträglich betrogen. Sie stellte Schreckliches an mit dem in ihren Händen gebliebenen, noch heißen Leibstück: Mit Küssen bedeckte sie's, tränkt' es mit Tränen, zerriß es mit Zähnen, trat es unter die Füße, das Verhaßte und Süße, und tat nicht viel anders damit, als die Brüder einst mit dem Schleier des Sohnes zu Dotan im Tal. »Geliebter!« rief sie. »Wohin von mir? Bleib! Oh, seliger Knabe! O schändlicher Knecht! Fluch dir! Tod dir! Verrat! Gewalt! Den Wüstling haltet! Den Ehrenmörder! Zu Hilfe mir! Zu Hilfe der Herrin! Ein Unhold kam über mich!«

Adolfo Bioy Casares
Die untreue Gattin

Man führte ihn zu einem Tisch und schob zwischen ihn und die Serviette ein überdimensionales Rechteck aus steifem Papier: die Menukarte. Nur um sich zu orientieren, ließ er apathisch seinen Blick über das Menu auf dem Nebentisch und über den angrenzenden Salon schweifen. An einem der Tische in seiner Nähe entdeckte er eine Blondine, etwas rundlich, sicherlich kleingewachsen, dabei durchaus nicht häßlich, die damit beschäftigt war, mit ihrem Mann kleine Zärtlichkeiten auszutauschen. Nachdem er das Abendessen bestellt hatte, vervollständigte Rivero sein Bild von der Blondine: helle Haut von der Art, die bei allen erdenklichen Gelegenheiten rot wird; naturblondes Haar, durch Tönung verstärkt. Eine so fröhliche, gesprächige und ansehnliche Frau mußte er einfach anstaunen.

Zuerst mit dem *maître d'hotel*, danach mit einer verschlafenen Gestalt, die sich in eine grüne Schürze gezwängt hatte und ihnen die Weinkarte reichte, schließlich mit dem Kellner vertieften sich die Blondine und ihr Mann in ein Gespräch; als weltgewandte Genießer der vielfältigen irdischen Gaben stürzten sie sich mit wahrem Feuereifer in die jeweiligen Unterhandlungen, aber sobald der Gesprächspartner sich zurückgezogen hatte, nahmen sie unverzüglich ihre Liebkosungen wieder auf.

Als ihr Ehemann seinen von wenigen grauen Haaren umkränzten Kahlkopf in den Suppenteller vertiefte, schwenkte der Blick der Blondine hinüber zu Rivero. Dieser dachte: ›Aus purer Geistesabwesenheit und Traurigkeit bin ich zu weit gegangen. Dieser Blick weist mich zurecht.‹ Aber da er immer noch geistesabwesend und traurig war, schaute er auch wieder hinüber. Die Blondine tätschelte den spärlichen Haarkranz ihres Gatten. Der so getätschelte Kopf beugte sich zur Suppe hinab. Die blauen Augen suchten Rivero. Als wenn ein Jongleur dabei seine Hände im Spiel gehabt hätte, schauten ihre Pupillen trotz gesenktem Blick wundersamerweise weiterhin hoch und hielten dem seinen stand. Der ganze Vorgang war so kurz, daß Rivero gleich danach selber daran zweifelte.

›Es wird nur eine Einbildung sein‹, sagte er sich; aber es ging im selben Kreislauf weiter: eheliche Zärtlichkeiten, der Kopf, der sich hinabbeugt, Augen, die suchen, eheliche Zärtlichkeiten. Rivero gelangte zu dem Schluß: ›Eine untreue Gattin‹, wie jemand, der in dieser Welt der Täuschungen endlich etwas Echtes entdeckt oder zumindest ein Einhorn oder einen Engel.

Als er sich aus dem Speisesaal zurückzog, schaute die Blondine wieder zu ihm herüber und, da gab es keinen Zweifel, zwinkerte ihm mit einem Auge zu. Beunruhigt, weil er keine Ahnung hatte, wie er sich verhalten sollte, wanderte er in der Halle auf und ab. Es gab nicht viel, mit dem er sich beschäftigen konnte, nicht einmal dem Anschein nach: ein paar Vitrinen mit Zigarettenspitzen, Schmuck, Geldbörsen; große Plakate, welche die lange zurückliegenden Termine von irgendwelchen Darbietungen in zwei oder drei Kinos und im ›High Life‹-Kasino ankündigten. Nachdem sich dies alles erschöpft hatte, ließ er sich in einen Sessel fallen.

Der Alte und die Blondine erschienen auf der Bildfläche. Etwas in der Haltung des Paares, vielleicht ihre – vollauf verständliche – Heiterkeit, zeugte davon, daß sie, solange sie zusammen waren, auf nichts und niemanden sonst angewiesen waren. Sie plauderten und lachten, aber es wurde noch lebhafter, sobald der Nachtportier, der Barkeeper oder sogar der finster blickende Herr vom Empfang hinzukam. ›O Eheglück, Eheglück‹, moralisierte Rivero im stillen und wiegte wohlwollend sein Haupt. Die ungetreue Schöne war ein bißchen füllig, aber mit welcher Anmut zwinkerte sie ihm hinter dem Rücken ihres zärtlichen, ihres verzärtelten Gatten zu, der sie im Aufzug wie in einem romantischen Käfig entführte, weiß der Himmel in welches Schlafgemach des weitläufigen Palace.

Da ohnehin mit jeder Unternehmung bis zum nächsten Tag gewartet werden mußte, zog auch er sich auf sein Zimmer zurück.

Er erwachte von der Stimme des lauthals tönenden Sarcone:

Wie schön ist's doch, verliebt zu sein
Und dann im Bett, lang hingestreckt

Rivero stieß wütend hervor:

»Das hat die Maizani aber besser gesungen!«

»Es ist schon fast Mittag«, sagte Escobar.

»Das Witwerdasein bringt ihn jedenfalls nicht um seinen Schlaf«, stellte Tarantino fest.

»So sehr Witwer nun auch wieder nicht«, gab Rivero zurück und machte Wasser für den Mate heiß. Während er sich gewissenhaft rasierte, berichtete er von der Eroberung der Blondine.

»Die Begleitumstände waren denkbar ungünstig«, legte er los. »Wirklich denkbar ungünstig. Das Problem: einzudringen in die traute Zweisamkeit eines Paares, bei dem der Ehemann ständig Gewehr bei Fuß aufpaßt. Mir ist es gelungen, fragt mich nicht wie. Euch gegenüber will ich ganz frei von der Leber weg sprechen. Haltet mich nicht für einen Zauberer oder dergleichen. Jeder von euch würde dasselbe zustande bringen. Soll ich euch das Ge-

7. Inszenierte Schaulust: »Susanna und die beiden Alten« von Tintoretto, 1557

heimnis verraten? Augen zu und ran an den Feind. Auf fremdem Boden ist die Anziehungskraft des Argentiniers einfach unwiderstehlich!«

Der Mate machte die Runde. Rivero zog sich an.

»Beschreib uns die Blondine«, bat Sarcone.

»Eher klein, mit einem Stich ins Kesse. Wie das blühende Leben, mit rosiger Haut, guter Zustand.«

»Das ist die, die wir unten gesehen haben«, war sich Escobar sicher.

»Alleine?« wollte Rivero wissen.

»Alleine«, erklärte Escobar.

»Es wird eine andere sein«, meinte Tarantino, der im Gesicht schon grün vor Neid war und ganz verkniffene, fast glasige Augen hatte. »Eine Frau von dieser Klasse gibt sich nicht mit einem armseligen Touristen ab, der letzten Endes doch nichts weiter als ein Zugvogel ist.«

»Ihr wartet auf mich«, befahl Rivero.

Ungeduldig ließ er den Aufzug Aufzug sein und rannte die Treppe hinunter. Er nahm immer zwei oder gar drei Stufen auf einmal, aber ein Rennen hätte vielleicht doch der Aufzug mit all seiner unerschütterlichen Ruhe gewonnen, so wie die Schildkröte aus der Fabel.

Die Blondine war weder in der Halle noch im Salon, noch auf den Fluren oder im Wintergarten. Auf dem Flur war überhaupt niemand. In der Bar redete ein einziger Gast, vermutlich ein Engländer, irgend etwas auf den Barkeeper ein, der ihm teilnahmslos zuhörte. Rivero beendete seine Inspektion beim Hoteleingang und schaute hinaus. Da erspähte er sie auf der anderen Straßenseite; sie stand mit dem Rücken zu ihm, lehnte sich gegen das steinerne Geländer und war ganz in die Betrachtung der Bucht versunken.

Kurz entschlossen marschierte er auf sie zu. Sein Instinkt sagte ihm, daß bei solchen Gelegenheiten weniger die Originalität zählt als eine natürliche und vertrauenerweckende Art; daher sprach er sie an:

»Lassen Sie uns spazieren gehen. Gibt es in Dinard einen Park in der Art des Bois de Bologne?«

Klar und deutlich antwortete die Blondine:

»Nein, nicht in den Wald.«

Schon weit weniger sicher drängte er:

»Lassen Sie uns spazieren gehen.«

»Das ist gefährlich. Man könnte mich sehen«, behauptete die Blondine. »Ich erwarte Sie auf der Place de la République. Ich gehe über die Rue Levavasseur, hier entlang« – sie zeigte nach links –, »Sie nehmen die erste Straße rechts von Ihnen und gehen weiter, bis Sie zum Platz kommen.«

Wie immer, dachte Rivero, ist die Frau der Mann, und der Mann ist der kleine Junge. Unauffällig schaute er zum Palace zurück; er sah das, was er schon geahnt hatte: die Freunde hatten sich in das Fenster seines Zimmers gezwängt, lachten und machten ihm Zeichen. Tarantino schnitt ihm unverkennbar Grimassen. ›Sie glauben, ich hätte nichts erreicht‹, sagte er sich. ›Deshalb sind sie so zufrieden. Ich werde sie enttäuschen, ich werde ihnen alles erzählen, aber ich werde die Dinge ein wenig herunterspielen, denn unter Männern haben wir zuviel Zartgefühl, um zu zeigen, was wir fühlen.‹ Er zuckte die Achseln, richtete sich vielleicht ein wenig auf, während er sich mit stoischer Haltung diesem harten Gesetz männlicher Verhaltensnormen unterwarf, und beschleunigte seine Schritte. Auf dem Platz erwartete ihn die Dame voller Ungeduld, wie man schon von weitem an der Art sehen konnte, in der sie ihre Handtasche schwenkte. Rivero fragte mit einer Stimme, der man die Pein anhörte:

»Wohin gehen wir?«

Er war schon gelinde verzweifelt, denn jetzt, wo er die Hauptsache, ihre Einwilligung, erreicht hatte, würde er vielleicht alles wieder verlieren, noch ehe er sie einlösen könnte, nur weil es ihm an Initiative mangelte. Zwischen Kinn und einer Schulter der Dame tauchte in seinem Gesichtsfeld das Schild *Hotel de la République* auf. Er verwarf die Idee sogleich als unschicklich, oder vielleicht auch, weil ihm keine passende Art einfiel, um einen entsprechenden Vorschlag zu machen. Die Dame schaute ihn befremdet und geringschätzig an, als wenn sie bei sich dächte: ›Mit Ihrer kindischen Unentschlossenheit setzen Sie mich der Gefahr aus – wie enttäuschend! –, daß mich mein Mann überrascht.‹ Nicht einmal dieser Ansporn beflügelte Riveros Phantasie zu einer Lösung. Der Anblick des Schildes wirkte auf ihn wie ein Hemmschuh. Zu guter Letzt schöpfte er Kraft aus seiner Schwäche und stotterte (ein Manöver, das man mit Fug und Recht als das letzte Strampeln eines Ertrinkenden bezeichnen kann):

»Wäre es nicht letzten Endes das beste, damit niemand Sie sieht, gleich hier in der Nähe irgendwohin zu gehen, in dieses Hotel zum Beispiel?«

Einmal mehr bewunderte Rivero die Veranlagung der Frauen, aufgrund deren sie sich frohgemut der Realität anpassen, was uns manchmal etwas hart erscheinen mag, weil wir gewöhnt sind, daß sonst alles so zart und fein an ihnen ist – ihre Manieren, ihre Haut, ihre Kleidung. Die Dame sagte kurz und bündig:

»Gehen wir.«

Angesichts des billigen, heruntergekommenen Zimmers bedauerte Rivero, daß er sich so leicht aus der Fassung bringen ließ. Schlimmer noch sein Mangel an männlicher Zuverlässigkeit. Abermals hatte er den Fehler begangen, eine Dame in so ein verkommenes Etablissement zu bringen. Wie hatte doch einmal eine gewisse Gladys aus Temperley gesagt: »Das ist kein Rahmen für eine anständige Frau.« Das *Hôtel de la République* war mit geradezu schändlicher Offensichtlichkeit ein Stundenhotel. Die Worte, die er alsdann hörte, genügten, um der trostlosen Wirklichkeit etwas von einem Traum zu verleihen. Konnte man in wachem Zustand annehmen, daß die Örtlichkeit derart plötzlich auf die Dame abgefärbt hätte? Wirklich und wahrhaftig wies die ihn nämlich darauf hin:

»Das macht zweihundert Franc.«

Der getrübteste Geist findet manchmal einen lichten Flecken. Vertrauensvoll antwortete Rivero:

»Ich verstehe Ihre Ironie. Seien Sie nicht grausam. Dieser Ort ist nichts für eine Dame. Verzeihung.«

»Ah, nein«, gab die Blondine zurück. »Ich dulde keine Irrtümer, weder vorgebliche noch absichtliche. Ich bin nicht eine von denen, die das brave Mädchen spielen, wenn ein Kunde sie verwechselt, und einen verliebten Nachmittag mit ihm verbringen.«

»Aber Sie sind doch verheiratet. Sie sind mit Ihrem Gatten hier.«

»Gatte? Kunde. Er hat mich in der Bar hinter der Madeleine angeheuert, in Paris, damit ich mit ihm in die Ferien fahre. Jedes Jahr heuert er eine an, immer in derselben Bar: er ist sehr treu. Er erhebt *full time* Anspruch auf uns, aber die anderen haben mir schon klargemacht, daß er ein alter Geizhals ist, und so sehe ich eben selbst, wo ich bleibe.«

Arthur Schnitzler
›Casanovas Heimfahrt

Doch die Zeit schritt vor, und Amalia schickte ihre Töchter zu Bett. Ehe sie gingen, küßte Casanova sie alle aufs zärtlichste, Teresina nicht anders als die zwei jüngern, und alle mußten ihm versprechen, ihn bald mit den Eltern in Venedig zu besuchen. Als die Kinder fort waren, tat er sich wohl weniger Zwang an, aber alles, was er erzählte, brachte er ohne jede Zweideutigkeit und vor allem ohne jede Eitelkeit vor, so daß man eher den Bericht eines gefühlvollen Narren der Liebe als den eines gefährlich-wilden Verführers und Abenteurers zu hören vermeinte. – Er sprach von der wunderbaren Unbekannten, die wochenlang mit ihm als Offizier verkleidet herumgereist und eines Morgens plötzlich von seiner Seite verschwunden war; von der Tochter des adligen Schuhflickers in Madrid, die ihn zwischen zwei Umarmungen immer wieder zum frommen Katholiken hatte bekehren wollen, von der schönen Jüdin Lia in Turin, die prächtiger zu Pferde gesessen war als irgendeine Fürstin; von der lieblich-unschuldigen Manon Balletti, der einzigen, die er beinahe geheiratet hätte, von jener schlechten Sängerin in Warschau, die er ausgepfiffen, worauf er sich mit ihrem Geliebten, dem Krongeneral Branitzky, hatte duellieren und aus Warschau fliehen müssen; von der bösen Charpillon, die ihn in London so jämmerlich zum Narren gehalten; von einer nächtlichen Sturmfahrt, die ihm fast das Leben gekostet, durch die Lagunen nach Murano zu seiner angebeteten Nonne; von dem Spieler Croce, der, nachdem er in Spa ein Vermögen verloren, auf der Landstraße tränenvollen Abschied von ihm genommen und sich auf den Weg nach Petersburg gemacht hatte – so wie er dagestanden war, in seidenen Strümpfen, in einem apfelgrünen Samtrock und ein Rohrstöckchen in der Hand. Er erzählte von Schauspielerinnen, Sängerinnen, Modistinnen, Gräfinnen, Tänzerinnen, Kammermädchen; von Spielern, Offizieren, Fürsten, Gesandten, Finanzleuten, Musikanten und Abenteurern; und so wundersam ward ihm selbst der Sinn von dem wieder neu gefühlten Zauber seiner eigenen Vergangenheit umfangen, so vollständig war der Triumph all des herrlichen durchlebten, doch unwiederbringlich Gewesenen über das armselig Schattenhafte, das sich seiner Gegenwärtigkeit brüsten durfte, daß er eben im Begriffe war, die Geschichte eines hübschen blassen Mädchens zu berichten, das ihm im Dämmer einer Kirche zu Mantua seinen Liebeskummer anvertraut hatte, ohne daran zu denken, daß ihm dieses selbe Geschöpf, um sechzehn Jahre gealtert, als die Frau seines Freundes Olivo hier am Tische gegenübersaß; – als mit plumpem Schritt die Magd eintrat und meldete, daß vor dem Tore der Wagen bereitstehe. Und sofort, mit seiner unvergleichlichen Gabe, sich in Traum und Wachen, wann immer es nötig war, ohne Zögern zurechtzufinden, erhob sich Casanova, um Abschied zu nehmen. Er forderte Olivo, dem vor Rührung die Worte versagten, nochmals mit Herzlichkeit auf, ihn mit Frau und Kindern in Venedig zu besuchen, und umarmte ihn; als er sich mit der gleichen Absicht Amalien näherte, wehrte sie leicht ab und reichte ihm nur die Hand, die er ehrerbietig küßte. Wie er sich nun zu Marcolina wandte, sagte diese: »All das, was Sie uns heute abend erzählt haben – und noch viel mehr – sollten Sie niederschreiben, Herr Chevalier, so wie Sie es mit Ihrer Flucht aus den Bleikammern gemacht haben.« – »Ist das Ihr Ernst, Marcolina?« fragte er mit der Schüchternheit eines jungen Autors. Sie lächelte mit leisem Spott. »Ich vermute«, sagte sie, »ein solches Buch könnte noch weit unterhaltender werden als Ihre Streitschrift gegen Voltaire.« – Das möchte leicht wahr sein, dachte er, ohne es auszusprechen. Wer weiß, ob ich deinen Rat nicht einmal befolge? Und du selbst, Marcolina, sollst das letzte Kapitel sein. – Dieser Einfall, mehr noch der Gedanke, daß dieses letzte Kapitel im Laufe der kommenden Nacht erlebt werden sollte, ließ seinen Blick so seltsam erflackern, daß Marcolina die Hand, die sie ihm zum Abschied gereicht, aus der seinen gleiten ließ, eh' er, sich herabbeugend, einen Kuß darauf zu drücken vermocht hatte. Ohne sich irgend etwas, sei es Enttäuschung, sei es Groll, merken zu lassen, wandte sich Casanova zum Gehen, indem er durch eine jener klaren und einfachen Gesten, die nur ihm gehörten, zu verstehen gab, daß ihm niemand, auch Olivo nicht, folgen solle. Raschen Schritts durcheilte er die Kastanienallee: gab der Magd, die den Reisesack in den Wagen geschafft hatte, ein Goldstück, stieg ein und fuhr davon.

Der Himmel war von Wolken verhängt. Nachdem man das Dorf hinter sich gelassen, wo noch hinter armen Fenstern da und dort ein kleines Licht geschimmert hatte, leuchtete nur mehr die gelbe Laterne, die vorn an der Deichsel befestigt war, durch die Nacht. Casanova öffnete den Reisesack, der zu seinen Füßen lag, nahm Lorenzis Mantel heraus und, nachdem er ihn über sich gebreitet, entkleidete er sich unter dessen Schutz mit aller gebotenen Vorsicht. Die abgelegte Gewandung, auch Schuhe und Strümpfe, versperrte er in den Sack und hüllte sich fester in den Mantel ein. Jetzt rief er den Kutscher an: »He, wir müssen wieder zurück!« – Der Kutscher wandte sich verdrossen um. – »Ich habe meine Papiere im Hause vergessen. Hörst du? Wir müssen zurück.« Und da jener, ein verdrossener, magerer, graubärtiger Mensch, zu zögern schien: »Ich verlange es natürlich nicht umsonst. Da!«

Und er drückte ihm ein Goldstück in die Hand. Der Kutscher nickte, murmelte etwas, und mit einem gänzlich überflüssigen Peitschenhieb auf das Pferd, wandte er den Wagen. Als sie wieder durch das Dorf fuhren, lagen die Häuser alle stumm und ausgelöscht. Noch ein Stück Wegs die Landstraße hin, und nun wollte der Kutscher in die schmälere, leicht ansteigende Straße einlenken, die zu Olivos Besitzung führte. »Halt!« rief Casanova, »wir wollen nicht so nah heranfahren, sonst wecken wir die Leute auf. Warte hier an der Ecke. Ich bin bald wieder da... Und sollt' es etwas länger dauern, jede Stunde trägt einen Dukaten!« Nun glaubte der Mann ungefähr zu wissen, woran er war; Casanova merkte es an der Art, wie jener mit dem Kopf nickte. Er stieg aus und eilte weiter, den Augen des Kutschers bald entschwindend, bis ans verschlossene Tor, daran vorüber, die Mauer entlang bis zu der Ecke, wo sie im rechten Winkel nach oben bog, und nahm nun den Weg durch die Weinberge, den er, nachdem er ihn schon zweimal im Tagesschein gegangen, leicht zu finden wußte. Er hielt sich der Mauer nahe und folgte ihr auch, als sie nun, etwa auf der mittleren Höhe des Hügels, wieder im rechten Winkel umbog. Hier ging er auf weichem Wiesengrund, im Dunkel der verhängten Nacht weiter, und mußte nur achtgeben, daß er die Gartentür nicht verfehlte. Er tastete längs der glatten steinernen Umfassung, bis seine Finger das rauhe Holz spürten; worauf er die Türe auch in ihrem schmalen Umriß deutlich wahrzunehmen vermochte. Er steckte den Schlüssel in das rasch gefundene Schloß, öffnete, trat in den Garten und sperrte hinter sich wieder zu. Er sah das Haus mit dem Turm jenseits der Wiese in unwahrscheinlicher Entfernung und in einer ebenso unwahrscheinlichen Höhe aufragen. Eine Weile stand er ruhig; er sah um sich; denn was für andre Augen noch undurchdringliche Finsternis gewesen wäre, war für die seinen nur tiefe Dämmerung. Er wagte es, statt in der Allee, deren Kies seinen nackten Füßen weh tat, auf der Wiese weiterzugehen, die den Ton seiner Schritte verschlang. Er glaubte zu schweben; so leicht war sein Gang. – War mir anders zumute, dachte er, zur Zeit, da ich als Dreißigjähriger solche Wege ging? Fühl' ich nicht wie damals alle Gluten des Verlangens und alle Säfte der Jugend durch meine Adern kreisen? Bin ich nicht heute Casanova, wie ich's damals war?... Und da ich Casanova bin, warum sollte an mir das klägliche Gesetz nicht zuschanden werden, dem andre unterworfen sind, und das Altern heißt! Und immer kühner werdend, fragte er sich: Warum schleich ich in einer Maske zu Marcolina? Ist Casanova nicht mehr als Lorenzi, auch wenn er um dreißig Jahre älter ist? Und wäre sie nicht das Weib, dies Unbegreifliche zu begreifen?... War es nötig, eine kleine Schurkerei zu begehen und einen andern zu einer etwas größern zu verleiten? Wäre man nicht mit etwas Geduld zum gleichen Ziel gekommen? Lorenzi ist morgen fort, ich wäre geblieben... Fünf Tage... drei – und sie hätte mir gehört – *wissend* mir gehört. – Er stand an die Wand des Hauses gedrückt, neben Marcolinens Fenster, das noch fest verschlossen war, und seine Gedanken flogen weiter. Ist es denn zu spät dazu?... Ich könnte wiederkommen, – morgen, übermorgen... und begänne das Werk der Verführung – als ehrlicher Mann sozusagen. Die heutige Nacht wäre ein Vorschuß auf die künftigen. Ja, Marcolina müßte nicht einmal erfahren, daß ich heute dagewesen bin – oder erst später – viel später. –

Das Fenster war noch immer fest geschlossen; auch dahinter rührte sich nichts. Es fehlten wohl noch ein paar Minuten auf Mitternacht. Sollte er sich irgendwie bemerkbar machen? Leise ans Fenster klopfen? Da nichts dergleichen ausgemacht war, hätte es vielleicht doch in

Marcolina einen Verdacht werfen können. Also warten. Lange konnte es nicht mehr dauern. Der Gedanke, daß sie ihn sofort erkennen, den Betrug durchschauen konnte, eh' er vollzogen war, kam ihm, nicht zum erstenmal, doch ebenso flüchtig und als die natürliche verstandesmäßige Erwägung einer entfernten, ins Unwahrscheinliche verschwimmenden Möglichkeit, nicht als eine ernstliche Befürchtung. Ein etwas lächerliches Abenteuer fiel ihm ein, das nun zwanzig Jahre zurücklag; das mit der häßlichen Alten in Solothurn, mit der er eine köstliche Nacht verbracht hatte, in der Meinung, eine angebetete schöne junge Frau zu besitzen – und die ihn überdies tags darauf in einem unverschämten Brief ob seines ihr höchst erwünschten, von ihr mit infamer List geförderten Irrtums verhöhnt hatte. Er schüttelte sich in der Erinnerung vor Ekel. Gerade daran hätte er jetzt lieber nicht denken sollen, und er verjagte das abscheuliche Bild. – Nun, war es nicht endlich Mitternacht? Wie lange sollte er noch hier stehen an die Mauer gedrückt, fröstelnd in der Kühle der Nacht? Oder gar vergeblich warten? Der Geprellte sein – trotz allem? – Zweitausend Dukaten für nichts? Und Lorenzi mit ihr hinter dem Vorhang? Seiner spottend? – Unwillkürlich faßte er den Degen etwas fester, den er unter dem Mantel an seinen nackten Leib gepreßt hielt. Von einem Kerl wie Lorenzi mußte man am Ende auch der peinlichsten Überraschung gewärtig sein. – Aber dann ... In diesem Augenblick hörte er ein leises knackendes Geräusch, – er wußte, daß nun das Gitter von Marcolinens Fenster sich zurückschob, gleich darauf öffneten sich beide Flügel weit, während der Vorhang noch zugezogen blieb. Casanova hielt sich ein paar Sekunden regungslos, bis von unsichtbarer Hand gerafft der Vorhang sich nach der einen Seite hob; das war für Casanova ein Zeichen, sich über die Brüstung ins Zimmer zu schwingen und sofort Fenster und Gitter hinter sich zu schließen. Der geraffte Vorhang war über seinen Schultern wieder gesunken, so daß er genötigt war, darunter hervorzukriechen, und nun wäre er in völliger Finsternis dagestanden, wenn nicht aus der Tiefe des Gemachs, in unbegreiflicher Entfernung, wie von seinem eignen Blick erweckt, ein mattes Schimmern ihm den Weg gewiesen hätte. Nur drei Schritt – und sehnsüchtige Arme breiteten sich nach ihm aus; er ließ den Degen aus der Hand, den Mantel von seinen Schultern gleiten und sank in sein Glück.

An Marcolinens seufzendem Vergehen, an den Tränen der Seligkeit, die er ihr von den Wangen küßte, an der immer wieder erneuten Glut, mit der sie seine Zärtlichkeiten empfing, erkannte er bald, daß sie seine Entzückungen teilte, die ihm als höhere, ja von neuer, andrer Art erschienen, als er jemals genossen. Lust ward zur Andacht, tiefster Rausch ward Wachsein ohnegleichen; hier endlich war, die er schon so oft, töricht genug zu erleben geglaubt, und die er noch niemals wirklich erlebt hatte – Erfüllung war an Marcolinens Herzen. Er hielt die Frau in seinen Armen, an die er sich verschwenden durfte, um sich unerschöpflich zu fühlen; – an deren Brüsten der Augenblick des letzten Hingegebenseins und des neuen Verlangens in einen einzigen von ungeahnter Seelenwonne zusammenfloß. War an diesen Lippen nicht Leben und Sterben, Zeit und Ewigkeit Eines? War er nicht ein Gott –? Jugend und Alter nur eine Fabel, von Menschen erfunden? – Heimat und Fremde, Glanz und Elend, Ruhm und Vergessensein – wesenlose Unterscheidungen zum Gebrauch von Ruhelosen, von Einsamen, von Eiteln – und sinnlos geworden, wenn man Casanova war und Marcolina gefunden? Unwürdig, ja lächerlicher von Minute zu Minute erschien es ihm, sich, einem Vorsatz getreu, den er früher als Kleinmütiger gefaßt, aus dieser Wundernacht stumm, unerkannt, wie ein Dieb zu flüchten. Im untrüglichen Gefühl, ebenso der Beglückende zu sein, als er der Beglückte war, glaubte er sich schon zu dem Wagnis entschlossen, seinen Namen zu nennen, wenn er sich auch immer noch bewußt war, damit ein großes Spiel zu spielen, das er, wenn er es verlor, bereit sein mußte, mit dem Dasein zu bezahlen. Noch war undurchdringliche Dunkelheit um ihn, und bis durch den dichten Vorhang das erste Dämmern brach, durfte er ein Geständnis hinauszögern, an dessen Aufnahme durch Marcolina sein Schicksal, ja sein Leben hing. Aber war denn nicht gerade dieses stummselige, süßverlorene Zusammensein dazu gemacht, ihm Marcolina von Kuß zu Kuß unlöslicher zu verbinden? Wurde, was sich als Betrug entsponnen, nicht Wahrheit in den namenlosen Entzückungen dieser Nacht? Ja, durchschauerte sie, die Betrogene, die Geliebte, die Einzige, nicht selbst schon eine Ahnung, daß es nicht Lorenzi, der Jüngling, der Wicht, daß es ein Mann, – daß es Casanova war, in dessen Göttergluten sie verging? Und schon begann er es für möglich zu halten, daß ihm der ersehnte und doch gefürchtete Augenblick des Geständnisses gänzlich erspart bleiben würde; er träumte davon, daß Marcolina selbst, bebend, gebannt, erlöst ihm seinen Namen entgegenflüstern würde. Und dann – wenn sie so ihm verziehen – nein – seine Verzeihung empfangen –, dann wollte er sie mit sich nehmen, sofort, in dieser selben Stunde noch; – mit ihr im Grauen der Frühe das Haus verlassen, mit ihr in den Wagen steigen, der draußen an der Straßenbiegung wartete... mit ihr davonfahren, für immer sie halten, sein Lebenswerk damit krönen, daß er, in Jahren, da andre sich zu einem trüben Greisentum bereiten, die Jüngste, die Schönste, die Klügste durch die ungeheure Macht seines unverlöschlichen Wesens gewonnen und sie für alle Zeit zur Seinen gemacht hatte. Denn diese war sein, wie keine vor ihr. [...] Durch einen schmalen Spalt zwischen Vorhang und Fensterrand war ein Strahl der Dämmerung hereingebrochen. Marcolina, in ihr weißes Nachtgewand gehüllt, das sie mit beiden Händen über der Brust zusammenhielt, stand am Fußende des Bettes und betrachtete Casanova mit einem Blick unnennbaren Grauens, der ihn sofort und völlig wach machte. Unwillkürlich, wie mit einer Gebärde des Flehens, streckte er die Arme nach ihr aus. Marcolina, wie zur Erwiderung, wehrte mit einer Bewegung ihrer Linken ab, während sie mit der Rechten ihr Gewand über der Brust noch krampfhafter zusammenfaßte. Casanova erhob sich halb, sich mit beiden Händen auf das Lager stützend, und starrte sie an. Er vermochte den Blick von ihr so wenig abzuwenden als sie von ihm. Wut und Scham war in dem seinen, in dem ihren Scham und Entsetzen. Und Casanova wußte, wie sie ihn sah; denn er sah sich selbst gleichsam im Spiegel der Luft und erblickte sich so, wie er sich gestern in dem Spiegel gesehen, der im Turmgemach gehangen: ein gelbes böses Antlitz mit tiefgegrabenen Falten, schmalen Lippen, stechenden Augen – und überdies von den Ausschweifungen der verflossenen Nacht, dem gehetzten Traum des Morgens, der furchtbaren Erkenntnis des Erwachens dreifach verwüstet. Und was er in Marcolinens Blick las, war nicht, was er tausendmal lieber darin gelesen: Dieb – Wüstling – Schurke –; er las nur dies eine –, das ihn schmachvoller zu Boden schlug als alle andern Beschimpfungen vermocht hätten – er las das Wort, das ihm von allen das furchtbarste war, da es sein endgültiges Urteil sprach: Alter Mann.

Kunst als Verführung

Dante
Verfängliche Lektüre

Dann hub ich an und wandte mich zu denen
Und sprach: »Dein Weh, Francesca, läßt vor Bangen
Mich weinen, mitleidvoll, um dich und jenen.
Doch sag mir, wes sich Minne unterfangen,
Wie fügte sie's in süßer Seufzer Zeit,
Daß kund euch ward ihr schüchternes Verlangen?«
Und sie nun: »Keinem, ach, wird herbres Leid,
Als wem beglückter Tage Bild erscheinet
Im Elend. Der dich lehrt, der weiß Bescheid!
Doch wenns so liebreich deine Frage meinet,
Wie unsrer Liebe erster Keim erwacht,
So will ich tun, wie wer da spricht und weinet.
Wir lasen einst, auf Kurzweil nur bedacht,
Wie Lanzelot sich wand in Liebesbanden:
Allein war ich mit ihm, ohn Arg und Acht.
Beim Lesen kams, daß sich die Blicke fanden,
Und mehr als einmal blich die Wang uns beiden,
Doch eines machte Will und Wehr zuschanden:
Vom Lächeln lasen wir, wie dran sich weiden
Die Blicke, wie ers küßt, der Buhle hehr, –
Da küßt' auch mich, den nichts von mir kann scheiden,
Erzitternd küßte meinen Mund auch er...
Galeotto war das Buch und ders erdachte!
An jenem Tage lasen wir nicht mehr...«

Johann Heinrich Pestalozzi
Die kühne Feder

Pestalozzi schreibt an seine Braut Anna Schulthess:

Wenn ein heiliger Mönch in dem frommen Stuhl der römischen Kirche einem Mädchen seine Hand bietet, ohne sie mit dem rauhen Tuche seiner Kutte zu bedecken, so muß er Buße tun, und wenn ein Jüngling einem Mädchen von einem Kuß redet, ohne ihn zu geben und zu empfangen, so muß er billig Buße tun. Darum tue auch ich Buße, daß mein Mädchen nicht zürne. Denn ein Mädchen zürnet zwar nicht, wenn es sieht, daß ein Jüngling der's wert ist, glaubt, daß sie ihn liebe, aber wenn ein Jüngling von einem Kuß nur redet, so zürnet ein Mädchen gewiß, denn man küßt ja nicht einen jeden, den man liebt und die Küsse der Mädchen sind ja nur auf den Mund ihrer Freundinnen bestimmt. Darum ist es eine große, schwere Sünde, wenn ein Jüngling ein Mädchen zu einem Kuß zu verführen sucht. Am allermeisten ist die Sünde groß, wenn er ein einziges Mädchen und noch gar das Mädchen, das er liebt, dazu zu verführen sucht.

Ein Jüngling soll auch ein Mädchen, das er liebt, niemals allein zu sehen wünschen. Der Sitz einer reinen, unschuldigen Liebe sind geräuschvolle Gesellschaften und unsichere Stadtzimmer und das war in allem ein gefährlicher Irrlehrer, der »Hütten« für einen séjour des amants hielt, denn um Hütten herum sind einsame Wege und Wald und Flur und Wiesen und schattige Bäume und Seen. Die Luft ist da so rein und atmet Freude und Wonne und Heiterkeit: wie sollte wohl da ein Mädchen den bösen Küssen seines Geliebten widerstehen können? Nein, der Ort, wo ein bescheidener Jüngling seine Geliebte zu sehen wünscht, ist mitten in der Stadt. Am heißen Sommerabend wartet er seiner Geliebten gerade unter den glühenden Dachziegeln in einem dunstvollen Zimmer, wo gegen das Lispeln des Zephyrs Bollwerke von Mauern getürmt sind. Hitze und Dampf und Gesellschaft und Furcht erhalten den Jüngling in ehrbarer, sittsamer Stille und oft erfolgt da ein Beweis der allergrößten Tugend, einer auf dem Lande unerhörten Tugend: daß den Jüngling in Gegenwart seiner Geliebten anfängt zu schläfern.

Darum sollte ich Buße tun, denn ich habe einsame Spaziergänge und Küsse gewünscht; aber ich bin ein ruchloser Sünder und mein Mädchen weiß es, es würde meine Buße nur eine heuchlerische Buße heißen und vielleicht doch eine andere nicht wünschen. Darum will ich nicht Buße tun und wenn Doris zürnt, will ich auch zürnen und ihr dann sagen:

»Was hab' ich getan? Du hast mir den Brief ja genommen und ohne Erlaubnis gelesen, er war nicht Dein. Darf ich nicht schreiben für mich, auch schreiben und von Küssen träumen, wie ich will? Du weißt ja, daß ich keine gebe, daß ich keine stehle; du weißt ja, daß ich nicht kühn bin; nur meine Feder ist kühn. Wenn Deine Feder mit meiner Feder Streit hat, so lasse sie schreiben und mit papiernen Vorwürfen meine Papierkühnheit strafen. Uns aber geht der ganze Streit nichts an. Laß Deine Feder, wenn Du willst, über meine Feder zürnen. Dein Gesicht aber zwinge nicht mehr in zürnende Falten und laß mich nicht mehr wie heut von Dir weg.«

Ich habe die Ehre, mich Ihnen gehorsamst anstandshalber zu empfehlen und zeitlebens zu sein

dero gehorsamster
Diener H. P.

Clemens Brentano
Schreibrausch

An Karoline von Günderrode in Frankfurt
Marburg, gegen Ende Mai 1802

Gute Nacht! Du lieber Engel, ach bist du es, bist du es nicht? so öfne alle Adern deines weisen Leibes, daß das heiße schäumende Blut aus tausend wonnigen Springbrunnen sprizze, *so* will ich dich sehen, und trinken aus den Tausend Quellen, trinken biß ich berauscht bin, und deinen Tod mit jauchzender Raserei beweinen kann, weinen wieder in dich all dein Blut, und das meine in Trähnen, biß sich dein Herz wieder hebt, und du mir vertraust, weil das Meinige in deinem Puls lebt. – O wenn du mich kenntest, du würdest den Muth verlieren mich zu lieben, den du nicht fassen kannst, da du mich nicht kennst. –. Ich weiß so unendlich viel, daß es mir das Herz zersprengt, es zu sagen, aber sprechen ist ein langsames Todtmartern, und lägst du nur eine Nacht in meinen Armen, so solltest du dir meine Liebe an deinen warmen Brüsten ausbrühen, und du wüstest alles, waß ich weiß, und brauchtest nicht mehr zu erschrecken, über alles, waß ich sagen darf, weil ich will. Wahrhaftig liebes Kind, die Jugend ist zart, und man kann nicht mit ihr sprechen, die Jugend soll vom Leben lernen, o du liebe Jugend warum darf ich dich nicht lehren, nicht wahr du liebst mich nicht? ja das thun die Leute, thue du es auch, denn du glaubst wohl auch, waß die Leute wißen ist bös, und das Geheime gut. Es mag dir wohl wunderlich werden bei diesen Worten, denn du magst allerhand, waß man nicht soll, o ihr armen lieben zweibeinigten Engel in der Hölle, und du Günterrödchen im Fräuleinstift, waß habe ich euch so lieb, ihr Teufel und ihr Engel, mein Herz ist keine Arme Seele. Alles das schreibe ich in einem süßen drehenden Rausch, die Mondnacht, und der Frühling haben sich nicht gescheut, vor meinen Augen das süße heilige Liebeswerk zu vollbringen, und damit das Bewustsein solcher Wollust nicht verlohren gehe, haben sie das Seufzen ihrer Liebe an dem Echo meines Busens gebrochen, und wie sie sich umarmten, verwandelten sie sich in eine goldne süße bittere, wollüstige Schlange, die mich mit den lebendigen drükkenden Zückenden Feßlen ihres Leibes umwand, so saß ich am Berge und sah ins weite Thal, das sich wie ein leichter Berg auf mein Herz warf, und da riß ich die Kleider von mir, das die Umarmung keuscher sei, wie der Blizz schnell und elektrisch biß mir die goldne Schlange ins Herz, und ringelte wie in gewundener Lust an mir Herauf, sie vergiftete mich mit göttlichem Leben, und in mir war ein anderes Leben, es zieht mir mit ergebendem Wiederstand durch Adern und Mark, und die Schlange zog durch die Wunde nach, und ringelt sich jezt freudig und liebend um mein Herz, es ist zu viel, waß ich habe, drum beiße ich mir die Adern auf, und will dir es geben, aber du hättest es thun sollen, und saugen müßen. Oefne deine Adern nicht Günterrödchen, ich will dir sie aufbeisen. O ich bin ein Arabisches Roß, warum nicht, wenn ich dich hier hätte, und du solche Hochzeiten feiern sähest neben mir, so sollte Mondnacht und Frühling uns das Echo sein, daß ich ihnen war. –. (Wenn du mich nicht verstehst, so schreibe mir es, damit ich nicht mehr schreibe)

Schreibe mir recht vernünftige Briefe lieber Engel, und wenn du mich lieben kannst, so thue es, kein Tropfen solchen süßen Weins soll verlohren gehn, ich trinke deine Gesundheit, mit jedem Blick, den ich in den Frühling thue, und jeder meiner Gedanken an dich, ist eine Gesundheit, die ich dem Frühlinge zu trinke. Wenn du lieb bist, muß ich dich ja lieben, das ist der Liebe Wesen, mein Wesen und dein Wesen. Lebe wohl, und habe den Muth nur darum zu weinen, daß du nicht bei mir bist im Fleische sondern nur im Gedanken, den beide sind eins, und nur im Abendmahl genießen wir den Gott, denn alles Wort muß Fleisch werden, auch das Wort der Liebe.

Clemens Brentano

Waß macht der Brief für eine Wirkung auf dich liebes Günterrödchen, ich fürchte immer du stellst dich kluger oder dummer an, als du bist, sei doch kein Kind, mein Kind, und verstehe zu leben, das heist, bekümmre dich nur um Gott.

Marguerite Duras
Im Kino

Seit einiger Zeit machte ich mir nicht mehr viel aus dem Kino. Das merkte ich schon bald nach unserer Ankunft. Wenn ich drin war, war alles schön und gut, aber der Entschluß, hinzugehen, war nicht leicht. Ich ging jedenfalls nicht mehr hin wie früher. Als versäumte ich unterdessen was Besseres. Als vertäte ich meine Zeit und als dürfte ich das nicht mehr. Aber da ich nicht rauskriegte, was ich, anstatt ins Kino zu gehen, hätte tun sollen, ging ich schließlich doch wieder hin. Auch das mußt du ihr sagen, daß ich das Kino nicht mehr mochte. Und daß ich selbst sie vielleicht schließlich weniger gern gemocht hätte. Wenn ich im Kino saß, hoffte ich immer, bis zur letzten Minute, ich fände, was ich tun sollte, anstatt hier zu sitzen, fände es, bevor der Film anfing. Aber ich fand es nicht. Und wenn dann das Licht ausging und die Leinwand hell wurde und alle still waren, war ich wie sonst, ich wartete auf nichts mehr und fühlte mich wohl. Ich sage dir das alles, damit du dich meiner und an das, was ich dir sagte, erinnerst, wenn ich fort bin. Auch wenn sie stirbt. Ich kann nicht anders mehr.

Ich habe mich geirrt. Im Kino bin ich ihr begegnet. Sie kam zu spät, als die Lichter schon erloschen waren. Ich möchte nichts vergessen und dir alles sagen, alles, aber ich weiß nicht, ob es mir gelingt. Ich habe sie nicht gleich richtig gesehen. ›Sieh da, eine Frau sitzt neben mir.‹ Das ist alles, was ich mir sagte, wie sonst auch. Sie war nicht allein. Sie war in Begleitung eines Mannes. Ich saß links und er rechts von ihr. Links von mir saß niemand. Ich hatte den letzten Sitz in der Reihe. Genau weiß ich das nicht mehr, aber ich glaube, daß ich sie während der Wochenschau und des Anfangs des Films – etwa eine halbe Stunde lang – ganz vergaß. Ich vergaß ganz, daß eine Frau neben mir saß. Ich erinnere mich noch sehr gut des Anfangs des Films, aber von der zweiten Hälfte weiß ich fast nichts mehr. Wenn ich sage, ich hätte sie vergessen, so stimmt das nicht ganz. Im Kino habe ich niemals vergessen können, daß eine Frau neben mir sitzt. Ich müßte sagen, daß sie mich nicht daran hinderte, den Film zu sehen. Wieviel Zeit war seit dem Beginn des Films vergangen? Vielleicht eine halbe Stunde, wie ich schon sagte. Da ich nicht wußte, was alles mich erwartete, habe ich auf diese Einzelheiten nicht geachtet, und das bedaure ich, denn seit ich wieder in diesem Puff hier bin, versuche ich, sie mir ins Gedächtnis zurückzurufen. Aber ich kriege es nicht fertig.

So fing es an. Plötzlich hörte ich lautes und regelmäßiges Atmen ganz in meiner Nähe. Ich beugte mich vor und sah die Reihe entlang, um festzustellen, woher das Atmen käme. Es war der Mann, der mit ihr zusammen ins Kino gekommen war. Er schlief, den Kopf nach hinten auf den Sessel gelegt, den Mund halb geöffnet. Er schlief wie jemand, der tief erschöpft ist. Sie merkte, daß ich mich zur Seite wandte. Sie wandte sich mir zu und lächelte. Ich sah ihr Lächeln im Licht der Leinwand. »Das ist immer so.« Sie sagte das fast laut, jedenfalls so laut, daß der Mann dadurch hätte wach werden müssen. Aber der Mann wurde nicht wach. Ich fragte: »Immer so?« Sie antwortete: »Immer.« Als sie lächelte, fand ich sie schön, aber einen ganz besonderen Eindruck machte ihre Stimme auf mich. Als ich sie ›immer‹ sagen hörte, hatte ich gleich Lust, mit ihr zu schlafen. Sie hatte das Wort gesagt, wie ich es noch nie hatte sagen hören, als hätte ich seine Bedeutung erst jetzt, da sie es sagte, begriffen. Als hätte sie zu mir, ja, so war es, als hätte sie zu mir gesagt: »Schon immer warte ich auf dich.« Wir haben dann den Film angeschaut, sie und ich. Ich habe als erster wieder gesprochen. »Weshalb?« – »Zweifellos, weil es ihn nicht interessiert.« Ich wußte nicht, was ich weiter zu ihr sagen sollte. Seit einem Augenblick suchte ich derart danach, daß ich dem Film nicht mehr folgen konnte. Dann war ich das Suchen leid und fragte sie, was zu wissen mich interessierte: »Wer ist denn der Kerl?« Sie lachte und wandte sich mir ganz zu. Ich sah ihren Mund, ihre Zähne und nahm mir vor, ihr zu folgen, wenn sie mit dem Mann das Kino verließ. Sie dachte nach. Vielleicht wußte sie nicht, ob sie mir antworten sollte, dann sagte sie schließlich: »Mein Mann.« »Ihr Mann?« wiederholte ich. Ich fand es empörend, daß ihr Mann im Kino einschlief, wenn er neben ihr saß. Nicht einmal sie, die doch schon so alt ist und soviel durchgemacht hat, schläft im Kino ein. Anstatt mir zu antworten, zog sie ein Päckchen Zigaretten aus der Handtasche. Es war die Marke 555. Sie bot mir eine an und bat mich um Feuer. Ich wußte gleich, daß sie mich um Feuer bat, um mich beim Licht des Streichholzes besser sehen zu können. Auch sie hatte gleich Lust, mit mir zu schlafen. Ohne sie gesehen zu haben, wußte ich, als sie mich um Feuer bat, daß sie viel älter war als ich und keinerlei Scham darüber empfand, mal mit einem andern im Bett liegen zu wollen. Plötzlich hatte sie begonnen, leise zu sprechen, um den Mann nicht zu wecken. »Haben Sie vielleicht Feuer?«, während sie zu Beginn des Films keinerlei Rücksicht auf seinen Schlaf genommen hatte. Ich habe ein Streichholz angezündet und es ihr gereicht. Dabei habe ich ihre Hände gesehen. Ihre Finger waren lang und glänzend und ihre Nägel rot lackiert. Auch ihre Augen habe ich gesehen; anstatt auf die Zigarette zu sehen, während sie diese anzündete, sah sie mich an. Ihr Mund war rot, vom selben Rot wie ihre Nägel. Als ich beide, Nägel und Mund, so nahe nebeneinander sah, bekam ich einen Schrecken. Als wären Mund und Finger Wunden und als sähe ich ihr Blut, fast das Innere ihres Körpers. Ich begehrte sie jetzt noch mehr und nahm mir vor, ihr nach der Vorstellung mit dem B. 12 zu folgen, um herauszubekommen, wo sie wohnte, und sie, falls es nötig war, zu beobachten und während meines Aufenthaltes in der Stadt auf sie zu warten. Ihre Augen leuchteten im Licht des Streichholzes, und während das Streichholz brannte, sahen sie mich ohne jede Scham an. »Sie sind jung.« Ich sagte ihr mein Alter, zwanzig Jahre. Dann haben wir leise miteinander gesprochen. Sie fragte mich, was ich täte. Ich habe ihr erzählt, wir wohnten in der Nähe von Ram und es ginge uns saudreckig wegen einer Konzession, die man uns angedreht hätte. Ihr Mann, sagte sie, hätte in der Nähe von Ram gejagt, aber sie kenne die Gegend nicht. Seit zwei Jahren wäre sie erst in der Kolonie. Ich legte meine Hand auf die ihre, die auf der Lehne des Sessels ruhte. Sie ließ es geschehen. Ihr Mann war schon länger in der Kolonie, aber sie war erst vor zwei Jahren nachgekommen. Ich hatte also meine Hand auf die ihre gelegt. Bevor sie hierher kam, war sie in einer englischen Kolonie gewesen, in welcher, weiß ich nicht mehr. Dann habe ich ihre Hand gestreichelt. Sie war innen ganz warm und außen kühl. Sie langweilte sich in dieser Kolonie sehr, sehr langweilte sie sich. Weswegen langweilte sie sich? Wegen der Mentalität der Menschen hier. Ich dachte an die Katasterbeamten in Kam und sagte ihr, alle weißen Bewohner der Kolonie wären Schweine. Sie stimmte mir lächelnd zu. Von dem Film sah ich nichts mehr, denn ich war nur mit ihrer Hand beschäftigt, die in der meinen langsam glühend heiß wurde. Ich weiß nur noch, daß auf der Leinwand ein Mann zusammenbrach, von einem andern in die Brust gestochen, der seit Anfang des Films darauf wartete. Ich hatte ein Gefühl, als kennte ich die Männer, als hätte ich sie vor langer Zeit einmal kennengelernt. Noch nie hatte ich eine solche Hand in der meinen gefühlt. Diese Hand war schmal, ich umfaßte sie mit zwei Fingern, sie war weich, weich, eine Flosse. Auf der Leinwand hatte eine Frau wegen des toten Mannes zu weinen begonnen. Sie hatte sich über ihn geworfen und schluchzte. Wir konnten nicht mehr weiterreden, hatten keine Kraft mehr dazu. Ich mußte ihre Hand halten. Diese Hand war so weich und gepflegt, daß man sie beschädigen wollte. Ich mußte ihr weh tun. Als ich die Hand zu sehr drückte, wehrte sie sich ein wenig. Der Mann neben ihr schlief immer noch. Als die Frau wegen des erstochenen Mannes zu schluchzen begann, sagte sie ganz leise: »Der Film ist gleich zu Ende. Haben Sie heute abend etwas vor?« Du kannst dir denken, daß ich nichts vorhatte. Sie sagte dann, ich brauchte mich weiter um nichts zu kümmern. Sie würde alles andere schon machen, ich sollte ihnen nur folgen. Ich weiß nicht, weshalb mir auf einmal unbehaglich zumute wurde. Ich hatte Angst vor dem Licht, das gleich aufleuchten würde, hatte Angst davor, sie zu sehen, nachdem ich ihr im Dunkeln die Hand gestreichelt hatte. Ich haue ab, sagte ich mir. Du kannst dir meine Angst nicht vorstellen. Ich hatte Angst vor dem Licht, als würde es uns das Leben nehmen, alles unmöglich machen. Ich glaube sogar, daß ich ihre Hand losgelassen habe, ja, das weiß ich genau, denn sie ergriff meine Hand wieder. Ich hatte meine Hand auf die Lehne des Sessels gelegt, und nun legte sie ihre Hand auf die meine. Sie ergriff meine Hand, versuchte, sie mit der ihren zu bedecken, was ihr natürlich nicht gelang. Wie ein Schraubstock war ihre Hand, und nun konnte ich nicht mehr fort. Ich sagte mir, daß sie sich wohl immer auf diese Weise im Kino Männer verschaffte und es das beste wäre, sie tun zu lassen, was sie wollte. Dann kam das Licht wieder. Sie zog die Hand zurück. Ich wagte nicht gleich, sie zu betrachten. Aber sie wagte es, sie tat es, und ich ließ sie mit niedergeschlagenen Augen gewähren. Als wir beide aufgestanden waren, wurde der Mann plötzlich wach. Er war ein wenig älter als sie, elegant, groß, stark. Ich fand ihn ziemlich gutaussehend. Sein Gesichtsausdruck war gleichgültig und heiter zugleich. Daß er geschlafen hatte, schien ihm weiter nicht peinlich zu sein. Er war einer von denen, denen man auf der Straße begegnet. In dicken Wagen kommen sie rangebraust, bestellen einen Hochsitz, bleiben eine Nacht, um eben einen Tiger zu schießen. Dreißig Treiber haben sie bei sich, die sie telegraphisch bei Vater Bart von einem großen Hotel in der Stadt aus bestellt haben. So einer ist das, sagte ich mir. »Pierre«, sagte sie, »der junge Mann ist ein Jäger aus Ram. Du kennst doch Ram?« Er überlegte. »Ich glaube, ich war vor zwei Jahren mal da.« Ich fühlte mich in Sicherheit. »Pierre, wollen wir nicht den Abend mit ihm zusammen verbringen?« »Gewiß!« Vielleicht haben sie auch etwas anderes gesagt, aber da sie mir den Rücken zukehrten, konnte ich sie nicht genau verstehen. Ich wollte auch gar nicht hören, was sie sagten. Dann haben wir das Kino langsam verlassen, indem wir der Menge folgten. Ich ging hinter ihr. Sie war gut gewachsen. Auch war sie kräftig, ihre Taille war sehr schmal. Ihr Haar war kurz, absonderlich geschnitten und von gewöhnlicher Farbe.

Sie blieben neben einem herrlichen Auto, einem Delage, einem Achtzylinder, stehen. Der Mann drehte sich nach mir um: »Kommen Sie mit?«

Italo Calvino
Abenteuer eines Lesers

Die Küstenstraße verlief hoch oben über dem Kap; das Meer lag ringsum in der Tiefe, bis hin zum verschwommenen Horizont. Auch die Sonne war überall, als wären Himmel und Meer zwei Linsen, die sie vergrößerten. Unten rauschte das ruhige Wasser ohne Gischt gegen die bizarren Einschnitte der Felsen. Amedeo Oliva stieg eine steile Treppe hinab und trug sein Fahrrad auf dem Rükken. An einer schattigen Stelle ließ er es zurück, nachdem er es mit dem Speichenschloß gesichert hatte. Dann schritt er weiter die Stufen hinunter zwischen Einsturzstellen aus gelber, trockener Erde und Agaven, die im Leeren hingen, und seine Augen suchten bereits nach der bequemsten Falte im Felsen, wo er sich hinlegen könnte. Er hatte ein zusammengerolltes Handtuch unter dem Arm, in das die Badehose und ein Buch eingewickelt waren.

Das Kap war ein einsamer Ort. Nur wenige Grüppchen Badender tummelten sich im Wasser oder nahmen ein Sonnenbad, voreinander verborgen in den schluchtähnlichen Einschnitten der Felsen. Zwischen zwei Blöcken, die ihn vor den Blicken schützten, kleidete Amedeo sich aus, zog die Badehose an und begann, von Klippe zu Klippe zu setzen. So überquerte er mit Sprüngen seiner mageren Beine die Hälfte des Felsenriffs, wobei er manchmal dicht über die Nasen der halb versteckten Paare hinwegflog, die auf Frottiertüchern lagen. Das Massiv aus Sandstein mit poröser, unebener Oberfläche war überschritten, nun kamen glatte Felsen mit stumpfen Umrissen; Amedeo streifte die Sandalen ab, nahm sie in die Hand und lief barfuß weiter, mit der schlafwandlerischen

Sicherheit dessen, der ein geübtes Auge für die Entfernung von einer Klippe zur anderen und unempfindliche Fußsohlen hat. Er erreichte eine Stelle, die steil aus dem Wasser aufragte, über die Felswand führte in halber Höhe eine Art Sims. Dort hielt Amedeo an. Auf den flachen Vorsprung legte er seine Kleidungsstücke, ordentlich zusammengefaltet, und darüber, mit der Sohle nach oben, die Sandalen, damit nicht ein Windstoß alles fortriß – zwar wehte nur ein schwacher Lufthauch vom Meer, aber es war bei ihm wohl eine gewohnte Vorsichtsmaßnahme. Der kleine Beutel, den er bei sich hatte, war ein Gummikissen; er blies es auf, legte es hin und breitete anschließend, auf einer Fläche, die vom Felsrand leicht abfiel, das Handtuch aus. Er warf sich mit dem Rücken darauf, und sofort öffneten seine Hände das Buch beim Lesezeichen. So lag er nun ausgestreckt auf dem Felsen, in der prallen Sonne, die von überall strahlte, mit uneingefetteter Haut – er war braungebrannt, doch ungleichmäßig, wie einer, der sich der Sonnenbestrahlung ohne Methode aussetzt, gegen Verbrennungen jedoch gefeit ist; sein Kopf, mit einer weißen Leinenmütze bedeckt, die er angefeuchtet hatte – denn er war auf eine niedrige Klippe hinuntergestiegen, um die Mütze ins Wasser zu tauchen –, ruhte auf dem Gummikissen, und nur die Augen – unsichtbar hinter der dunklen Brille – verfolgten auf den weißen und schwarzen Zeilen das Pferd Fabrizio del Dongos. Unter ihm gähnte eine kleine Bucht mit blaugrünem Wasser, das fast bis auf den Grund durchscheinend war. Die Klippen waren je nach ihrer Lage kalkig weiß oder mit Algen bedeckt. Ein kleiner Strand voller Kieselsteine wand sich im Hintergrund. Amedeo hob hin und wieder den Blick, betrachtete die sich darbietende Aussicht, ein Flimmern im Wasser oder den schrägen Lauf eines Krebses; dann kehrte er voll innerer Sammlung zu der Seite zurück, auf der

Raskolnikow die Stufen zählte, die ihn noch von der Tür der Alten trennten, oder auf der Lucien de Rubempré die Türme und die Dächer der Conciergerie anschaute, bevor er den Kopf in die Schlinge steckte.

Seit einiger Zeit neigte Amedeo dazu, seine Teilnahme am aktiven Leben auf ein Minimum zu beschränken. Nicht, daß er die Tat an sich nicht liebte, im Gegenteil, sein ganzer Charakter und auch sein Geschmack waren von der Liebe zum Handeln bestimmt; trotzdem verringerte sich von Jahr zu Jahr sein Tatendrang, er wurde immer schwächer, bis sich Amedeo schließlich selbst fragte, ob er tatsächlich jemals von einer solchen Manie besessen gewesen sein konnte. Das Interesse an rühriger Aktivität lebte jedoch weiter in seinem Vergnügen, das er beim Lesen empfand; seine Passion waren Tatsachenerzählungen, die Geschichten, die Verwicklungen menschlicher Schicksale. Vor allem also Romane aus dem neunzehnten Jahrhundert, aber auch Memoiren und Biographien, und so weiter und so fort, bis hin zu den Kriminalschmökern und den utopischen Romanen, die er keineswegs verschmähte, die ihn jedoch weniger befriedigten, schon weil es dünnere Bände waren. Amedeo liebte die dicken Bände, und wenn er sie in Angriff nahm, dann tat er es mit dem physischen Vergnügen, mit dem man an eine schwere Arbeit geht. Sie in der Hand wägen, ihre Dichte, ihren Umfang, ihr Format genießerisch in Augenschein nehmen, ein wenig beklommen die Seitenzahl und die Länge der Kapitel abschätzen; dann hineinsteigen, ein wenig widerstrebend am Anfang, ohne den Willen, die erste Mühe zu überwinden, die erforderlich ist, um sich die Namen zu merken und den roten Faden der Handlung zu erfassen; dann, Vertrauen schöpfend, die Zeilen durcheilen, das Flechtwerk der einförmigen Seite bewältigen – und da erschien hinter den Bleilettern auch schon der Rauch und das Feuer der Schlacht, die Kugel, die durch die Luft pfiff und vor den Füßen des Fürsten Andrei einschlug, und da auch der Laden, vollgestopft mit Stichen und Skulpturen, und mit Herzklopfen machte Frédéric Moreau seinen ersten Besuch bei den Arnoux. Hinter der Oberfläche der Buchseite betrat man eine Welt, in der das Leben intensiver war als hier, auf dieser Seite: wie bei der Oberfläche des Meeres, die uns von jener blauen und grünen Welt trennt – Risse, so weit das Auge sehen kann, endlose Bereiche aus feinem, welligem Sand, Wesen, die halb Tier, halb Pflanze sind.

Die Sonne stach, die Klippe war glühend heiß, und bald fühlte Amedeo sich eins mit der Klippe. Er war am Ende des Kapitels angelangt, klappte das Buch zu, wobei er die Werbebeilage als Lesezeichen benutzte, setzte Leinenmütze und Brille ab, richtete sich halbbenommen auf und lief in langen Sätzen bis an den äußersten Rand des Felsens, wo zu jeder Tageszeit Kinder ins Wasser sprangen und wieder heraufkletterten. Amedeo baute sich auf einer Stufe auf, die senkrecht über dem Meer hing, keineswegs hoch, nur wenige Meter über dem Wasser, musterte mit noch geblendeten Augen die flimmernde Transparenz unter sich und stürzte sich dann resolut hinein. Sein Sprung war stets der gleiche, ein Hechtsprung, ziemlich korrekt, doch zeichnete er sich durch eine gewisse Steifheit aus. Der Übergang von der sonnenheißen Luft in das warme Wasser wäre kaum zu spüren, wenn er nicht so plötzlich gewesen wäre. Amedeo tauchte nicht gleich wieder auf, er liebte es, unter Wasser zu schwimmen, tief unten, mit dem Bauch beinahe am Grund, solange der Atem reichte. Er fand Gefallen an physischer Anstrengung, an schwierigen Aufgaben; deshalb kam er auf das Kap, um sein Buch zu lesen, und bewältigte den Aufstieg mit dem Fahrrad, wobei er wie wild in der mittäglichen Sonne die Pedale trat.

8. Verführung als Kunst: »Der Kuß«
von Gustav Klimt, 1908

Wenn er unter Wasser schwamm, dann suchte er jedesmal eine Klippenwand zu erreichen, die an einer bestimmten Stelle aus dem Sand des Meeresgrundes aufragte und mit einem dichten Seegrasflor bedeckt war. Er tauchte zwischen diesen Riffen auf, schwamm eine Weile im Kreise und begann methodisch zu kraulen, verbrauchte dabei jedoch unnötig viel Kraft; bald war er es müde, mit dem Gewicht unter Wasser wie ein Blinder umherzurudern, und ging zu einem freieren Armschlag über, zum Kraul; die bessere Sicht verschaffte ihm mehr Befriedigung als die Bewegung, und kurz darauf begann er auf dem Rücken zu schwimmen, immer weniger gleichmäßig, mit immer längeren Pausen zwischen den Bewegungen, bis er schließlich ganz still hielt. So wälzte und drehte er sich in diesem uferlosen Bett, einmal setzte er sich das Ziel, eine Insel zu erreichen, ein andermal eine bestimmte Anzahl von Armschlägen auszuführen, und er fand keine Ruhe, bevor er diese Aufgabe erledigt hatte; eine Weile verharrte er träge, wandte sich wieder dem offenen Meer zu, von dem Wunsch beseelt, nichts weiter um sich zu haben als den Himmel und das Wasser, näherte sich dann den Riffen, die rings um das Kap verstreut waren, damit ihm ja keine der möglichen Schwimmrouten dieses kleinen Archipelagos entging. Doch als er so schwamm, merkte er, daß die Neugier, die jetzt in ihm die Oberhand gewann, jene war, zu erfahren, wie es – nehmen wir an – mit der Geschichte von Albertine weiterging. Würde Marcel sie wiederfinden? Er schwamm mit Ungestüm, oder aber er ließ sich treiben, doch sein Herz war zwischen den Seiten des Buches, das er am Strand zurückgelassen hatte. Nun war er mit kraftvollen, raschen Stößen an seiner Klippe angelangt, suchte die Stelle, an der er sich hinaufschwingen konnte, und da war er auch schon, fast ohne es zu merken, oben und rieb sich mit dem Frottierhandtuch den Rücken ab. Er setzte sich wieder die Leinenmütze auf den Kopf, legte sich in die Sonne und begann ein neues Kapitel zu lesen.

Er war kein hastiger, gieriger Leser. Er hatte ein Alter erreicht, in dem es mehr Vergnügen bereitet, ein Buch zum zweiten-, dritten- oder viertenmal zu lesen als zum erstenmal. Und doch hatte er noch viele Kontinente zu entdecken. Jeden Sommer kostete ihn das Packen des schweren Bücherkoffers vor der Abreise an die See die größte Mühe: Seinen Interessen und den Unterhaltungen gemäß, die er in den Monaten des Stadtlebens hatte, wählte Amedeo jedes Jahr bestimmte berühmte Bücher zu neuerlicher Lektüre aus und gewisse Autoren, die er zum erstenmal lesen wollte. Und hier auf der Klippe verdaute er sie, verweilte sinnend über den Sätzen, blickte häufig von dem Buch auf, um zu überlegen, um die Gedanken zu sammeln. Als er wieder einmal aufschaute, bemerkte er, daß sich auf dem kleinen steinigen Strand unten an der Bucht eine Frau niedergelassen hatte.

Sie war braungebrannt, hager, nicht mehr jung, auch nicht besonders hübsch, aber es wirkte vorteilhaft, daß sie nackt war – sie hatte einen knapp sitzenden Bikini an, der an den Rändern obendrein umgeschlagen war, um soviel Sonne wie nur möglich heranzulassen –, und Amedeos Auge fühlte sich davon angezogen. Er merkte, daß er beim Lesen immer häufiger von dem Buch aufsah und in die Luft schaute, und diese Luft war eben jene, die sich zwischen ihm und der Frau befand. Ihr Gesicht – sie lag schräg am Ufer, auf einer Luftmatratze, und Amedeo sah bei jedem Aufzucken der Pupillen die nicht überaus üppigen, aber ebenmäßigen Beine, den wundervoll glatten Bauch, die Brust, die zwar spärlich war, aber nicht unangenehm spärlich, sondern wahrscheinlich nur ein wenig verblüht, auf den Schultern etwas zuviel Knochen, ebenso am Hals und an den Armen, und das Gesicht maskiert durch eine schwarze Brille und durch die Krempe des Strohhuts – ihr Gesicht also war leicht gezeichnet, lebhaft, wissend und ironisch. Amedeo versuchte, ihren Typ einzuordnen: die unabhängige Frau, allein in der Sommerfrische, die den einsamen Felsenstrand den überlaufenen Anlagen vorzieht und sich mit dem größten Vergnügen von der Sonne schwarzbrennen läßt; er schätzte den Teil an träger Sensualität und chronischem Unbefriedigtsein in ihr ab, dachte flüchtig an die Möglichkeiten, die er für ein Abenteuer mit raschem Erfolg verhieß, verglich dies mit der Aussicht auf eine konventionelle Unterhaltung, ein Abendprogramm, erwog die Verpflegungsschwierigkeiten, die sich wahrscheinlich ergeben würden, die anstrengende Aufmerksamkeit, die eine neue Bekanntschaft immer erforderte, selbst wenn man sie nur oberflächlich schloß, und er begann weiterzulesen, überzeugt, daß diese Frau ihn wirklich nicht interessieren konnte.

Er hatte wohl schon zu lange an dieser Stelle des Felsens gelegen, oder aber jene hastigen Gedanken hatten in ihm eine Spur von Unruhe hinterlassen, jedenfalls fühlte er sich unbehaglich; die Unebenheiten der Klippe unter dem Handtuch, auf dem er sich ausgestreckt hatte, fingen an, ihm lästig zu werden. Er stand auf, um sich einen anderen Platz zu suchen. Einen Augenblick lang schwankte er zwischen zwei Stellen, die ihm gleichermaßen bequem schienen: einer, die weiter entfernt war von dem Strand, an dem sich die braune Signora sonnte – sogar hinter einem Felsvorsprung versteckt, der ihm völlig die Sicht nahm –, und einer anderen, die dichter daran war. Der Gedanke, näher heranzukommen, vielleicht durch einen unvorhergesehenen Umstand in ein Gespräch verwickelt zu werden und so die Lektüre unterbrechen zu müssen, ließ ihn sich sofort für den ersten Platz entscheiden; aber dann überlegte er, daß es wirklich so scheinen würde, als wollte er weglaufen, kaum daß diese Signora aufgetaucht war, und das könnte vielleicht als Unhöflichkeit gewertet werden. Er wählte also den zweiten Platz; schließlich fesselte ihn die Lektüre ja so sehr, daß es gar nicht sicher war, ob der Anblick dieser Frau – die übrigens nicht einmal besonders hübsch wirkte – ihn ablenken könnte. Er legte sich auf die Seite und hielt das Buch so, daß die Sicht zu ihr hin verdeckt war, aber es ermüdete ihn, den Arm ständig in dieser Höhe zu halten, und so ließ er ihn sinken. Jetzt stieß sein Blick, der die Zeilen entlanghuschte, sobald er vorn beginnen mußte, gleich hinter dem Seitenrand auf die Beine der einsamen Sommerfrischlerin. Auch sie hatte ihre Lage ein wenig verändert, um es sich bequem zu machen, und daß sie die Knie angehoben und die Beine gerade in Amedeos Richtung übereinandergeschlagen hatte, erlaubte ihm, gewisse Proportionen ihres Körpers, die keineswegs unerfreulich waren, genauer zu betrachten. Kurz, Amedeo hätte, obwohl eine Felsenklinge ihm in die Hüfte schnitt, keine bessere Position finden können. Das Vergnügen, das er beim Anblick der sonnengebräunten Signora empfand – ein Vergnügen am Rande gewissermaßen, aber durchaus nicht zu verachten, und man konnte es genießen, ohne dabei die geringste Mühe aufwenden zu müssen –, beeinträchtigte nicht das Vergnügen an der Lektüre, sondern ordnete sich ein in deren normalen Ablauf, so daß er jetzt sicher sein durfte, weiterlesen zu können, ohne die Versuchung, den Blick abzulenken.

Alles war still, ungehindert floß der Strom der Lektüre, dem die unbewegliche Landschaft als Rahmen diente, und die Signora war ein unerläßlicher Teil dieser Landschaft geworden. Amedeo hatte natürlich nur das eigene Vermögen, sich lange Zeit völlig reglos zu verhalten, in

Betracht gezogen, nicht aber die Unruhe der Frau, die sich nun erhob und zwischen den Steinen hindurch ans Wasser ging. Sie war aufgestanden – so schloß Amedeo sofort –, um sich eine große Qualle von nahem anzusehen, die eine Schar Knaben mit Rohrstöcken ans Ufer hob. Die braungebrannte Signora beugte sich über die Qualle und fragte die Jungen aus; ihre Beine staken in Holzsandaletten mit sehr hohen Absätzen, die für die Klippen wohl wenig geeignet waren; ihr Körper war, so wie ihn Amedeo jetzt sah – von hinten betrachtet – der einer viel hübscheren und viel jüngeren Frau, als es vorher den Anschein hatte. Er überlegte, daß ihre Unterhaltung mit den Fischerjungen einem Mann, der auf ein Abenteuer ausging, eine »klassische« Gelegenheit bot: herantreten, selbst ein paar Worte über den Quallenfang zum besten geben und so ein Gespräch anknüpfen. Gerade das, was er um nichts in der Welt tun würde! fügte er im stillen hinzu und vertiefte sich wieder in seine Lektüre. Gewiß, diese Verhaltensnorm hinderte ihn auch, eine natürliche Neugier bezüglich der Qualle zu befriedigen, die offenbar von ungewöhnlichem Umfang war und auch eine eigenartige Farbnuance zwischen Rosa und Lila aufwies. Dieses Interesse für Meerestiere war bei ihm keineswegs abwegig, es hing mit seiner Leseleidenschaft zusammen. In diesem Augenblick nun wurde seine Aufmerksamkeit für die Seite, die er las – einen langen, beschreibenden Absatz –, schwächer, kurz, es war widersinnig, daß er sich, allein wegen der Gefahr, ein Gespräch mit der Sommerfrischlerin anzuknüpfen, auch solch spontaner und durchaus gerechtfertigter Impulse begab wie der Zerstreuung, ein paar Minuten lang eine Qualle von nahem zu betrachten. Er schlug das Buch beim Lesezeichen zu und erhob sich. Sein Entschluß hätte nicht stürmischer gefaßt werden können, denn gerade in diesem Moment trennte sich die Dame von den Jungen und schickte sich an, auf ihre Luftmatratze zurückzukehren. Amedeo bemerkte dies, während er näher kam, und es drängte ihn, sofort etwas zu sagen. Er rief den Jungen also zu: »Vorsicht! Sie kann gefährlich werden!«

Die Jungen, die rings um das Tier hockten, blickten nicht einmal auf, sie bemühten sich noch immer, die Qualle mit den Rohrstöcken, die sie in den Händen hielten, anzuheben und umzudrehen. Die Signora aber wandte sich lebhaft um und ging wieder dem Ufer zu mit einer halb fragenden, halb entsetzten Miene: »Uh, wie schrecklich! Beißt sie?«

»Wenn man sie berührt, verbrennt sie die Haut«, erläuterte er und merkte, daß er nicht auf die Qualle, sondern auf die Sommerfrischlerin zuschritt, die sich wer weiß weshalb die Brust in einem unnötigen Schaudern mit den Armen bedeckte und die Qualle, dann wieder Amedeo verstohlen anblickte. Er beruhigte sie, und so hatten sie, wie vorauszusehen war, ein Gespräch angeknüpft; aber das tat nichts, Amedeo würde ja sofort zu seinem Buch zurückkehren, das auf ihn wartete; er wollte nur einen Blick auf die Qualle werfen, deshalb veranlaßte er die braungebrannte Signora, wieder in den Kreis der Knaben zu treten. Jetzt schaute sie angewidert zu, die Fingerknöchel an den Zähnen, und plötzlich, als sie so Seite an Seite standen, berührten sich ihre Arme und zögerten eine Weile, bevor sie sich voneinander lösten. Amedeo begann darauf, über Quallen zu dozieren. Seine Kenntnisse in dieser Materie reichten zwar nicht weit, doch er hatte einige Bücher bekannter Sportfischer und Unterwasserforscher gelesen, so daß er unter Umgehung der niederen Fauna gleich auf den berühmten Teufelsrochen zu sprechen kam. Die Sommerfrischlerin hörte ihm gespannt zu und redete dann und wann dazwischen, aber immer etwas Unpassendes, wie das bei Frauen so ist. »Sehen Sie die rote Stelle, die ich am Arm habe? Es wird doch nicht etwa eine Qualle gewesen sein?« Amedeo tastete die Stelle dicht über dem Ellenbogen ab und verneinte. Die leichte Rötung rührte daher, daß sich die Signora beim Liegen darauf gestützt hatte.

Damit war alles zu Ende. Sie verabschiedeten sich, sie kehrte auf ihren Platz zurück, er auf den seinen, und er begann wieder zu lesen. Es war ein Intermezzo gewesen, das gerade die richtige Dauer gehabt hatte, nicht zu kurz und nicht zu lang, eine nicht unangenehme Kontaktaufnahme – die Signora war freundlich, zurückhaltend und gelehrig gewesen –, eben weil sie nur andeutungsweise war. Jetzt fand er in seinem Buch eine weit umfassendere und konkretere Beziehung zur Wirklichkeit, wo alles seinen Sinn, seine Wichtigkeit, seinen Rhythmus hatte. Amedeo fühlte sich in einer glänzenden Verfassung: Das bedruckte Papier öffnete ihm das wahre Leben, ein tiefgründiges Leben voller Leidenschaften, und wenn er aufschaute, dann fand er ein zwar zufälliges, aber fürs Auge wohltuendes Zusammenklingen von Farben und Empfindungen, eine periphere und dekorative Welt, die ihn zu nichts verpflichtete. Die braungebrannte Signora lächelte ihn von ihrer Matratze her an und winkte ihm zu, er antwortete mit einem Lächeln und einem Nicken und senkte wieder den Blick. Die Signora hatte jedoch etwas gesagt.

»Wie bitte?«

»Sie lesen wohl immer?«

»Nun ...«

»Ist das so interessant?«

»Ja.«

»Dann viel Spaß!«

»Danke.«

Er durfte die Augen nicht mehr heben, zumindest nicht

vor dem Kapitelende. Er las es in einem Atemzug. Die Signora hatte jetzt eine Zigarette im Mund und gab ihm Zeichen, auf die Zigarette deutend. Amedeo hatte den Eindruck, daß sie schon seit einer Weile bemüht war, seine Aufmerksamkeit auf sich zu lenken. »Wie bitte?«

»... Streichhölzer ...«

»Leider nein, ich rauche nicht.«

Das Kapitel war zu Ende, Amedeo überflog die ersten Zeilen des nächsten, die er außerordentlich anregend fand; aber damit er das neue Kapitel unbehelligt beginnen konnte, mußte so rasch wie möglich die Streichholzfrage geklärt werden. »Einen Moment!« Er stand auf und begann, halb betäubt von der Sonne, von einer Klippe zur anderen zu springen, bis er schließlich ein paar Leute fand, die rauchten. Er ließ sich eine Schachtel »Minerva« geben, eilte zu der Signora, zündete ihr die Zigarette an, lief zurück, um die Schachtel abzugeben, hörte die freundliche Aufforderung: »Behalten Sie sie nur«, eilte wieder zu der Signora, um ihr die Streichhölzer zu überlassen, sie bedankte sich, er zögerte einen Augenblick, um etwas zum Abschied zu sagen, doch da begriff er, daß er nach diesem Zaudern etwas anderes sagen mußte, und er fragte: »Sie baden nicht?«

»Bald«, entgegnete die Signora. »Und Sie?«

»Ich war schon im Wasser.«

»Sie springen nicht noch einmal hinein?«

»Doch, ich lese noch ein Kapitel, dann schwimme ich wieder ein bißchen.«

»Ich auch, ich rauche nur die Zigarette zu Ende, dann springe ich ins Wasser.«

»Also bis nachher.«

»Bis nachher.«

Diese Art Verabredung verlieh Amedeo eine Ruhe, die er – das wurde ihm jetzt erst bewußt – nicht mehr kannte, seit er die einsame Sommerfrischlerin bemerkt hatte. Jetzt lastete nicht länger die Pflicht auf ihm, mit der Signora einen Kontakt aufrechterhalten zu müssen; alles wurde auf den Augenblick des Badens verschoben – gebadet hätte er auch, wenn die Signora nicht dagewesen wäre –, und so konnte er sich jetzt ohne Hemmungen den Freuden der Lektüre widmen. Und das tat er in einem Maße, daß er gar nicht merkte, wie sich plötzlich – er war längst nicht am Ende des Kapitels angelangt – die Sommerfrischlerin, nachdem sie die Zigarette aufgeraucht hatte, erhob und sich ihm näherte, um ihn zum Schwimmen aufzufordern. Er erblickte die Holzsandaletten und die schlanken Beine dicht über dem Buch, schaute auf, ließ, von der Sonne geblendet, die Augen wieder auf das Buch sinken und las in aller Eile ein paar Zeilen, blickte von neuem auf und hörte sie sagen: »Platzt Ihnen nicht bald der Kopf? Ich springe ins Wasser!« Es war zwar schön, so weiterzulesen und dabei ab und zu aufzuschauen, aber da Amedeo nun nicht länger säumen durfte, tat er etwas, was ihm sonst nie unterlief: Er überging fast eine halbe Seite, bis zum Kapitelende, das er sehr aufmerksam las. Dann erhob er sich. »Also los! Springen Sie von der Spitze?«

Obwohl die Signora viel von Springen geredet hatte, stieg sie vorsichtig von einer Stufe in Höhe des Wasserspiegels ins Meer. Amedeo stürzte sich von einem Felsen herab, und zwar aus größerer Höhe als üblich. Es war um die Stunde, da sich die Sonne langsam dem Horizont zuneigte. Das Meer schien vergoldet. Sie schwammen in diesem Gold in einigem Abstand voneinander. Amedeo tauchte dann und wann und machte sich einen Spaß daraus, die Signora dadurch zu erschrecken, daß er unter ihr hindurchschwamm. Sagen wir, er gönnte sich den Spaß. Im Grunde freilich war es kindisch, aber was sollte er auch tun? Das Baden zu zweit war ein klein wenig langweiliger als sonst; gleichviel, der Unterschied war nur gering. Außerhalb der Goldreflexe verdüsterte das Wasser sein azurnes Blau, als breitete sich vom Grunde her eine tintenähnliche Finsternis aus. Es war zwecklos, nichts kam der Würze des Lebens gleich, die in den Büchern ist. Amedeo stieg über einige aus dem Wasser ragende Riffe hinweg und führte sie, die sich ängstlich gab; er hatte, um ihr auf eine kleine Insel hinaufzuhelfen, sogar ihre Hüften und ihre Brust angefaßt, aber seine Hände waren dadurch, daß er so lange im Wasser gewesen war, fast unempfindlich geworden und hatten weiße, geriffelte Fingerkuppen bekommen. Immer häufiger blickte er zu der Stelle hinüber, wo der bunte Buchumschlag leuchtete. Es war keine andere Geschichte, keine andere Erwartung möglich außer jener, die er zwischen den Seiten, dort, wo das Lesezeichen lag, unterbrochen hatte; alles andere war nur ein leeres Intervall.

Trotzdem schuf die Rückkehr ans Ufer, die gegenseitige Hilfe beim Hinaufklettern und beim Abtrocknen letztlich eine gewisse Vertraulichkeit, so daß Amedeo glaubte, es sei unhöflich, wenn er jetzt auf seinen alten Platz zurückkehrte. »Ach«, sagte er, »ich werde hier weiterlesen, ich hole nur mein Buch und das Kissen.« Weiterlesen, hatte er gesagt, um kein Mißverständnis aufkommen zu lassen. Und sie: »Ja, recht so, ich werde eine Zigarette rauchen, und dann lese ich ein bißchen in der ›Annabella‹.« Sie hatte eine Frauenillustrierte bei sich, und so konnten nun beide lesen, jeder für sich. Ihre Stimme erreichte ihn wie ein kalter Tropfen auf den Nacken, aber sie sagte nur: »Warum liegen Sie auf dem harten Stein? Kommen Sie auf die Matratze, ich rücke ein Stück zur Seite.« Der Vorschlag war liebenswürdig, auf der Matratze war es gemütlich, und Amedeo akzeptierte das Angebot bereitwillig. Sie lagen nun beide dort, er in der einen Richtung, sie in der anderen. Sie redete nicht mehr, sondern blätterte die bebilderten Seiten durch, und Amedeo konnte sich ganz in seine Lektüre vertiefen. Die Sonne schien nicht untergehen zu wollen, das Licht und die Wärme nahmen nicht ab, sie wirkten nur leicht gedämpft. Amedeo war in seinem Roman bereits dort angelangt, wo die größten Geheimnisse der Gestalten und des Milieus enthüllt sind und man sich in einer vertrauten Welt bewegt, in der sich eine gewisse Parität zwischen Autor und Leser, eine Vertraulichkeit herausgebildet hat und man nun gemeinsam weiterschreitet und nie aufhören möchte.

Auf der Gummimatratze konnte man auch jene kleinen Bewegungen ausführen, deren die Arme und Beine bedürfen, um nicht steif zu werden, und wie zufällig kam dabei eins seiner Beine mit einem ihrer Beine in Berührung. Ihm mißfiel das nicht, er rührte sich nicht; ihr wohl ebenfalls nicht, denn auch sie regte sich nicht. Die Süße des Kontaktes summierte sich zu der Lektüre und machte sie, was Amedeo betraf, noch vollkommener; doch sicherlich empfand die Sommerfrischlerin etwas anderes, denn sie stand auf, setzte sich hin und sagte: »Aber ...«

Amedeo war gezwungen, den Kopf vom Buch zu heben. Die Frau schaute ihn an, und in ihren Augen war Bitternis.

»Fehlt Ihnen etwas?« erkundigte er sich.

»Aber bekommen Sie denn das Lesen nie über?« fragte die Frau. »Man kann nicht behaupten, daß Sie ein geselliger Mensch sind! Wissen Sie nicht, daß man mit Damen Konversation pflegen muß?« fügte sie mit einem schwachen Lächeln hinzu, das vielleicht nur ironisch sein sollte, das aber Amedeo, der in diesem Moment alles gegeben hätte, um sich nicht von dem Roman trennen zu müssen, geradezu drohend schien. Wie konnte ich mich bloß hierherlegen! dachte er. Jetzt war ihm klar, daß er mit dieser Frau an seiner Seite nicht eine einzige Zeile mehr lesen würde.

Ich müßte ihr zu verstehen geben, daß sie sich geirrt hat, dachte er, daß ich mich am wenigsten eigne, den Strandgalan zu spielen, daß ich ein Typ bin, dem man sich lieber gar nicht anvertraut. »Konversation?« fragte er laut. »Was für eine Konversation?« Und er streckte die Hand nach ihr aus. »Sehen Sie, wenn ich Ihnen jetzt mit den Händen auf den Leib rücke, dann werden Sie sich gewiß durch eine so unpassende Bewegung beleidigt fühlen, Sie werden mich vielleicht sogar ohrfeigen und sich dann entfernen.« War es nun seiner natürlichen Zurückhaltung zuzuschreiben oder einer anderen Art Flirt, viel zärtlicher, der Art nämlich, die er in Wirklichkeit wollte – jedenfalls fiel die Liebkosung, anstatt brutal und herausfordernd zu sein, scheu, melancholisch, fast flehend aus: Er berührte ihren Hals mit den Fingern, hob die Halskette, die sie angelegt hatte, hoch und ließ sie wieder sinken. Die Antwort der Frau bestand in einer zunächst langsamen, gleichsam resignierten und ein wenig ironischen Bewegung – sie drückte das Kinn seitlich an, um seine Hand festzuhalten –, dann in einer schnellen, einem berechneten, aggressiven Zuschnappen: Sie biß ihn in den Handrücken.

»Au!« schrie Amedeo. Sie fuhren auseinander.

»So machen Sie also Konversation?« fragte die Signora.

»Nun«, erwiderte Amedeo rasch, »diese Art, Konversation zu machen, gefällt Ihnen nicht, folglich unterbleibt jede Konversation, und ich lese weiter.« Und schon hatte er sich auf einen neuen Absatz gestürzt. Aber er versuchte, sich selbst zu betrügen. Er hatte sehr wohl begriffen, daß man schon zu weit gegangen war, daß zwischen ihm und der braungebrannten Signora eine Spannung entstanden war, die nicht mehr zu unterbrechen war; er begriff auch, daß er der erste war, der sie nicht abbrechen wollte, zumal es ihm ja doch nicht gelingen würde, zu der alleinigen Spannung der Lektüre zurückzukehren, die ganz auf innere Sammlung abgestimmt war. Er konnte indes versuchen, es so einzurichten, daß diese äußere Spannung sozusagen parallel zu der andren verlief, daß er also weder auf die Signora noch auf das Buch zu verzichten brauchte.

Da sich die Signora mit dem Rücken an eine Klippe gelehnt hatte, setzte er sich neben sie und legte ihr einen Arm um die Schultern, während er das Buch auf den Knien hielt. Er wandte sich ihr zu und küßte sie. Sie lösten sich und küßten sich von neuem. Dann senkte er den Kopf und begann wieder zu lesen.

Solange es möglich war, wollte er in der Lektüre fortfahren. Er fürchtete, es könnte ihm nicht gelingen, das Buch durchzulesen. Der Anfang eines Verhältnisses an der See konnte sehr wohl das Ende seiner einsamen, stillen Stunden bedeuten, einen grundverschiedenen Rhythmus, der sich seiner Ferientage bemächtigen würde! Man weiß ja: Hat man sich erst einmal ganz in ein Buch hineingelebt, dann ist, wenn man die Lektüre unterbrechen muß und erst einige Zeit später wiederaufnimmt, der größte Teil der Freude verloren; viele Einzelheiten sind vergessen, und es gelingt nicht, sich ebensogut wie zuvor hineinzuversetzen.

Die Sonne ging allmählich hinter dem nächsten Vorgebirge unter, dann hinter dem folgenden und hinter dem, das danach kam, und ließ sie im Gegenlicht ohne Farben zurück. Die Badelustigen waren aus den Schluchten des Kaps verschwunden. Sie waren jetzt allein. Amedeo umspannte die Schultern der Sommerfrischlerin mit einem

Arm, las, küßte sie auf den Hals und auf die Ohren – was ihr, wie er festzustellen glaubte, gefiel –, und wenn sie sich ihm zuwandte, küßte er sie auf den Mund; dann las er weiter. Vielleicht hatte er diesmal wirklich das ideale Gleichgewicht gefunden: Er hätte so noch ein ganzes Hundert Seiten lesen mögen. Aber wieder war sie es, die die Situation zu ändern versuchte. Sie begann sich steif zu machen, ihn zurückzudrängen und sagte schließlich: »Es ist spät. Gehen wir. Ich ziehe mich an.«

Dieser plötzliche Entschluß eröffnete ganz andere Perspektiven. Amedeo wirkte ein wenig hilflos, aber er erwog nicht lange das Für und Wider. Er war am Höhepunkt des Buches angelangt, und ihr Satz: »Ich ziehe mich an« hatte sich, kaum vernommen, in seinem Kopf in einen anderen verwandelt: Während sie sich anzieht, habe ich noch etwas Zeit, ein paar Seiten ungestört zu lesen.

Sie aber forderte ihn auf: »Halte bitte das Handtuch hoch« – sie duzte ihn jetzt vielleicht zum erstenmal –, »damit mich keiner sieht.« Die Vorsicht war überflüssig, denn der Felsenstrand war menschenleer, aber Amedeo tat ihr gern den Gefallen, zumal er das Handtuch im Sitzen halten und in dem Buch weiterlesen konnte, das auf seinen Knien lag.

Die Signora hatte hinter dem Handtuch den Büstenhalter abgelegt, ohne sich darum zu kümmern, ob er es sah oder nicht sah. Amedeo wußte nicht, sollte er sie anschauen und tun, als läse er, oder sollte er lesen, während er so tat, als schaute er zu. Ihn reizte das eine wie das andere, doch er hielt es für indiskret, sie anzustarren; las er aber weiter, dann wirkte er gewiß allzu gleichgültig. Die Signora wandte nicht die übliche Methode der Badenden an, die sich im Freien ankleiden, indem sie sich zuerst die Sachen überstreifen und dann den Badeanzug darunter ausziehen; nein, jetzt, da sie mit entblößter Brust dasaß, zog sie auch noch den Slip aus. In diesem Moment wandte sie ihm zum erstenmal ihr Gesicht zu – es war ein trauriges Gesicht, mit einer Falte der Bitternis am Mund –, und sie schüttelte den Kopf, sie schüttelte den Kopf und blickte ihn an.

Da es doch geschehen muß, soll es gleich geschehen! dachte Amedeo und warf sich mit dem Buch in der Hand, einen Finger zwischen den Seiten, nach vorn; aber was er in ihrem Blick las – Tadel, Mitleid, Niedergeschlagenheit, als wollte sie zu ihm sagen: »Dummer, wir machen das, wenn uns nichts anderes übrigbleibt, aber auch du begreifst nichts, wie die anderen Männer!« –, das heißt, das, was er nicht las, denn er verstand nicht, in den Augen zu lesen, sondern was er verschwommen merkte, rief in ihm einen solchen Gefühlsüberschwang für diese Frau hervor, daß er, während er sie umarmte und mit ihr auf die Gummimatratze fiel, kaum den Kopf nach dem Buch wandte, um zu sehen, ob es vielleicht im Meer gelandet war.

Aber es lag dicht neben der Matratze, aufgeschlagen, nur ein paar Seiten waren umgeblättert, und Amedeo, obzwar noch immer im Feuer der Umarmung, suchte eine Hand freizubekommen, um das Lesezeichen an die richtige Stelle zu schieben. Nichts ist nämlich ärgerlicher, als wenn man lesen will und dann erst blättern muß, ohne den Faden finden zu können.

Die Liebesharmonie war vollkommen. Sie hätte zwar etwas länger hinausgezögert werden können; aber war nicht alles blitzartig gewesen bei dieser Begegnung?

Es wurde dunkel. Unten endeten die Felsen, schräg abgleitend, in einer kleinen Bucht. Sie war jetzt dort hinuntergegangen und stand im Wasser. »Komm her, laß uns noch einmal schwimmen ...« Amedeo biß sich auf die Lippen und zählte die Seiten, die er bis zum Schluß noch zu lesen hatte.

Franz Kafka
Das Schweigen der Sirenen

Beweis dessen, daß auch unzulängliche, ja kindische Mittel zur Rettung dienen können:

Um sich vor den Sirenen zu bewahren, stopfte sich Odysseus Wachs in die Ohren und ließ sich am Mast festschmieden. Ähnliches hätten natürlich seit jeher alle Reisenden tun können, außer denen, welche die Sirenen schon aus der Ferne verlockten, aber es war in der ganzen Welt bekannt, daß dies unmöglich helfen konnte. Der Sang der Sirenen durchdrang alles, und die Leidenschaft der Verführten hätte mehr als Ketten und Masten gesprengt. Daran aber dachte Odysseus nicht, obwohl er davon vielleicht gehört hatte. Er vertraute vollständig der Handvoll Wachs und dem Gebinde Ketten und in unschuldiger Freude über seine Mittelchen fuhr er den Sirenen entgegen.

Nun haben aber die Sirenen eine noch schrecklichere Waffe als den Gesang, nämlich ihr Schweigen. Es ist zwar nicht geschehen, aber vielleicht denkbar, daß sich jemand vor ihrem Gesang gerettet hätte, vor ihrem Schweigen gewiß nicht. Dem Gefühl, aus eigener Kraft sie besiegt zu haben, der daraus folgenden alles fortreißenden Überhebung kann nichts Irdisches widerstehen.

Und tatsächlich sangen, als Odysseus kam, die gewaltigen Sängerinnen nicht, sei es, daß sie glaubten, diesem Gegner könne nur noch das Schweigen beikommen, sei es, daß der Anblick der Glückseligkeit im Gesicht des Odysseus, der an nichts anderes als an Wachs und Ketten dachte, sie allen Gesang vergessen ließ.

Odysseus aber, um es so auszudrücken, hörte ihr Schweigen nicht, er glaubte, sie sängen, und nur er sei behütet, es zu hören. Flüchtig sah er zuerst die Wendungen ihrer Hälse, das tiefe Atmen, die tränenvollen Augen, den halb geöffneten Mund, glaubte aber, dies gehöre zu den Arien, die ungehört um ihn verklangen. Bald aber glitt alles an seinen in die Ferne gerichteten Blicken ab, die Sirenen verschwanden förmlich vor seiner Entschlossenheit, und gerade als er ihnen am nächsten war, wußte er nichts mehr von ihnen.

Sie aber – schöner als jemals – streckten und drehten sich, ließen das schaurige Haar offen im Winde wehen und spannten die Krallen frei auf den Felsen. Sie wollten nicht mehr verführen, nur noch den Abglanz vom großen Augenpaar des Odysseus wollten sie so lange als möglich erhaschen.

Hätten die Sirenen Bewußtsein, sie wären damals vernichtet worden. So aber blieben sie, nur Odysseus ist ihnen entgangen.

Es wird übrigens noch ein Anhang hierzu überliefert. Odysseus, sagt man, war so listenreich, war ein solcher Fuchs, daß selbst die Schicksalsgöttin nicht in sein Innerstes dringen konnte. Vielleicht hat er, obwohl das mit Menschenverstand nicht mehr zu begreifen ist, wirklich gemerkt, daß die Sirenen schwiegen, und hat ihnen und den Göttern den obigen Scheinvorgang nur gewissermaßen als Schild entgegengehalten.

Balzac, Honoré de
Der Dandy, S. 79-81, aus: Das Mädchen mit den Goldaugen. Aus dem Französischen von Ernst Hardt. Insel Verlag Frankfurt am Main 1974 (insel taschenbuch 60), S. 71-74.

Bioy Casares, Adolfo
Die untreue Gattin, S. 222-228; aus: Liebesgeschichten. Aus dem Spanischen von René Strien. © Suhrkamp Verlag Frankfurt am Main 1987 (suhrkamp taschenbuch 1701), S. 194-200.

Brentano, Clemens
Schreibrausch, S. 244-246; aus: Sämtliche Werke und Briefe, Band 29. Herausgegeben von Jürgen Behrens. W. Kohlhammer Verlag, Stuttgart, Berlin, Köln, Mainz 1988, S. 444-446.

Calvino, Italo
Abenteuer eines Lesers, S. 253-271; aus: Abenteuer eines Reisenden. Deutscher Taschenbuch Verlag München 1991, 3. Aufl., © 1986 by Carl Hanser Verlag München, S. 46-64.

Crébillon der Jüngere
Die Probe, S. 160-169; aus: Das Sofa. Ein moralisches Märchen, in: Das Gesamtwerk in 8 Bänden, Band III, Ullstein Verlag Frankfurt am Main/Berlin 1968, © Verlag Ullstein GmbH Frankfurt am Main/ Berlin, Propyläen Verlag, S. 234-240.

Dante
Verfängliche Lektüre, S. 241; aus: Die Göttliche Komödie. Aus dem Italienischen von Friedrich Freiherr von Falkenhausen. Insel Verlag Frankfurt am Main 1974 (insel taschenbuch 94), S. 34.

Diderot, Denis
Die Nonne, S. 170-173; aus: Die Nonne, Insel Verlag Frankfurt am Main 1966 (insel taschenbuch 31), S. 173-177.

Duras, Marguerite
Im Kino, S. 247-252; aus: Heiße Küste. Aus dem Französischen von Georg Goyert. Suhrkamp Verlag Frankfurt am Main 1987, S. 200-205.

Flaubert, Gustave
Wilde Kutschenfahrt, S. 180-189; aus: Madame Bovary. Aus dem Fran-

zösischen von Maria Dessauer. Insel Verlag Frankfurt am Main 1996, S. 286-294.

Goethe, Johann Wolfgang

Teuflische Einflüsterungen, S. 43-46; aus: Faust. Eine Tragödie, in: Urfaust, Faust. Ein Fragment, Faust. Eine Tragödie. Paralleldruck der drei Fassungen. Herausgegeben von Werner Keller, 1. Band, Insel Verlag Frankfurt am Main 1985 (insel taschenbuch 625), S. 335-339, 387-395.

Heine, Heinrich

Der fliegende Holländer, S. 174-179; aus: Aus den Memoiren des Herrn von Schnabelewopski, in: Werke, Band II. Herausgegeben von Wolfgang Preisendanz. Insel Verlag Frankfurt am Main 1968, S. 533-536.

Hoffmann, E. T. A.

Prinzessin Brambilla, S. 59-67; aus: Prinzessin Brambilla, in: Werke, Band III. Neu durchgesehen und revidiert von Herbert Kraft und Manfred Wacker. Insel Verlag Frankfurt am Main 1967, S. 9-15.

Jean Paul

Roquairol, S. 124-130; aus: Titan. Mit einem Nachwort von Ralph-Rainer Wuthenow. Insel Verlag Frankfurt am Main 1983 (insel taschenbuch 671), S. 782-788.

Jelinek, Elfriede

was ist das, was da so leuchtet?, S. 86-92; aus: Die Liebhaberinnen, Rowohlt Verlag Reinbek bei Hamburg 1975, Copyright © 1975 by Rowohlt Taschenbuch Verlag GmbH Reinbek, S. 21-26.

James Joyce

Das Feuerwerk, S. 190-193; aus: Ulysses. Übersetzt von Hans Wollschläger. Suhrkamp Verlag Frankfurt am Main 1975 (edition suhrkamp 1100), S. 509-512.

Kafka, Franz

Das Schweigen der Sirenen, S. 272-273; aus: Hochzeitsvorbereitungen auf dem Lande, Fischer Taschenbuchverlag Frankfurt am Main 1983, Schocken Books Inc. New York 1953, S. 58-59.

Keller, Gottfried

Judith im Bade, S. 82-85; aus: Der grüne Heinrich, Insel Verlag Frankfurt am Main 1978 (insel taschenbuch 335), S. 501-503.

Kierkegaard, Sören

Geduld, S. 138-148; aus: Tagebuch des Verführers. Aus dem Dänischen von Helene Ritzerfeld. Insel Verlag Frankfurt am Main 1983 (insel taschenbuch 405), S. 67-69, 73-83.

La Roche, Sophie von

Der Wohltäter, S. 110-118; aus: Geschichte des Fräuleins von Sternheim, Reclam Verlag Stuttgart 1983 (Universal-Bibliothek Nr. 7934), Philipp Reclam jun. Stuttgart, S. 167-175.

Laclos, Choderlos de

Das Duell, S. 47-55; *Vorsichtsmaßnahmen einer Frau*, S. 93-103; aus: Schlimme Liebschaften, Insel Verlag Frankfurt am Main 1976 (insel taschenbuch 12), S. 28-37, S. 219-229.

Lewis, Matthew Gregory

Verführerische Beichte, S. 31-42; aus: Der Mönch. Aus dem Englischen von Friedrich Polakovics. Insel Verlag Frankfurt am Main 1986 (insel taschenbuch 907), S. 74-84; © 1971 Carl Hanser Verlag, München.

Longus

Ergötzlicher Unterricht, S. 157-159; aus: Daphnis und Chloë. Aus dem Griechischen von Arno Mauersberger. Insel Verlag Frankfurt am Main und Leipzig 1976 (insel taschenbuch 136), S. 74-77; © Sammlung Dieterich Verlagsgesellschaft mbH, Leipzig.

Klopstock, Meta

Sorgfältiger Putz, S. 68-71; aus: Geschichte der Meta Klopstock in Briefen, hg. v. Franziska u. Hermann Tiemann, Carl Schünemann Verlag Bremen 1962, S. 8-10.

Mann, Thomas

Potiphars Weib, S. 211-221; aus: Joseph und seine Brüder, Band II, Fischer Taschenbuchverlag Frankfurt am Main 1971, © S. Fischer Verlag Frankfurt am Main, S. 933-941.

Nabokov, Vladimir

Lolita S. 196-206; aus: Lolita. Aus dem Amerikanischen von Helen Hessel, Maria Carlsson, Gregor von Rezzori, Kurt Kusenberg und H. M. Ledig-Rowohlt. Copyright © 1962 by Rowohlt Verlag GmbH, Reinbek, S. 181-190.

Ovid

Der Raub der Europa, S. 107-109; aus: Metamorphosen. Übertragen von Johann Heinrich Voß. Insel Verlag Frankfurt am Main 1990 (insel taschenbuch 1237), S. 63-64; *Schönheitsmittel*, S. 72-73; aus: Liebeskunst. Nach der Übersetzung von W. Hertzberg bearbeitet von Franz Burger – München. Insel Verlag Frankfurt am Main 1976 (insel taschenbuch 164), © 1950 by Heimeran Verlag München, S. 66-67 (= Artemis).

Pestalozzi, Johann Heinrich

Die kühne Feder, S. 242-243; aus: Walter Benjamin, Deutsche Menschen, in: Gesammelte Schriften Band IV.1, Werkausgabe Band 10, Suhrkamp Verlag Frankfurt am Main 1980, S. 166-167.

Richardson, Samuel

Kriegslisten und Herzensbedürfnisse, S. 21-30; aus: Clarissa Harlowe. Deutsch von Ruth Schirmer. © by Manesse Verlag Zürich 1966, S. 60-64, 79-86.

Sacher-Masoch, Leopold von

Venus im Pelz, S. 74-78; aus: Venus im Pelz, Insel Verlag Frankfurt am Main 1968 (insel taschenbuch 469), S. 9-13.

Schnitzler, Arthur

Casanovas Heimfahrt, S. 229-237; aus: Casanovas Heimfahrt. Erzählungen, Fischer Taschenbuch Verlag Frankfurt am Main 1973, © 1950 S. Fischer Verlag Frankfurt am Main, S. 224-231.

Serner, Walter

Mizzis Verführung, S. 149-154; aus: Zum blauen Affen. 33 Kriminalgeschichten, in: Das gesamte Werk, © Verlag Klaus G. Renner Erlangen und München 1979, S. 47-50.

Stendhal

Erzlangweilige Pflicht, S. 131-137; aus: Rot und Schwarz. Aus dem Französischen von Arthur Schurig, bearbeitet von Hugo Beyer. Insel Verlag Frankfurt am Main 1989 (insel taschenbuch 1210), S. 103-109.

Tieck, Ludwig

Die Empfindsame, S. 119-123; aus: William Lovell, in: Werke in 4 Bänden, Band I. Winkler Verlag München 1978, 1963 Winkler Verlag München, S. 280-281, 287-289.

Walser, Robert

Das Eisenbahn-Abenteuer, S. 194-195; aus: Kleine Dichtungen, Suhrkamp Verlag Zürich 1980, © 1971 by Helmut Kossodo Verlag Genf und Hamburg (Bibliothek Suhrkamp Band 684), S. 109-110.

Weiß, Ernst
Schachpartie, S. 207-210; aus: Der Verführer, Suhrkamp Taschenbuch Verlag 1982 (suhrkamp taschenbuch 796), S. 294-297.

Bildnachweis

Kunsthistorisches Museum, Wien: Abb. 5, 7 · Musée Bonnat, Bayonne: Abb. 6 · Musée du Louvre, Paris: Abb. 1, 2 · National Gallery, London: Abb. 3 · Österreichische Galerie im Belvedere: Abb. 8 · © VG Bild-Kunst, Bonn 1997: Abb. 4 · Umschlagabbildung: Roy Lichtenstein, We rose up slowly. 1964, Ausschnitt. © VG Bild-Kunst, Bonn 1997

Anthologien
im insel taschenbuch

Alle Jahre wieder. Ein Weihnachtsbuch mit Geschichten, Liedern und Bildern. Ausgewählt von Gottfried Natalis. it 1362

Alt-Prager Geschichten. Gesammelt von Peter Demetz. Mit Illustrationen von Hugo Steiner-Prag. it 613

Alt-Wiener Geschichten. Gesammelt von Joseph Peter Strelka. Mit sechs farbigen Abbildungen. it 784

Bäume. Das Insel-Buch der Bäume. Gedichte und Prosa. Ausgewählt und herausgegeben von Gottfried Honnefelder. Mit sechzehn Farbtafeln. it 1041

Briefe berühmter Frauen. Von Liselotte von der Pfalz bis Rosa Luxemburg. Herausgegeben von Claudia Schmölders. it 1505

Das Buch der Liebe. Gedichte und Lieder, ausgewählt von Elisabeth Borchers. it 82

Einsamkeiten. Ein Lesebuch. Herausgegeben von Ilma Rakusa. it 1691

Das Frühlingsbuch. Gedichte und Prosa. Herausgegeben von Hans Bender und Nikolaus Wolters. it 914

Gedichte berühmter Frauen. Von Hildegard von Bingen bis Ingeborg Bachmann. Herausgegeben von Elisabeth Borchers. it 1790

Geschichten aus dem alten Prag. Sippurim. Herausgegeben, mit Anmerkungen und mit einem Nachwort versehen von Peter Demetz. it 1519

Geschichten vom Sport. Gesammelt und in Form gebracht von Bernd Goldmann und Bernhard Schwank. it 1535

Glück. Erkundigungen, eingeholt von Gottfried Honnefelder. it 1459

Das Herbstbuch. Gedichte und Prosa. Herausgegeben von Hans Bender. it 657

Ich wollt in Liedern oft Dich preisen. Gedichte an den Lebensgefährten. Herausgegeben von Cordula Gerhard. it 1552

Das Katzenbuch. Von Katzen und ihren Freunden. Geschichten, Gedichte, Bilder. Gesammelt von Hans Bender und Hans Georg Schwark. it 567

Kurz vor Mitternacht. Sechs Variationen über ein Thema von Machado de Assis. Herausgegeben von Ray-Güde Mertin. it 1654

Liebe Mutter. Eine Sammlung von Elisabeth Borchers. it 230

Liebe und Eros. Spurensuche für Liebende. Zusammengestellt und mit einem Vorwort versehen von Bernhard Kytzler. it 1613

Liebe und Tod in Wien. Geschichten aus einer Stadt. Herausgegeben von Jean Gyory. it 815

»Matrosen sind der Liebe Schwingen«. Homosexuelle Poesie von der Antike bis zur Gegenwart. Herausgegeben von Joachim Campe. it 1599

163/1/12.95

Anthologien
im insel taschenbuch

Mütter berühmter Männer. Zwölf biographische Portraits. Herausgegeben von Luise F. Pusch. it 1356

Friedrich Nietzsche: ›Wie man wird, was man ist.‹ Ermutigungen zum kritischen Denken. Herausgegeben von Ursula Michels-Wenz. it 1096

Pantoffelhelden und Stiefelknechte. Über poetisches Schuhwerk. Herausgegeben von Franz Josef Görtz. Mit zahlreichen Abbildungen. it 1699

Das Poesiealbum. Verse zum Auf- und Abschreiben. Mit Bildern und Vignetten. Ausgewählt und zusammengestellt von Elisabeth Borchers. it 414

Schöne Jugend. Eine literarische Spurensuche von Gottfried Honnefelder. Mit farbigen Abbildungen. it 1129

Die schönsten Hundegeschichten. Ausgewählt von Gottfried Honnefelder. it 1787

Die schönsten Pferdegeschichten. Ausgewählt von Katja Behrens. it 1734

Schwestern berühmter Männer. Zwölf biographische Porträts. Herausgegeben von Luise F. Pusch. Redaktionelle Mitarbeit: Jutta Wasels. it 796

Der sehr nützliche Geburtstagskalender. Mit ausgewählten Gedichten und farbigen Bildern. Zusammengestellt von Elisabeth Borchers. it 1618

Ein Sommer wie im Märchen. Geschichten für den Reisekoffer gepackt von Franz-Heinrich Hackel. it 1728

Das Sommerbuch. Gedichte und Prosa. Herausgegeben von Hans Bender. it 847

Sommerferien. Geschichten für den Reisekoffer gepackt von Götz Silatan. it 1415

Sommerliebe. Geschichten für den Reisekoffer gepackt von Franz-Heinrich Hackel. it 1596

Über die Freundschaft. Herausgegeben von Hans-Ulrich Müller-Schwefe. it 1783

Über die Liebe. Gedichte und Interpretationen aus der ›Frankfurter Anthologie‹. Herausgegeben von Marcel Reich-Ranicki. it 794

Der versiegelte Engel. Erzählungen zu Ikonen. Mit farbigen Abbildungen. Ausgewählt und mit einem Nachwort versehen von Angela Martini-Wonde. it 1132

Vom Abschied. Eine Gedichtsammlung. Herausgegeben von Margot Litten. Originalausgabe. it 694

Vom mönchischen Leben. Geschichte einer Sehnsucht. Herausgegeben von Johannes Werner. it 1473

163/2/12.95

Anthologien
im insel taschenbuch

Vom Tod. Ein Lesebuch für jedermann. Herausgegeben von Werner Koch. it 1037

Warum in die Ferne? Das Lesebuch vom Daheimbleiben. Eingerichtet von Hans Christian Kosler. it 1332

Weihnachten. Erzählungen aus alter und neuer Zeit. Ausgewählt von Gottfried Natalis. Mit zahlreichen Abbildungen und Initialen. it 946

Das Weihnachtsbuch. Mit alten und neuen Geschichten, Gedichten und Liedern. Ausgewählt von Elisabeth Borchers. it 46

Das Weihnachtsbuch der Lieder. Mit alten und neuen Liedern zum Singen und Spielen. Ausgewählt von Gottfried Natalis. Mit einem Nachwort von Ernst Klusen. it 157

Wien im Gedicht. Herausgegeben von Gerhard C. Krischker. it 1488

Das Wiener Kaffeehaus. Herausgegeben von Kurt J. Heering. Mit zahlreichen Abbildungen. it 1318

Das Winterbuch. Gedichte und Prosa. Herausgegeben von Hans Bender und Hans Georg Schwark. it 728

Wundersame Geschichten von Engeln. Gesammelt von Felix Karlinger. it 1226

Zum Teufel. Diabolische Geschichten. Aufgespießt von Franz Rottensteiner. it 1708

163/3/12.95

Kunst und Musik
im insel taschenbuch

Oskar Bätschmann: Edouard Manet. Der Tod des Maximilian. Eine Kunst-Monographie. Mit Abbildungen und einer farbigen Klapptafel. it 1482

Besuche im Städel. Betrachtungen zu Bildern. Herausgegeben von Klaus Gallwitz. Mit biographischen Notizen von Dolf Sternberger. it 939

Gottfried Boehm: Paul Cézanne. Montagne Sainte-Victoire. Eine Kunst-Monographie. Mit Abbildungen und einer farbigen Klapptafel. it 826

Roland Bothner: Auguste Rodin. Die Bürger von Calais. Eine Kunst-Monographie. Mit Abbildungen und einer farbigen Klapptafel. it 1483

Cézanne. Leben und Werk in Texten und Bildern. Von Margret Boehm-Hunold. it 1140

George Clémenceau: Claude Monet. Betrachtungen und Erinnerungen eines Freundes. Mit farbigen Abbildungen und einem Nachwort von Gottfried Boehm. it 1152

Das Evangeliar Heinrichs des Löwen. Erläutert von Elisabeth Klemm. Mit farbigen Bildtafeln. it 1121

Die Familie Mendelssohn. 1729 bis 1847. Nach Briefen und Tagebüchern herausgegeben von Sebastian Hensel. it 1671

Esther Gallwitz: Kleiner Kräutergarten. Kräuter und Blumen bei den Alten Meistern im Städel. Mit farbigen Abbildungen. it 1420

Sebastian Goeppert / Herma Goeppert-Frank: Pablo Picasso. Minotauromachie. Mit zahlreichen Abbildungen und einer Klapptafel. it 1533

Goethes Gedanken über Musik. Eine Sammlung aus seinen Werken, Briefen, Gesprächen und Tagebüchern. Herausgegeben von Hedwig Walwei-Wiegelmann. Mit achtundvierzig Abbildungen, erläutert von Hartmut Schmidt. it 800

Vincent van Gogh: Briefe an seinen Bruder. Drei Bände in Kassette. Herausgegeben von Johanna Gesina van Gogh-Bongers. Deutsch von Leo Klein-Diepold und Carl Einstein. Mit farbigen Abbildungen. it 954

– Feuer der Seele. Gedanken zum Leben, zur Liebe und zur Kunst. Ausgewählt aus seinen Briefen und mit einem Nachwort versehen von Ursula Michels-Wenz. it 1265

Van Gogh in seinen Briefen. Mit Abbildungen. it 177

Herman Grimm: Das Leben Michelangelos. it 1758

Gernot Gruber: Mozart. Leben und Werk in Texten und Bildern. Von Gernot Gruber. it 1695

157/1/12.95

Kunst und Musik
im insel taschenbuch

Christiaan L. Hart Nibbrig: Ästhetik des Todes. Mit zahlreichen Abbildungen. it 1697

Joachim Heusinger von Waldegg: Fernand Léger. La Ville. Eine Kunst-Monographie. Mit farbigen Abbildungen und einer farbigen Klapptafel. it 1705

Wolfgang Hildesheimer: Endlich allein. Collagen. Mit einer Einführung des Künstlers »Die Ästhetik der Collage«. it 898

Freia Hoffmann: Instrument und Körper. Die musizierende Frau in der bürgerlichen Kultur. it 1274

Richard Hoppe-Sailer: Paul Klee. Ad Parnassum. Eine Kunst-Monographie. Mit Abbildungen und einer farbigen Klapptafel. it 1485

Max Imdahl: Picassos Guernica. Eine Kunst-Monographie. Mit Abbildungen und einer Klapptafel. it 806

Heinz Jatho: Max Beckmann. Das Schauspieler-Triptychon. Eine Kunst-Monographie im insel taschenbuch. Mit Abbildungen und einer farbigen Klapptafel. it 1134

Harald Keller: Französische Impressionisten. Herausgegeben von Elisabeth Herget und Wilhelm Schlink. Mit farbigen Abbildungen. it 1515

– Die Kunstlandschaften Italiens. Toskana. Florenz. Umbrien. Rom. Lombardei. Emilia. Venedig. Zwei Bände in Kassette. Mit zahlreichen Abbildungen. it 1576

Hiltrud Kier: Architektur der 50er Jahre. Bauten des Gerling-Konzerns in Köln. Eine Kunst-Monographie. Mit Abbildungen und einer farbigen Klapptafel. it 1617

Gisela Kleine: Gabriele Münter und Wassily Kandinsky. Biographie eines Paares. Mit farbigen Abbildungen. it 1611

Eckart Kleßmann: Die Familie Mendelssohn. Mit zahlreichen Abbildungen. it 1523

Oskar Kokoschka. Leben und Werk in Daten und Bildern. Herausgegeben von Norbert Werner. it 909

Kunstführer durch Sachsen und Thüringen. Herausgegeben von Katharina Flügel. Mit farbigen Abbildungen. it 1327

Monique Lange: Edith Piaf. Die Geschichte der Piaf. Ihr Leben in Texten und Bildern. Aus dem Französischen von Hugo Beyer. Mit einer Discographie. it 516

Christa Lichtenstern: Henry Moore. Liegende. Zweiteilig Liegende I – Landschaft und Figur. Eine Kunstmonographie. Mit Abbildungen und einer farbigen Klapptafel. it 1612

Michael Lüthy: Andy Warhol. Thirty Are Better Than One. Eine Kunst-Monographie. Mit Abbildungen und einer farbigen Klapptafel. it 1759

157/2/12.95

Kunst und Musik
im insel taschenbuch

Julius Marusz: Porzellan. Betrachtungen aus der Geschichte der ältesten Manufakturen Europas. Mit zahlreichen Abbildungen. it 1760

Julius Meier-Graefe: Renoir. Mit farbigen Abbildungen und einem Nachwort von Andreas Beyer. it 1653

Friedhelm Mennekes: Arnulf Rainer. Weinkreuz. Eine Kunst-Monographie. Mit Abbildungen und einer farbigen Klapptafel. it 1569

Minnesinger. In Bildern der Manessischen Liederhandschrift. Mit Erläuterungen herausgegeben von Walter Koschorreck. Vierundzwanzig Abbildungen. it 88

Modernes Museum. Bilder, Objekte, Installationen im Museum für Moderne Kunst Frankfurt am Main. Von Michael Hierholzer. Mit einem Vorwort von Jean-Christophe Ammann und farbigen Abbildungen. it 1647

Friedrich de la Motte-Fouqué: Undine. Ein Märchen von Friedrich de la Motte-Fouqué. Musik von E.T.A. Hoffmann. Mit Bildern von Karl Friedrich Schinkel. Mit einem Essay von Ute Schmidt-Berger. it 1353

Wolfgang Amadeus Mozart: Briefe. Ausgewählt, eingeleitet und kommentiert von Wolfgang Hildesheimer. Mit zahlreichen Abbildungen. it 1696

Axel Müller: René Magritte. Die Beschaffenheit des Menschen I. Eine Kunst-Monographie im insel taschenbuch. Mit Abbildungen und einer farbigen Klapptafel. it 1202

Museumsbesuche. Schweizer Schriftsteller schreiben zu Bildern der Stiftung Oskar Reinhart. Vorwort von Paul Nizon. Mit farbigen Abbildungen. it 1539

Romola Nijinsky: Nijinsky. Der Gott des Tanzes. Biographie von Romola Nijinsky. Vorwort von Paul Claudel. Übersetzt von Hans Bütow. it 566

Manfred Reitz: Große Kunstfälschungen. Falsche Kunst und echte Fälscher unter die Lupe genommen. Mit zahlreichen Abbildungen. it 1534

Rainer Maria Rilke: Auguste Rodin. Mit 96 Abbildungen. it 766

– Briefe über Cézanne. Herausgegeben von Clara Rilke. Besorgt und mit einem Nachwort versehen von Heinrich Wiegand Petzet. Mit siebzehn farbigen Abbildungen. it 672

– Worpswede. Fritz Mackensen. Otto Modersohn. Fritz Overbeck. Hans am Ende. Heinrich Vogeler. Mit zahlreichen Abbildungen und Farbtafeln im Text. it 1011

Thomas Röske: Ernst Ludwig Kirchner. Tanz zwischen den Frauen. Eine Kunst-Monographie. Mit Abbildungen und einer farbigen Klapptafel. it 1564

157/3/12.95

Kunst und Musik
im insel taschenbuch

Thorsten Scheer / Anja Thomas-Netik: Piet Mondrian. Komposition in Rot, Gelb und Blau. Eine Kunst-Monographie. Mit Abbildungen und einer farbigen Klapptafel. it 1688

Wieland Schmied: Giorgio de Chirico. Die beunruhigenden Musen. Eine Kunst-Monographie. Mit Abbildungen und einer farbigen Klapptafel. it 1484

Christoph Schreier: Wassily Kandinsky. Bild mit schwarzem Bogen. Eine Kunst-Monographie von Christoph Schreier. Mit Abbildungen und einer farbigen Klapptafel. it 1355

Michael Schroeder: Kleine Wappenkunst. Mit farbigen Abbildungen. it 1281

Otfried Schütz: Henri Matisse. Die blauen Akte. Eine Kunst-Monographie. Mit Abbildungen und einer farbigen Klapptafel. it 1795

Birgit Schwarz: Otto Dix. Großstadt. Eine Kunst-Monographie. Mit Abbildungen und einer farbigen Klapptafel. it 1486

Katrin Simons: El Lissitzky. Proun 23 N oder Der Umstieg von der Malerei zur Gestaltung. Eine Kunst-Monographie. Mit Abbildungen und einer farbigen Klapptafel. it 1376

Dolf Sternberger: Über Jugendstil. Mit farbigen Abbildungen. it 274

Petra Waltke-Lampmann: Alexander Calder. Hellebardenträger. Monumentalität in filigraner Leichtigkeit. Eine Kunst-Monographie. Mit Abbildungen und einer farbigen Klapptafel. it 1680

Die Welt der Museen. Herausgegeben von Joachim Rönneper. it 1493

Gundolf Winter: Paul Gauguin. Jakobs Kampf mit dem Engel oder Vision nach der Predigt. Eine Kunst-Monographie. Herausgegeben von Gundolf Winter. Mit Abbildungen und einer farbigen Klapptafel. it 1387

ZEIT-Museum der 100 Bilder. Autoren und Künstler über ihr liebstes Kunstwerk. Herausgegeben von Fritz J. Raddatz. Mit farbigen Abbildungen. it 1213

157/4/12.95